学而书系·皖籍评论家辑

何向阳 刘 琼◎主编

刘大先◎著
蔷薇星火

时代出版传媒股份有限公司
安徽文艺出版社

刘大先，安徽六安人。中国社会科学院研究员、教授。著有《现代中国与少数民族文学》《从后文学到新人文》等十余种著作。曾获鲁迅文学奖、唐弢青年文学研究奖、胡绳青年学术奖等。

学而书系·皖籍评论家辑

何向阳 刘 琼 ◎ 主编

蔷薇星火

Xue Er Shuxi · Wanji Pinglunjia Ji
Qiangwei Xinghuo

刘大先 ◎ 著

时代出版传媒股份有限公司
安徽文艺出版社

图书在版编目（CIP）数据

蔷薇星火 / 刘大先著. -- 合肥：安徽文艺出版社,2024.9
（学而书系. 皖籍评论家辑）
ISBN 978-7-5396-7876-4

Ⅰ. ①蔷… Ⅱ. ①刘… Ⅲ. ①文艺评论－中国－当代－文集 Ⅳ. ①I206.7-53

中国国家版本馆 CIP 数据核字(2023)第 216352 号

"十四五"安徽省重点出版规划项目

出 版 人：姚 巍
策 划：朱寒冬 姚 巍　　　统 筹：张妍妍 柯 谐
责任编辑：姚爱云　　　　　　装帧设计：张诚鑫

出版发行：安徽文艺出版社　www.awpub.com
地　　址：合肥市翡翠路1118号　邮政编码：230071
营 销 部：(0551)63533889
印　　制：安徽新华印刷股份有限公司 (0551)65859551

开本：880×1230　1/32　印张：11.375　字数：180千字
版次：2024年9月第1版
印次：2024年9月第1次印刷
定价：68.00元(精装)

（如发现印装质量问题，影响阅读，请与出版社联系调换）

版权所有，侵权必究

总　序

又到收获之际,"学而书系·皖籍评论家辑"散发着油墨书香,要与读者见面了。

这套书目前一共八部,由八位在当今文艺评论实践活动中相对活跃的皖籍评论家的著作组成。

每部著作均以理论、评论及学术随笔为主体,力图充分显现八位皖籍评论家视野的开阔性与学术的自由度。

"学而书系"是开放的书系,此前,对评论家的分野多在代际,而以地理方位来分类,"皖籍评论家"只是一种尝试。"皖籍评论家"这个概念是否成立?它的队伍与组成的大致根基在哪里?证明有待时日。而这八部著作组成的书系,可以说是一种自证的开始。

这套书是当今理想的评论文本吗?这一点,留待读者评判。但可以负责任地说,从评论家自选到主编遴选,整个编选过程严格有序,原因只有一个:这套书呈现的是安徽悠久厚重的文化脉络的一个重要部分。身处这样的一个历史链条,我们始终保有虔敬之心。

一方水土养一方人。历史文化源远流长的安徽,自古就显现出它深邃的传统魂魄之美,而近代以来的兼收并蓄与现当代的开放包容,更使生活于其中和保有故乡记忆的人获得了特别的思想馈赠。文化土壤深厚之地,向来文章之风盛行。历代名家先辈已为我们留下震古烁今的作品,而这一代人的奋笔疾书,也旨在为后人提供难得的精神养分。这种书写的传承,是文化薪火得以世代燃烧的深层原因。

当今文坛,皖籍评论家实力可观,他们大多学养丰厚、视野开阔、思想深远而又行文恣肆,队伍的日渐壮大、作品的声名鹊起,都使他们的存在日益得到多方关注。"学而书系·皖籍评论家辑"八部著作,所收录的只是众多评论家思想的局部,作者前面的两个定语,一是"皖籍",一是"评论家",作为先决条件决定了这套书的样貌。八位皖籍评论家,既有来自高校、科研院所的教授、专家,也有来自文学界、出版界、媒体的研究员、学者,客观反映了当今文学评论家分布的大致结构。

出版社再三考量,确定两位皖籍女性评论家担纲主编,以何向阳、刘琼、潘凯雄、郜元宝、王彬彬、洪治纲、刘大先、杨庆祥的八本专著作为书系"开篇"。作为主编,一方面我们深感荣幸,一方面我们也心有不安。在与各位作者多次交流,向他们征询意见,大致确定书系以及各书的走向、形态与结构并收齐全部书稿之后,2023年夏初,编辑、作者在安徽黟县专门召开改稿会。大家充分交流,逐部审订内容,最终确立了这套书的书名、体例与出版日程。

这套书是一个开放的书系,还会有更多的皖籍评论家加入,也可向上延伸,呈现皖籍评论家文艺评论丰厚的历史遗产,或者更可以打破地域之限,以引出当代"中国评论家"书系的出版。当然,若以文学评论为开篇,此后艺术评论更加丰富的面向能够予以呈现,则这套书会有一个更为恢宏的未来。

从动议策划到付梓印刷,历时两年。在传统出版竞争激烈、出版市场压力巨大的大背景下,花费时间、精力与资金出版这套书,安徽出版集团的支持体现了时代的担当,而这担当后面的支撑则是对文化建设的深度尊重与共建热忱。在此,感谢安徽出版集团的眼光与魄力;感谢给予本书系出版以具体支持的朱寒冬先生,他的督阵与推动为我们提供了动力;感谢安徽文艺出版社姚巍社长与各位编辑的踏实、严谨,他们为这套书付出了巨大心力。

目前八部理论评论著作《景观与人物》《偏见与趣味》《不辍集》《中国当代女性文学散论》《成为好作家的条件》《余华小说论》《蔷薇星火》《在大历史中建构文学史》已经放在了各位读者面前,同时,它们也进入了文化与故乡的时空序列中,它们必须接受来自故乡与评论界的双重检验。我们乐于接受这种检验,同时也相信它们经受得起这种检验。

2024 年 6 月 26 日　北京

目 录

总序 何向阳 刘琼 / 1

文史互动

从时间拯救历史
——文学记忆的多样性与道德超越 / 3

一、超越"历史"叙事 / 4

二、文学记忆的不同方式 / 13

三、时间的救赎 / 27

中国文化多样性的复合传统与当代实践 / 37

一、元典理念:历史与经验 / 39

二、人民共和:现代性转型 / 49

三、多元文化主义:后现代与差异性 / 58

四、"新时代"的实践 / 69

从后文学到新人文

——当代批评及其转折 / 78

一、"纯文学"之后 / 79

二、现象与话语 / 89

三、寻找何种新人文方式 / 102

万取一收

中国人类学话语与"他者"的历史演变 / 117

一、种族话语与中国作为西方他者 / 121

二、本土他者的诞生:从压抑到凸显 / 135

三、差异性生产与消费 / 161

结语:文化以人为本 / 184

论改革开放以来少数民族文学的主体变迁与认同建构 / 190

一、"文学共和"表征"人民共和" / 193

二、现象与结构的错位 / 205

三、"单向度的多元"问题 / 217

声光影隙

李安与中产阶级美学修辞术 / 231

　　一、个人、家庭与欲望 / 234

　　二、恋物与冷漠 / 242

　　三、中产阶级神话学 / 251

王家卫与新美学趣味的歧途 / 260

　　一、情绪与城市 / 261

　　二、感伤、浮艳与世纪末 / 272

　　三、坎普习气与新感受力的不满 / 283

知识分子杨德昌的突围与回归 / 295

　　一、台北·病人 / 296

　　二、繁复与反讽 / 305

　　三、犬儒与君子儒 / 311

蔡明亮的身体测绘：爱欲及其限度 / 320

　　一、目光 / 323

　　二、听觉 / 327

　　三、体液与疾病 / 333

　　四、性别与剧场化 / 338

五、欲望的能量／343

后记／352

文史互动

从时间拯救历史

——文学记忆的多样性与道德超越

关于文学与历史的纠葛,自柏拉图时代迄今史不绝书,中国当代文学因其与民族重建、国家话语、政治社会变迁密切相连而让这个问题更加复杂。究竟是亚里士多德式的将文学与历史视为不同的现实表述,还是像19世纪批判现实主义大师们那样将文学当作现实/历史的表达手段?论者众说纷纭,莫衷一是。其中核心的问题是历史与"历史"(历史的书写)的逻辑层次需要首先区分:文学书写者内在于历史之中,他的写作是一种"历史",这种"历史"被创造出来,自身也会成为历史的组成部分。历史与"历史"之间的绞合,如果不辨析清楚则会让概念和讨论变成一个没有尽头的莫比乌斯环。

基于此,我将作为一种历史书写手段的文学视为广义的记忆方式,同时也将其视为历史本身,在这种双重视野中厘析文学与历史之间的互动,剖析内含着历史观念的历史书写所避免不了的主观参与,试图以文学记忆的角度展示历史公正性的所在——文学记忆的多样性历史观念具有突破"历史书写"偏狭的可能性,可以释放出文学书写参与历史的能量。为了体现这种多样性,我论述所涉及的文本更多是中国不同民族的文学书写。我们会发现,历史作为不同主体、权力、话语争夺的场所,在不同的文学记忆中体现了不同的道德态度,记忆在这种复杂的伦理状态中显示出其无法化约的多种层次,而只有超越个体道德才能让文学具有普遍性的意义。从这个意义上说,"历史"也即是现实和未来。

一、超越"历史"叙事

21世纪以来值得注意的一个中国文学现象是,一批作家几乎都进入泛历史意义上的写作当中,回眸前尘、沉思往事(比如莫言《檀香刑》,格非《人面桃花》《山河入梦》《春尽江南》,张炜《你在高原》,王安忆《天香》,贾平凹《古炉》,刘震云《一句顶一万句》,阎连科《四书》《炸裂志》,金宇澄《繁花》等）。与之前带有先锋小说余脉的"新历史主义小说"（比如苏童的《我的帝王生涯》《1934年的逃亡》《罂粟之家》《妻妾成群》，余华的《活着》《一九八六年》《往事与刑罚》，叶兆言的《状元境》《追月楼》，格非的《青黄》《风琴》《迷舟》，陈忠实的《白鹿原》，王安忆的《纪实与虚构》《长恨歌》，刘恒的《苍河白日梦》等）侧重个人化、碎片化、情欲化的书写略有不同的是，这股回望浪潮从历史凌虚蹈空的想象构制中返回，以经历和经验作为基础，聚焦于中国现当代史的不同侧面，并且试图通过文学的形式反映、再现、象征、寓言，进而重建某种"历史"。

"非虚构"类的回忆录也成为出版和阅读的热点。章诒和《往事并不如烟》，齐邦媛《巨流河》，孙康宜《走出白色恐怖》，王鼎钧《昨天的云》《怒目少年》《关山夺路》，聂元梓《聂元梓回忆录》，徐景贤《十年一梦》，许燕吉《我是落花生的女儿》，黄永玉《无愁河上的浪荡汉子》等，或者沉浸在逝去的乌托邦想象之中，或者追踪个体与大时代的互动线索，或者仅仅是为自己辩诬与抒情，而在在着意于记忆在私人与公共、个体与集体、情感与理性之间的折冲。只是这些回忆往往是拥有话语权力的精英们的独白，从而在一定程度上构成了对普通人记忆的压抑机制,即使是那些以"民间记忆"出现的文本,也往往难以挣脱"共名"的影响——某些刻意的疏离性记忆不过是在反向上重复了它的对立面的逻辑。

这些广为瞩目的作品行列中,也包括阿来(藏族)《空山》《瞻对》,达真(藏族)《康巴》《命定》等少数民族作家作品。除此之外,在少数民族题材写作中,所谓"重述历史"的现象也颇为值得关注,比如泽仁达娃(藏族)《雪山的话语》,叶广芩(满族)《状元媒》《豆汁记》《逍遥津》,林佩芬(满族)《故梦》,铁穆尔(裕固族)《北方女王》《裕固民族尧熬尔千年史》,郎确(哈尼族)《茶山人家》,征鹏和陈波(傣族)《溅血的王冠》,鲁诺迪基(普米族)《泸沽湖之恋》,韩文德(撒拉族)《家园撒拉尔》,杜梅(鄂温克族)《那尼汗的后裔》等。它们至少在表面上与此种写作热潮呼应,体现了一个时代对过往的渴慕——它们追忆与重述的民族过往中杂糅了无法分割的地方性和现代性因素,从而为我们时代价值冲突、伦理多元的景象增添了更加繁复的维度。

我曾经在一篇文章中以张承志、乌热尔图及台湾省卑南族作家巴代的作品为论述对象提出,很大程度上他们对

"重述历史"的解读始终还是笼罩在"历史"这一宏大命题的阴影之中。而这个"历史"话语是可疑的,它的发生充满了启蒙现代性所规范的理性叙事和科学主义色彩。那些被"历史"所压抑的非理性、元逻辑、超验式的记忆过往的方式并没有得到显现,反而进一步在其中受到规约和束缚——后者恰恰是作为少数者话语或者说被压抑的认识论所具有的突破"历史"话语潜能的地方。因而,究竟是何种"历史"?谁写的历史?写谁的历史?如何写的历史?这些都会成为问题。所以,可能需要开发新的阐释模式,用溢出"重述历史"话语范式的"记忆"来讨论这些现象。[①]

诚如年鉴学派—新史学第三代大师勒高夫(Jacques Le Goff)所说:"记忆是一个可以四通八达的概念。……是存储有一定信息的财产,它首先是一个心理活动的集合体,有了心理活动,人们方可将过去的表达或信息以过去的模样再加以现实化。"[②]"'记忆'在时间外的延伸,使得历史与记

[①] 刘大先:《叙事作为行动:少数民族文学的文化记忆问题》,《南方文坛》2013年第1期。
[②] 勒高夫:《历史与记忆》,方仁杰、倪复生译,北京:中国人民大学出版社,2010年,第57页。

忆截然分裂开来。"①"历史"作为记忆的一种方式,强调一般性的概括叙事,所以任何历史书写都需要对记忆进行化约式的叙事,这与它的对象即那些历史事实的独特性之间构成了无法缓解的内在紧张。因而在"历史"研究和撰写中,想象力必不可少,但"历史"并非小说,它的想象应该如同数学家所具有的想象,是一种科学的想象,要建诸文献研究之上。长久以来历史学家们一直试图构筑某些历史解释的原则,其中最重要的是"历史的意义"和"历史的规律"这两个原则。这种对历史确定性解释的企图,在19世纪的历史主义中达到了高潮。其结果就是历史事实往往会被"历史"结撰成为具有一定逻辑关系和结构的叙事,很大程度上时间先后的顺序会被有意无意地置换为因果关系或者隐喻关系②。

从历史书写的发展来看,无论中西都经历了从神话到科学的转变,它在知识领域中的价值性也有着从神圣到尊

---

① 勒高夫:《历史与记忆》,方仁杰、倪复生译,北京:中国人民大学出版社,2010年,第73页。
② 海登·怀特在《元史学:十九世纪欧洲的历史想象》(陈新译,南京:译林出版社,2004年)中对不同类型历史叙事及其结构进行了分析。

贵,再到世俗化的过程。原本记忆有多重形式,比如口头传承、身体实践、仪式、纪念碑、节日、文献等等[1],当现代"历史"拥有了对过去的解释权的时候,这种摆脱了神圣性的"历史",就使得具有丰富情感和信仰内涵的记忆权威性让渡给理性与科学主义主宰的"真实性"。由于记忆是集体身份认同的核心要素之一,于是对记忆权利的争夺也日渐激烈。国家的节日、民族的语言、博物馆与档案馆的设立及对公众的开放、口述史的再生、专门性"历史"研究的开展等都显示了记忆的抢夺战。

在对记忆权利的争夺中,因为很大程度上无法摆脱"历史"的现代话语,所以会产生所谓的"记忆危机"。如同赵静蓉所说,"虽然记忆危机的现实表征多种多样,但最基本也最核心的无疑还是记忆失真。这是因为记忆基于过去的经验和经历,以曾经真实发生过的事情为原始素材,真实性是记忆的绝对本质。从记忆心理学的视角来看,记忆主体和记忆客体之间的时空距离、记忆主体对记忆客体的情感预设、'记忆的社会框架'对记忆的规约和塑造、思想意

---

[1] 保罗·康纳顿:《社会如何记忆》,纳日碧力戈译,上海:上海人民出版社,2000年。

识形态以及政治权力对记忆的运用等等,都有可能造成记忆的真实性被破坏或被扭曲,但在当下中国的社会语境中,基于记忆失真意义上的记忆危机,主要和根本地源于一种民族性的集体无意识,即以'价值'取代'认知',以'记忆的善'取代'记忆的真',以'记忆的伦理学向度'遮蔽'记忆的科学向度',最终以一种政治道德或记忆的德行替换了本应为科学道德或记忆之真实性的东西"[1]。比如,对于某些如灭绝犹太人、南京大屠杀、"文化大革命"等创伤性记忆,亲历者或者受害人往往在历史叙事中拥有了在道德上的政治正确性,任何迥异于他们所书写的"历史"的记忆都会被视为冒犯。这在实际书写中,会出现存储性与功能性记忆冲突的状况[2],具体到当代中国文学与文化文本中,就是"亲历性记忆不断地以私人主体冒充历史主体"的现象,从而将某些功能记忆比如红色记忆转变为对历史的压抑性叙

---

[1] 赵静蓉:《中国记忆的伦理学向度——对记忆危机的本土化再思考》,《探索与争鸣》2013年第12期。

[2] "存储记忆"是残留的,无组织的,未被居住的,其特点是距离化、双重时间化和个体化;"功能记忆"则是经过配置的,富有意义的,被居住的生活史,其特点是**合法化**、**非合法化与致敬**。某些存储记忆可以被激活,转化为功能记忆。参见【德】阿莱达·阿斯曼、扬·阿斯曼:《昨日重现——媒介与社会记忆》,见冯亚琳、埃尔主编:《文化记忆理论读本》,余传玲等译,北京:北京大学出版社,2012年,第26—33页。

事,其逻辑是拒绝将未来引入当下生活的结构性存在之中。① 即便在以客观面目出现的学术著作中,也会无法回避隐藏在客观表述背后的主观态度所造成的真实性危机②。

不过,是否存在某种具有普遍和超越性的"真实性",这是件大堪玩味的事情。事实上,真实性的迷思和贫困几乎是任何表述都无法摆脱的先天局限,关键在于持有何种历史观,不同的历史观中对"真实"的标准和界定各有不同。有论者在当代中国文学叙事中发现了"细节与历史的景观化""历史主体的'去成人化'""历史寓言的'去历史化'"等现象③。这些问题,正是主观上的记忆认知框架的

---

① 2013年12月21日,在暨南大学"文化·记忆·历史"青年学者研讨会上,周志强以姜文《鬼子来了》、管虎《斗牛》、叶广芩《青木川》为例,讨论了这种记忆的政治问题。

② 人类学者景军《神堂记忆:一个中国乡村的历史、权力与道德》便是以复原民间与底层记忆为旨归,但是过于强调"社会"与"国家"权力之间的对抗的结构,以及以儒家传统村落为研究中心的取向,使得多民族比较维度缺失,无疑简化了社会结构的复杂性,所呈现出来的真实也只是在特定视角下的部分真实。参见刘大先:《记忆的塑造与部分的真实》,《南方教育时报》2014年1月3日。

③ 杨庆祥:《历史重建及历史叙事的困境——基于〈天香〉〈古炉〉〈四书〉的观察》,见中国现代文学馆编:《2013年度唐弢青年文学研究奖论文集》,北京:当代中国出版社,2013年,第46—58页。

局限造成的。近现代中国的历史写作中,出现了现代化叙事与革命叙事之间的此消彼长、相互博弈,但如同李怀印所说,此类历史书写往往将"历史"的空间局限在人为的"民族国家"之内,如果我们"在更大范围内与世界其他文明互动以及在日益密切联系的世界中重构与其他力量关系的情况下,将其界定为中华文明再生或复兴的宏大进程,那么,作为一个诠释工具以及历史空间,民族国家便会丧失其有效性。简言之,在全球化时代,中国近现代史的新解释,不仅意味着'拉长'其跨度,且需扩大其空间"①。我在这里需要补充的则是,即便在"民族国家"(姑且在一般意义上将当代中国视为一种民族国家的变体)内部,如果更换考察与表述过去的视角,即用记忆替换"历史",也会解放出既有的历史书写所遮挡住的能量,从而进一步逼近历史的本相。

"历史"从来就不必然导向对纯粹事实的依从,被书写事实往往是书写者价值立场和问题意识引导的结果,是在研究中构建出来的。"历史哲学"诞生以来,经历了思辨的

---

① 李怀印:《重构近代中国——中国历史写作中的想象与真实》,北京:中华书局,2013年,第34页。

本体论、分析的认识论和语言的修辞论等不同历程,就中国文学史而言,以中国多民族文学的事实为依据,建立一种多民族、多时间、多文学、多历史的文学史观具有潜在的范式意义。① 如果再推进一步,其实就是超越"历史"书写,进入文学记忆的认识方法:真实性在历史话语中被赋予了道德色彩,吊诡的是在目的论的指引下,历史真实性并无所得,我们可以期待的只有文学记忆的多样性所显示的正当和正义。

二、文学记忆的不同方式

文学记忆的多样性有待我们发掘,在许多场合和语境中它与主流历史话语是重合的,尤其在所谓"一体化"的时代,政治主旋律的强势话语会导致文学书写自觉不自觉地上行下效、望风景从。"十七年"时期的红色经典文学中,尽管在后来者的"再解读"中,表面上一体的意识形态律令中似乎充满了芜杂的日常生活与欲望缝隙,然而它们终究

---

① 李晓峰、刘大先:《中华多民族文学史观及相关问题研究》,北京:中国社会科学出版社,2012年,第244—265页。我在其他地方也提到"重绘现代中国时间图像"的问题,参见刘大先:《现代中国与少数民族文学》,北京:中国社会科学出版社,2013年,第82—94页。

无法拒绝集体性、人民性、阶级斗争等作为主导性语法的笼罩性影响。即便是那些边疆与边地的故事,如玛拉沁夫(蒙古族)《茫茫的草原》,陆地(壮族)《美丽的南方》,李乔(彝族)《欢乐的金沙江》等,也充满了革命斗争、土改、合作化等"时代精神"的形式与内核。革命的宏大叙事在"新启蒙"与"后革命"时代转换成了个人主义式的自由话语或消费主义话语,虽然名目不同,但是它们从提供叙事结构的功能上来说是相似的——这样的记忆都被"历史"所左右。这种"历史"话语笼罩下的记忆不能说是虚假的,它们同样构成了多元记忆的一部分,只是不具有在主流"历史"语法之外的文学独创性。下面我结合几个文本,讨论一下当下文学记忆的几种方式,希望在"历史"化的叙事之外,发现包含生产性的范例。

1. 断裂传统的自我悖反

傅察新昌描写新疆伊犁河谷锡伯营从晚清到 20 世纪 80 年代历史变迁的长篇小说《秦尼巴克》,是一部引起较大争议的作品。作者在前言中称:"《秦尼巴克》是我的心灵史,也是几代边疆移民的血泪史:人与兽、爱与恨、生与死、战争、灾难、咒语,以及一本寂寞的《圣经》,纠缠不清的家族复仇,像带着疾病、沮丧、挣扎和绝望,无非是在撒播灰色的尘埃。你现在看到的《秦尼巴克》,是一部与我无关的家族野史,但它绝对是边疆移民的秘史。从这部小说的表面上来讲,没有什么可读性,只有高度统一在人性意义上,才能得到公正的阐释。"[1]然而,正是"野史"和"秘史"对历史的乖谬导致了不满,使得作者本人在北京被他的锡伯族人殴打。迄今为止,还可以通过"网络考古",在"新疆锡伯语言学会"网站上看到数篇对该书及作者的严词批评。批评者所持的评判标准是"真实"与否,认为傅察新昌"没有完全真实地表现出历史,也没有真实表现民族的精神,作品中的很多描述是虚假的,把锡伯族描写成没有伦理、淫欲乱伦、不开化、荡女徜徉的野蛮,扭曲了民族真实的历史"[2]。表面看起来,这似乎是文学虚构与"历史"真实性诉求之间的冲突,然而细读文本却可以发现问题并不是"历史"的不真实,而是文学的不真实:作者无力赋予自己的虚构以诗性的正义,即便是从想象性记忆的角度来看,这个作品对历史也依然是一种混乱、嘈杂的污名化处理。

---

[1] 傅察新昌:《秦尼巴克》,沈阳:沈阳出版社,2009年,第1页。
[2] http://www.xjsibe.com/xblscl_content.asp?id=242

"秦尼"是英语"China"的译音,"巴克"(Bagh)则是维吾尔语"花园"的意思。这是一个被外来者表述的词语,最早见于1931年凯瑟琳·马嘎特尼《外交官夫人回忆录》中的描述[①]。苏格兰女人凯瑟琳是第一任英国驻喀什噶尔总领事乔治·马嘎特尼(马继业,George Halliday Macartney,1867—1945)的妻子,21岁时随夫到新疆喀什,在那里生活了17年,养育了三个孩子,后来在回忆录中创造了这个带有异国情调色彩的词语。为了达到陌生化的效果,傅察新昌将"秦尼巴克"这个本来指代英国驻喀什噶尔总领事馆的词,借用来指称伊犁河畔的察布察尔,潜意识中已经是以他者的眼光和思维方式来观照自己的故乡。这即便不是空间误置,也是一种自我东方化的无心之举:"秦尼巴克"在文本中实际上已经形成了一种对新疆乃至中国的隐喻。这种"他者的眼光",却并不是超越历史层面的理性剖析和后见之明,而是没有特定参照系统的零散、碎乱材料的集合。小说中的人物无论是行为还是言辞,都以一种缺乏内在逻辑的方式展开,叙事中夹杂的新疆地方正史性内容与虚构

---

① 凯瑟琳·马嘎特尼:《外交官夫人回忆录》,王卫平译,乌鲁木齐:新疆人民出版社,1997年,第26页。

人物、情节之间无法有机融合,从而使得情节莫名其妙地逆转、性格令人意外地陡变,而当勉强敷衍成文时,最终也无法形成一个清晰或可信的图景:锡伯营在这个长篇叙事中面目模糊,形象粗陋。

汉娜·阿伦特(Hannah Arendt)指出,如果要把过去讲述成一个故事,必须要有某种公共性话语的传统,"没有传统,在时间长河中就没有什么人为的连续性,对人来说既没有过去,也没有将来,只有世界的永恒流转和生命的生物循环"[①],其中的关键在于完成思考,以便阐明记忆,并形成对它的命名。《秦尼巴克》的问题正是在于既无锡伯族群传统的话语继承,又不能全然借用外来的西方话语,无法完成对过去的命名与思考过程,因而历史只能是一堆令人难堪的碎屑。过去的人与事如同雪崩一样溃散,铺满在叙事的道路上,让历史成了一片荆棘丛生的荒滩,于是作者在试图重塑记忆的过程中只是造成了自我的悖反。

2. 历史样本与静止的记忆

阿来《瞻对:终于融化的铁疙瘩——一个两百年的康

---

① 汉娜·阿伦特:《过去与未来之间》,王寅丽、张立立译,南京:译林出版社,2011年,第3页。

巴传奇》(以下简称《瞻对》)和泽仁达娃的《雪山的话语》①都是以康巴地区的历史为题材,虽然从一般的体裁分类来说,两者一为长篇散文式的历史随笔,一为长篇小说,但因为二者所写的内容常有互涉,所以可以对照起来读。《瞻对》从乾隆九年(1744)川藏大道上因为清兵被瞻对地方藏民强盗抢劫引起的政府征剿开始,根据汉藏文献材料和作者实地考察所得口头资料,描写了从清到民国,政府军七次对瞻对这样一个小地方的军事行动。这样一个号称"铁疙瘩"的地方,内部势力此消彼长,地方豪强纵横千年,甚至在数万大军进击之下也从未被彻底征服,直到当代中国才显示出其末世气象:"1950 年,中国人民解放军第十八军,仅派出一个排,未经战斗就解放了瞻化县城。瞻对,这个生顽的铁疙瘩终于完全融化。不久,新政权将瞻化县改名为新龙县。那时的新政权,将自己视为整个中国,包括藏族地区的解放者。这个意思,也体现在新改县名的举动中。瞻化一名中,要害是那个'化'字——意思是以文明化野蛮,以汉文化去化别的文化。'化'之目的,是一个政治与文化

---

① 泽仁达娃:《雪山的话语》,《芳草》2012 年第 5 期。

都大一统的国家。而新政权的设想,正式确认是多民族的共和。"①

这个地方史的重述,可以视作阿来一直试图将"形容词"西藏还原为"名词"西藏的努力,即从藏文化内部对其进行阐说——一种类似于人类学所谓"文化持有者的内部眼光"的言说。然而,格尔茨(Clifford Geertz)曾经告诫过那些试图理解他人的学者:"任何一个人类学家(笔者按:此处也可以用在历史学家和作家身上)从其被访者处得到的精确的或半精确的感觉,适如言语所之,恰似并非由如此这般受容的经历所由出,即这是一个人自己的个人史,而不是他所隶属的人们的历史。这些都来自他们构设表达自己的模式的能力,亦即我愿称之为符号系统的能力,这种受容性允许其向前发展。去理解那种……不同文化持有者内在的生活的形式和压力的确比去理解一个谚语,去捕捉一个暗示,去体悟一个笑话……更有助于去达成一种心灵的交流。"②《瞻对》这个文本根据的基本是正史材料,虽然不乏

---

① 阿来《瞻对:终于融化的铁疙瘩——一个两百年的康巴传奇》,成都:四川文艺出版社,2014年,第306页。
② 吉尔兹:《地方性知识:阐释人类学论文集》,王海龙、张家瑄译,北京:中央编译出版社,2000年,第92页。

对藏文史料和藏人口头传说的借用,但其分量是微乎其微的,更重要的是,其叙述所遵循的"语法"依然是"历史话语"的。也就是说,他没有卢卡契意义上的总体性关怀,也没有能力通过细节还原和心灵描摹去理解瞻对"内在的生活形式和压力",甚至根本上就毫无此种自觉,而只是打开了一个封存在典籍、笔记和口头文本中的故事,重新恢复成"历史"叙事。

从这个意义上来说,《瞻对》所持的历史观念是极其刻板的,不过是19世纪兰克(Leopold von Ranke)史学甚至更早的中国考据学的松散版本,而常常夹杂在史料叙述中的作者现身"借古讽今"式的点评,也流于一个好古癖的业余层面——历史观决定了"历史"本身的静止状态:它已经是一个既成事实,只是在作者的笔下再次追溯,将它像一个已经固化的标本一样从"历史"的水面之下打捞上来。信息纷拂而下,变成乏味赘冗的时间仓库积存物。"形容词"西藏,固然变成了"名词"西藏,但是更具现实意义的"动词"西藏却没有出现。如何将这些沉重史料赋予卡尔维诺意义上的"轻盈"感①,萃取出智慧与情感的结晶,可能是"知识"向文学迈进必得要跨越的鸿沟。

泽仁达娃的《雪山的话语》则通过晚清到民初康巴地区的人事铺陈,形成一种可以称为康巴记忆的文本。长久以来关于康巴历史的书写一直存在于正史系统的权威阴影之下,而关于过去的认识并非这种历史编纂法所可一言以蔽之;它也并不是所谓"新历史主义"观念下的"重述历史",因为康巴历史本来就是"历史"的"在场的缺席"。《雪山的话语》更多的是要表述一种关于地方的记忆,而不是对既有历史的某种改写,尽管它在客观上起到了这样的效果——充实或者替换了有关康巴历史的已有写法。需要指出的是,这种自觉的记忆书写与普鲁斯特式的"非意愿性记忆"也有所差别,前者是一种主动文化建构,带有明确的意图。从这种意义上来说,所谓"雪山的话语",就是一种自足的内部言说,将以贝祖村为代表的康巴作为一个中心,敷衍传奇,演义过往,成就一段独立不依的族群与文化记忆。这种记忆中的"康巴中心观"无视了外在的进化论、人

---

① 卡尔维诺:《新千年文学备忘录》,黄灿然译,南京:译林出版社,2009年,第1—31页。

性论、阶级斗争、唯物史观……而着力于枝蔓丛生的民间与地方表达,从而为认识中国这一多民族统一国家内部的语言多样性、文化多样性和历史多样性提供了别样的视角。边缘、边区、边民在这种话语中跃为中心,形成一种新型的地方文化角逐力,在当下的文学文化格局中具有不可替代的意义——它一旦产生就会产生新的生产力,为未来的写作和知识积累养料。正是无数这样的"话语"的存在,才让中国文学拥有自我更新的能力。所不足之处在于,长时段地理时间视野的匮乏,造成对历史漫无头绪的迷惘,从而过于将康巴封闭在"雪山"这一阈限之内,也就阻碍了地方记忆与更宏阔的国家/全球记忆的纵横交错——现代性不由分说地进入这个偏远角落,外部动态的变化无论如何都不能忽视,然而在抽象而超越性的"雪山"中,它们都踪迹不见。

3. 在独特性记忆中寻找共通性

"年轻的哈萨克"艾多斯·阿曼泰在《艾多斯·舒立凡》中进行了一场文学试验,他通过不同时代、环境和身份的艾多斯和舒立凡作为男女主人公的五十个故事,连缀起了哈萨克古往今来的历史。这是一种元叙事,叙述人经常跳出来对自己讲述的故事进行自我省思、检讨、否定、辩护和诠释,从而达到了间离化的效果,但更重要的是这种间离化是为了达成个体记忆、社会记忆、集体记忆、"历史"记忆之间的对话,从而完成一种历史叙述。用那个毕业于北京大学哲学系到边疆工作的艾多斯的话来说:"哈萨克写了那么多年故事,别说情节上没有什么奇巧的花活儿,连故事本身都没有啥变化。所有故事都是一对儿男女相爱,但他们却不能在一起,后来他们就死了……甚至这根本不是故事,这是种契约!是我们哈萨克人和大地和世界和祖先和自己的契约。只要我们哈萨克人还存在,我们就会把这个故事写下去。男孩女孩相爱,但最后无法真正在一起。当以这种情怀去诉说故事时,故事就不只是故事了,这是哈萨克人的全部!我们能做的只有把一个故事按照不同的视角,不同的意义反复叙述。"[①]我们似乎可以轻易地将这个小说解读为"原型叙事",然而它并非某种神话的当代显影,而是某种神话历史时间的展开:"一代代哈萨克人唱着艾多斯的歌开始了爱情,于是歌曲成为了历史。这份历史

---

① 艾多斯·阿曼泰:《艾多斯·舒立凡》,乌鲁木齐:新疆青少年出版社,2013年,第89—90页。

不记载王侯将相,不记载时代的奇事趣闻。这份历史追寻着那些永恒不变的东西。"①

这是一种有生命的历史,自我、族群共同体和世界在时间的海洋中融合为一,集体性赋予了流动不已、朝生暮死的微小个体以恒久绵延的生命。这是集体记忆或者文化积淀,但更是自我更新的生命本身。它有利于突破那种在历史书写中被刻板印象化了的鲜活存在,当代哈萨克人可能没有读过哈萨克经典《阿拜之路》,不会像祖先一样骑马,可能是个工程师,但依然是哈萨克。就像作者不无自信地宣称的,这是一本小型的哈萨克百科全书,里面有哈萨克各个时代的各种命运。小说超越历史的地方在于,它自身完满地构成一个世界,甚至可以让它的世界充满内部的多元对话,"它列举了存在的真实,和曾以为会存在的真实"②。这种"真实"观念无疑是对现代历史话语中"真实性"观念的突破,或者也可以说是对原初本真性的返归。在这样的"真实"里,"我决定按照哈萨克社会制造一套小说的规矩。

---

① 艾多斯·阿曼泰:《艾多斯·舒立凡》,乌鲁木齐:新疆青少年出版社,2013年,第105页。
② 艾多斯·阿曼泰:《艾多斯·舒立凡》,乌鲁木齐:新疆青少年出版社,2013年,第127页。

在我的小说世界里,每一条线上的人都可以共享另一条线上同名人物的背景、经历和心情。正是本着这个的精神,小说世界开始发生松动和变化。因为小说所述的并非一个哈萨克人的故事。每一个哈萨克人的故事,都是这个民族全部的故事。这个道理十分简单:哈萨克人很少,少到只有两个人。一个人是艾多斯,一个人是舒立凡"[1]。一即是全体,而全体也是一,文学记忆让它们都一起复活在记忆的共时呈现里,不停地回溯、闪回、反转和倒流,让时间也不再局限于近代以来的线性矢量进展之中。

值得注意的是,小说中特别强调了哈萨克文化中独特的时间观念:"我们哈萨克人,为了一场 toy(聚会)是什么都能不管不顾的。哈萨克人喜欢 toy,为什么? 因为草原生活是孤独的,toy 是场面性的、可记忆性的事件,它是一个刹那。多年后,我想今天,我记不住我早上是用高露洁还是中华牙膏刷的牙。所以它们虽然发生了,却是虚假的,不重要的。而今天我们几个好友能够在这里一起畅谈,多年后我也不会忘记的。今天的聚会就构成了一个刹那,一个场面,

---

[1] 艾多斯·阿曼泰:《艾多斯·舒立凡》,乌鲁木齐:新疆青少年出版社,2013 年,第 192 页。

一个可记忆的真实事件。哈萨克人原来没有什么书面历史,都靠史诗和民歌。民歌不记录时间,只记录刹那。事实上,真正的哈萨克人也没有时间概念,不知道时间的存在。当他们形容一个事件的时间,就说哪场 toy 和哪场 toy 的中间。我们或许可以说这没什么,但它告诉了我们一种世界观、一种时间观:人的一生不是按时间计算的,是按有多少刹那来计算的。经历了越多刹那的人,他活得就越久……这种世界观绝对不是真理,但我觉得在如今的城市中,有太多人没这么想了。大家坐地铁,奔跑着上地铁,只为少等两分钟。大家太珍重时间了,却不知道要珍惜刹那。"[1]这里提出了一个尖锐的问题:究竟生活的真实,是在刹那中,还是在刹那之外的时间呢?不同的时间观导向对"真实"本身的质疑,事件性的记忆与编年史式的罗列记忆、连贯性的叙事记忆、因果关系的逻辑记忆并行不悖,成为可选的历史。

当代生活的快节奏、高效率、急速的频率,让时间陷入一条加速的单行道,农耕、游牧、渔猎这些生活方式面临着

---

[1] 艾多斯·阿曼泰:《艾多斯·舒立凡》,乌鲁木齐:新疆青少年出版社,2013年,第219页。

现代性的危机,因而我们时代出现了大量具有挽歌情怀的怀旧型"黄昏叙事"。如何避免此种心灵与情感的记忆中历史书写沦为敲打现实的棍子,艾多斯·阿曼泰的通变性的时间叙事尝试,让哈萨克族"阿依特斯"式的民间智慧进入现代叙事场景之中,为如何理解一个民族、一种文化、一类历史开掘了一条蹊径。在中国多元族群的文学现场,我们可以发现很多类似上述哈萨克式的尝试:草原、森林、萨满、仲巴、毕摩……意象纷呈而来,各以其差异性谋求共通性。

三、时间的救赎

上述所论文学记忆,无论是作为现代性后果的断裂性记忆,是试图恢复地方传统的族群记忆,还是独特的事件性记忆,在面对书写历史时,都离不开时间这一要素。只不过有的是将时间进行了传统与现代的划分,有的将时间打包封存悬置起来,有的则恢复了某种独特的时间观念。如年鉴学派的创始人之一马克·布洛克(Marc Bloch)所说:历史是"关于时间中的人"的科学。但是,历史学家不能只考虑"人"。人的思想所赖以存在的环境自然是个有时间范围的范畴。① 这里的"人"并不是个人,而是社会,是个有组织的集体性存在。这个集体性的"人"作为历史主体,对于时间采用何种态度,决定了"历史"的呈现形状和历史的实践走向,也唯有从近代时间模式的霸权中超离,才能将历史从"历史"中拯救出来。

西方时间意识有着不断演变的过程,古希腊文化中指向的是黄金时代和英雄史诗年代,基督教末日的观念则影响到中世纪人对现在观念的认识,直到启蒙时代以后进步的理念才进入历史,历史才转向未来。中国前现代时期的时间观念同样繁复多变,退化的、轮回的、进化的并存,在不同地域与族群之中也存在对时间的不同标记方式和认知范式。近代中国的时间观念则在现代性宇宙论的总体转型中发生变化,进步主义和现代感得以形成,而时间的前后也被划分为传统与现代、新与旧,进而获得了价值和道德意味。② 这种时间观念辐射到各种有关政治、社会、文学进程"历史"的内在构成逻辑之内。

---

① 布洛克:《历史学家的技艺》,黄艳红译,北京:中国人民大学出版社,2011年,第47页。
② 湛晓白:《时间的社会文化史:近代中国时间制度与观念变迁研究》,北京:社会科学文献出版社,2013年,第320—341页。

进化性的时间会带来"欧洲与没有历史的人民"的问题,即它的时间模式会带来分离,"当把世界划分成现代社会、过渡社会和传统社会时,它妨碍了我们理解它们之间的关系。其次,每个社会都被定义为一个由各种社会关系组成的自主的、封闭的结构,因而无法分享社会间的或集团间的交换,包括内部的社会冲突、殖民主义、帝国主义以及社会依附"①。这样的"历史"书写会造成弱势社会的记忆能力被剥夺和丧失,而事实上"无论是那些宣称他们拥有自己历史的人,还是那些被认为没有历史的人,都是同一个历史轨道中的当事人"②。回到中国当代语境之中,"历史"所携带的科学权利和政治权势,让不同区域、民族的人共享了相同的历史话语,因而在主导性的历史语法之外的族群、故事、价值、异议者的表达是无法进入历史书写的。以文学史为例,比如旧体诗词写作尽管依然在进行,但不会进入"当代文学史"著述当中(虽然目前也有少数文学史试图纳入)。这种否认某种文化具有"当代性"的举措,实际上就是拒绝它

---

① 沃尔夫:《欧洲与没有历史的人民》,赵丙祥等译,上海:上海人民出版社,2006年,第19页。
② 沃尔夫:《欧洲与没有历史的人民》,赵丙祥等译,上海:上海人民出版社,2006年,第32页。

的同代性,剥夺其参与现实文化的权利。这部分被"历史"摒弃的"同时异代"的内容,只能在记忆中找到出口。

除了进化性的时间之外,"历史"的时间还是均质的。费尔南·布罗代尔(Fernand Braudel)曾提出过针对不同历史的三种时间划分:第一部是人与其周围环境关系的历史,是一部近乎静止不动的历史,流逝与变化滞缓,是几乎超越时间的、与无生命事物接触的历史;第二部是在这部静止不变的历史之上的另一部慢节奏的历史,这是一部社会史,即群体与团体的历史;第三种即传统历史部分,或可称之为个体、事件史,它是一种表层上的激荡,如潮汐在其强烈运动中掀起的波浪,是一部起伏短暂、迅速、激动的历史。这样,历史就被分解为几个层次,或者说,历史时间被区分成地理时间、社会时间、个体时间。[①] 后来,他又用长时段、中时段和短时段,分别指称这三种时间,它们各自对应的历史事物分别是结构、局势和事件。"对于历史学家来说,万物都有时间上的开端和终结。这种时间是数学上的、神圣的时间,是易于模拟的观念,是外在于人的(正如经济学家所说的

---

① 费尔南·布罗代尔:《菲利普二世时代的地中海和地中海世界》第一卷,唐家龙、曾培耿等译,北京:商务印书馆,1996年,第8—10页。

'外来的')时间。它推动人们,强迫人们,把他们个人的时间涂抹上同样的色彩。它的确是这个世界上专横的时间。"①布罗代尔自然也了解社会现实的多种灵活的时间,但是依然强调"必须使用历史学家的统一时间,因为这种时间能够成为所有现象的共同标准"②。这是科学化了的时间,而我想强调的则是文学的记忆时间,尤其是文学记忆所体现的心理时间、情感时间、非均质的时间。

心理时间最突出的表达无疑可以追溯到柏格森的论述,在《创造进化论》中,他将生命理解为超越机械论与目的论,认为无机体只有抽象时间,而生命才有真正的绵延。时间因而被区分为钟表度量的"空间时间"和直觉体验到的"心理时间",也即"绵延"。传统的时间观念里各个时刻依次延伸、环环相衔而至无限,组成一根同质的长链;而"绵延"既不是同质的,又是不可分割的,唯有在记忆中方有可能存在,因为记忆中过去的时刻是在不断积累的。③

---

① 布罗代尔:《论历史》,刘北成、周立红译,北京:北京大学出版社,2008年,第54页。
② 布罗代尔:《论历史》,刘北成、周立红译,北京:北京大学出版社,2008年,第55页。
③ 柏格森:《创造进化论》,肖聿译,北京:华夏出版社,1999年,第7—87页。

在柏格森看来,记忆更多与身体相关联,形象(意象)在其中具有中介作用。[①]"绵延"作为浑然不可分割的整体,它的要义在于不断地流动和变化。在文学史家的研究中,普鲁斯特的"非意愿记忆"便是受到柏格森生命哲学和直觉主义的影响。而我在前文所述的哈萨克文本,则不仅仅是意识流动的问题,它提示的是整个记忆模式的翻新,即从"历史"中抽身之后,返回到族群传统的神话时间模式里,口头记忆卓然跃动于文字书写之中。

口头传统是少数民族文学中独特的遗产,这也是我在众多当代文本中特别选取少数民族文本的原因。蒙古、藏、柯尔克孜、彝、达斡尔、侗、苗等不同民族中,都有着大量活形态的口头文学遗存。这些口头传统的记忆依靠传承人或物质性的人工制品等记忆手段来完成,与书面文化中的文字线性记忆不同,它们大量的是非陈述性记忆,而不是陈述性记忆,但与后者又有互动关系。过渡到书面语之后,听觉向视觉转换,由于身体参与、体验感的变化,时间性也发生了改变。原先可能是循环、交替、交叉、缠绕的时间因为文字的逻辑顺序,而变得线性向前了,心理和心态也随之发生

---

① 柏格森:《材料与记忆》,肖聿译,北京:北京联合出版社,2013年。

了所谓"原始思想的驯化"。伴随着的是记忆从神圣化到世俗化,再进一步历史化(科学化)的过程,原先的集体记忆被修改,但不是被摧毁,而是自己的叙事替代,口头文学的许多思维方式无疑渗透到其书面文学的写作之中。此方面的研究方兴未艾,但在主流当代文学评论与研究中尚属"存在者的缺席"状态。

"口头文化中的记忆的限制,遗忘的作用以及语言和手势的生成性使用都意味着,人类的多样性处于连续创造的一个状态,常常是循环性的而非累积性的,即使在最简单的人类社会之中。"[①]这提醒了我们重视边缘记忆差异性时间的问题,客观的历史、意识形态的历史在这种记忆里被生命化的时间意识置换,从而也就为当下写作与生活注入了活力。时间的多元化消解了"历史"所承载的沉重伦理,前述文学记忆的不同方式,如果从这个意义上来说,就只是差异性,而没有价值优劣的差别。但是,这并不是说要导向某种极端的相对主义。记忆的价值弥散化,只是恢复历史的真正客观性,重新对"真实"做出界定和判断,并不是做审

---

① 杰克·古迪:《口头传统中的记忆》,户晓辉译,《民族文学研究》2005年第1期。

美趣味的评判。

　　需要指出的是,这种对历史客观性的恢复,只是要抵抗近现代"历史"书写的科学霸权,复兴多维度观察历史的可能,绝不是否认历史主体的主观能动性。尼采认为了解过量的历史会伤害生活,而了解生活也的确需要历史为之服务,"历史对于生活着的人而言是必需的,这表现在三方面:分别与他的行动与斗争、他的保守主义和虔敬、他的痛苦和被解救的欲望有关。这三种关系分别对应了三种历史——要是它们能被区分开来的话——纪念的、怀古的和批判的"[①]。因为对未来和现世生活本身的强调,尼采特别称颂那些"反历史"与"非历史"的人,他们深信文化的"可塑性",并且有着强力意志,能够将过去涵化、融合,使之成为现在生活的活力。那些对历史带有的纯知识性兴趣,如果不是过错,至少会有种迷恋骸骨的可悲。"这种毫无节制的历史感,如果被推到了它的逻辑顶点,就会彻底毁掉未来,因为它摧毁了幻想,并夺走了现存事物所赖以生活其中的仅有的空气……如果在历史的冲动背后没有建设性的冲

---

　　① 尼采:《历史的用途与滥用》,陈涛、周辉荣译,上海:上海人民出版社,2000年,第11页。

动,如果清除垃圾不只是为了留出空地,好让有希望有生命的未来建造起自己的房屋,如果只有公正是至高无上的,那么创造性的本能就会被消耗和阻遏……艺术有着与历史相反的效果;也许只有在历史转变为一件纯粹的艺术作品时,它才能保持本能或是激起本能。"①

"现在"和"未来"的生活始终是创造性的旨归,历史主体必然要做出选择,就如同本雅明所说:"过去的真实图景就像是过眼烟云,它唯有作为在能被人认识到的瞬间闪现出来而又一去不复返的意象才能被捕获……每一个尚未被此刻视为与自身休戚相关的过去的意象都有永远消失的危险。"②这个"认识",也即历史观(历史主体使用历史的方式)至关重要,它体现为两种倾向:用过去教育未来,用未来规划现在。本雅明强调了历史唯物主义的"当下"概念,"历史主义给予过去一个'永恒'的意象;而历史唯物主义则为这个过去提供了独特的体验。历史唯物主义任由他人在历史主义的窑子里被一个名叫'从前有一天'的娼妓吸

---

① 尼采:《历史的用途与滥用》,陈涛、周辉荣译,上海:上海人民出版社,2000年,第53—54页。
② 本雅明:《历史哲学论纲》,见阿伦特编:《启迪:本雅明文选》,张旭东、王斑译,北京:三联书店,2012年,第267页。

干,自己却保持足够的经历去摧毁历史的连续统一体"①。这里回响着尼采式的革命与创造理念,多元记忆的正当性就存在于这种革命性的创造中,而在时间的迭复回环之中,历史也愈加显示出其鲜活清晰的面容。

  如今丧失了直接干预现实功能的当代文学如果要树立自己立足的基石,显然不是重复历史书写的话语,而是让自由意志游弋于融合未来、现在与过去的绵延时间中,在绘制多样的记忆图景中与历史话语构成互补、对话、博弈和交流。价值观的一统性破碎之后,如同马克思所说,"一切坚固的东西都烟消云散了",各种道德都出来竞争自己的市场,其后果显示出锋利的两面:多元化带来了解放,然而新的控制形式也随之诞生,"新的意识形态"正笼罩在当代文学的上空。文学书写如果不能承担其时代的责任,必将死于历史的旷野,而记忆多维度的展开可能预示了某种文学合法性与复兴的可能。

---

  ① 本雅明:《历史哲学论纲》,见阿伦特编:《启迪:本雅明文选》,张旭东、王斑译,北京:三联书店,2012 年,第 275 页。

中国文化多样性的复合传统与当代实践

　　中国各个民族在人口构成、地理风土、经济形态、语言习俗、宗教信仰等方面有着复杂的差异性,但在战争与统一交替绵延数千年的历史中维持了基本的稳定。虽然近代以来进入到以"民族-国家"为国际单元的全球史进程,清帝国却并没有像其他老帝国如奥匈帝国、奥斯曼帝国、俄罗斯帝国一样分解为不同的民族国家,而是在各方协商中扬弃型地继承了帝国的遗产,并经由反封建反殖民斗争获得民族解放与独立,并在社会主义理念中重新整合构建为各民族团结、共荣、和谐的新型国家。在近现代堪称天崩地坼的政治理念与社会变迁中保持统一延续的重要原因之一,就在于中国有着处理文化多样性的丰富治理观念与经验,这些观念与经验在现代历史情境中的转化与发展,使得中国各民族历经磨难而最终保有了相对稳固的共同体意识和认同。

我这么说,并非是从结果倒溯原因的目的论,以证明当下的合法性,而是回眸历史,总结经验,以应对现实,进而为未来中国与中国人的文化认同和身份意识提供借鉴。而引发文化多样性理念重新梳理与塑造的缘由,可以归为以下两方面:1.现实的后退。我们身处冷战终结的"后革命"氛围中,伴随华约体系的终结与北约体系的衰落,以及各种新兴民族国家的崛起,世界似乎向多极化方向发展,但实际中显示出来的是保守主义回归(比如美国墨西哥边界树立的界墙、一些国家移民政策的紧缩)与新一波以族裔、宗教为基础的民族主义与极端主义浪潮(比如库尔德、魁北克、加泰罗尼亚、ISIS)。对于中国而言,民族与边疆问题更多表现为90年代以来全球性的"族性自觉"以及由此形成的民族认同与国家认同之间的并立局面,而前者常有挤压后者之势。2.理论的自主性。资本、技术、信息、消费和风险的全球化与共有化,使得"民族-国家"遭受质疑并且面临危机,但这种危机体现在认同问题上的文化主义、功能性或差异性解释,还有经院化倾向,使得理论变成了"室内游戏"

与杯水风波,缺乏现实感,无助于认识与解决实际问题。现实与理论都要求将问题历史化与现实化。

身份认同固然有着特定的基础(语言、肤纹、体质、地理等),且与政治权利、经济利益直接相关,但文化与想象也在其中扮演了重要角色。在媒介融合与文化融合的当下,网络空间叠加在地理空间之上,虚拟现实进入物理现实之中,文化与想象有时候甚至能跨越血缘、地域、经济与生活的共同体发生作用。重新分析文化多样性理念的复合传统,有助于在"文化帝国主义"与"多元文化主义"互为一体的话语中,确立自主性的认知与实践。

一、元典理念:历史与经验

前现代中国的政体形态、典章制度、民族构成、地理疆域经历起承转合,关于"中国"内涵与外延的认知也屡经变异,秦汉分别从"车同轨,书同文,行同伦"的度量衡、文字和行为规范,以及"罢黜百家,独尊儒术"的意识形态整合,建构起延续两千年之久的"大一统"王朝帝制观念与治理方式,应对地理、人口、文化风俗的具体情况采取了"因地制宜"的原则,"量地制邑"与"分民而治"、"山川形便"与

"犬牙交错"相结合①,除了直接统辖,还有和亲、结盟、羁縻、朝贡、土司、流官等多种治理模式与操作。这种"大一统"与"因地制宜"的辩证,成为处理帝国文化多样性的有效理念,在维护统一与连续性中发挥了至关重要的作用,而追溯其渊源,显然是从先秦元典中而来,它们构成了天下式世界观中经久不衰的精神遗产。

《诗经·北山》曰:"溥天之下,莫非王土;率土之滨,莫非王臣。"②在这种世界观中天子的疆域没有外部与边界,显示出文化先发地带极大的文化自信,因而在对待他者时也有包容并蓄的气度,如同《论语·颜渊》所说:"敬而无失,与人恭而有礼,四海之内,皆兄弟也。"③所谓"四海",从地理结构上来说,处于"中国"(实际地域就是九州)之外,是从华夏中心一层一层往外推延的所在。《尚书·禹贡》勾勒了这种外推图示:"九州攸同,四隩既宅。九山刊旅,九川涤源,九泽既陂。四海会同,六府孔修。庶土交正,厎慎财赋,咸则三壤成赋。中邦锡土姓。祇台德先,不距朕行。

---

① 周振鹤:《中国地方行政制度史》,上海:上海人民出版社,2005年。
② 《诗经注析》,程俊英、蒋见元注,北京:中华书局,1991年,第643页。
③ 《论语集释》,程树德撰,程俊英、蒋见元点校,北京:中华书局,1990年,第830—833页。

五百里甸服。百里赋纳总,二百里纳铚,三百里纳秸服,四百里粟,五百里米。五百里侯服。百里采,二百里男邦,三百里诸侯。五百里绥服。三百里揆文教,二百里奋武卫。五百里要服。三百里夷,二百里蔡。五百里荒服。三百里蛮,二百里流。东渐于海,西被于流沙,朔南暨声教,讫于四海。"①"五服"(甸、侯、绥、要、荒)沦漪般地扩大结构,是西周重要的邦国畿服制度,后来也有三服、六服、九服的不同划分,大致从"要服"开始已经不是自己人了。清人江声注"要结好信而服从之",基本算是称服的友邦;其中的"夷"《孔传》注"守平常之教,事王者而已";"荒服"马融注"政教荒忽,因其故俗而治之",有着因俗而治的自治意味,而"流"则是"流动无定居",属于化外的游牧民族。这种沦漪模式以关系的远近亲疏平面扩展,类同费孝通所谓的"差序格局":"以'己'为中心,像石子一般投入水中,和别人所联系成的社会关系,不像团体中的分子一般大家立在一个平面上的,而是像水的波纹一般,一圈圈推出去,愈推愈远,

---

① 《尚书今古文注释》,孙星衍撰,陈抗、盛冬铃点校,北京:中华书局,1986年,第201—207页。

也愈推愈薄。"①王柯曾将先秦天下观念归纳为"三重的天下":理论与现实中的"四海之内"与"九州",阶级制的"内服"与"外服","中国"与"四夷"的有机统一。② 此归纳颇为精当,但"阶级制"的提法则属后设叙事,用"亲疏制"可能更符合彼时的理想类型。

"中国"之外的"四海"是边缘民族及其生活的区域和习俗文化。《尔雅·释地》称:"东至于泰远,西至于邠国,南至于濮铅,北至于祝栗,谓之四极。觚竹、北户、西王母、日下,谓之四荒。九夷、八狄、七戎、六蛮,谓之四海。"③《风俗通》解释"夷","东方人,好生,万物抵触地而出。夷者,抵也";"狄","辟也,其行邪辟";"戎","凶也";"蛮","慢也。君臣同川而浴,极为简慢"。三国时经学家孙炎解释"海"为"晦,晦暗于礼义也"。可见,"四海"并非单指地理概念,与"中国"一样,更多的是文化概念。"中国"的华夏与"四海"的蛮夷戎狄,形成了五方之民,因为气候、地理、

---

① 费孝通:《乡土中国》,《费孝通文集·第5卷》,北京:群言出版社,1999年,第335页。
② 王柯:《民族与国家:中国多民族统一国家思想的系谱》,北京:中国社会科学出版社,2001年,第5—30页。
③ 《十三经注疏·尔雅注疏》,郭璞注,邢昺疏,李传书整理,徐朝华审定,北京:北京大学出版社,1999年,第198—201页。

风俗、文化的差别,而需要实事求是地对待。《礼记·王制》言:"凡居民材,必因天地寒煖燥湿,广谷大川异制。民生其间者异俗,刚柔轻重迟速异齐,五味异和,器械异制,衣服异宜。……中国戎夷,五方之民,皆有其性也,不可推移。东方曰夷,被发文身,有不火食者矣。南方曰蛮,雕题交趾,有不火食者矣。西方曰戎,被发衣皮,有不粒食者矣。北方曰狄,衣羽毛穴居,有不粒食者矣。中国、夷、蛮、戎、狄,皆有安居、和味、宜服、利用、备器,五方之民,言语不通,嗜欲不同。达其志,通其欲:东方曰寄,南方曰象,西方曰狄鞮,北方曰译。"[①]这段话经常被引用,因为它确立了一个以"中国"为中心的不同民族的相处模式:修其教,不易其俗;齐其政,不易其宜;从而成为此后处理民族关系灵活机动原则的滥觞。需要注意的是,器物、服饰、饮食、气味的差别,成为区别文明与野蛮的标志,但茹毛饮血、披发文身、生食穴居、气味腥膻这些外在因素,并不构成种族主义式的排斥,"和而不同"的终极目标当然是"天下大同",但在理想状态达至之前并不妨碍"求同存异"。

[①] 《礼记集解》,孙希旦撰,沈啸寰、王星贤点校,北京:中华书局,1989年,第358—360页。

本文并不意在阐释此种类似"文化民族主义"的观念,相关讨论已经很多。我想指出的是,"夷夏之辨""尊王攘夷"之说固然显示出某种华夏中心主义,但"中心"并未固化不变,而"夷夏变态"的交流也从未停止过,而是双向互化:一方面是因利乘便、顺势而为,如墨子论"节葬"时所言"便其习而义其俗者"①;另一方面则是趋利避害、经变从权,如赵武灵王之胡服骑射。华夏礼乐所构成的文教叙述,如果换用今天的话来说,可以类比为文化话语权和主流价值观的塑造——正是主流文化强大的实力与价值观的向心力,才造成了后来历史进程中"华夷一体"的可能性,为现代的"中华民族"塑造奠定了基础。这种情形在中原王朝衰落、游牧民族南下的碰撞与交流过程中体现得最为明显。在国力强盛的年代,文化中心的强盛足以使之具有巨大的兼容、吸附与转化的力量,"夷夏之辩"往往隐匿不显,凸显的是胡汉一家、华夷一体,如唐太宗所说:"自古皆贵中华,贱夷、狄,朕独爱之如一,故其种落皆依朕如父母。"②只有在面对周边民族威胁时,"正统论"才会浮出水面,如魏晋

---

① 《墨子》,方勇译注,北京:中华书局,2011年,第209页。
② 司马光编著、胡三省音注:《资治通鉴》卷198,北京:中华书局,1976年,第6247页。

南北朝、唐末五代十国、宋契丹辽金西夏并立,这几个动乱冲突年代,正朔、服色等问题才会成为政治和文化精英比较关注的问题。① 从历史发展来看,夷夏之间的界限始终在绝对与相对之间游走,展现出不同的立场与抉择,引发不断的融合与创变。

在这个意义上,元和清这两个由北方少数民族建立的大一统王朝在中国历史转折中非常重要,不仅因为它们都在军事开拓和疆域扩展上留下了现代中国继承的广袤地域,更值得探讨的是,元使得汉地与江南融合,清对西藏、新疆(包括西域与西南)的囊括,以及游牧渔猎民族与农耕民族,甚至中亚色目人、东北亚的朝鲜、俄罗斯等族群也合并入中国族群的谱系中来,"小中国"由此走向了"大中国"。元、清两代其实都实行过民族歧视政策,因而也在后续的明朝和民国肇起之初引发带有种姓之别与民族主义色彩的反拨,但冲突融合的结果是"中华民族"观念的生发和拓展。如同萧启庆在谈到蒙元支配对中国历史影响时所说:"中原文明在蒙元时代虽经历空前严峻的考验,却能浴火重生,

---

① 关于这一问题历史脉络的梳理,参见饶宗颐《中国史学上之正统论》,上海:上海远东出版社,1996年。

而且并未偏离原有的发展主线。在蒙元覆亡之后,中原文明的核心特质如儒教国家、君主专制、官僚组织、士绅社会、士大夫文化以及以汉族为中心的族群结构等皆无根本的改变……元朝亦是以中原为政治中心,不再是一个草原国家。忽必烈及其继承者虽号称为蒙古世界帝国的'大汗',但为加强其统治的合法性,不得不以中原的正统帝王自居,因而必须尊崇中原的典章文物,照顾臣民的生活福祉,对中原文明未曾过度摧残。"[1]与某些带有殖民时期"满蒙史学"色彩的论述中强调元的蒙古中心世界帝国意味(比如日本学者杉山正明的一系列论述)不同的是,从成吉思汗的大帝国到忽必烈的元帝国,虽然都堪称世界帝国,但忽必烈之后,无论从经济还是从文化,都还是归入了中国的正史系统之内[2],主流文化的涵濡化育,使得元朝成为"多元一体"中国的重要发展阶段[3]。

---

[1] 萧启庆:《内北国而外中国:蒙元史研究》,北京:中华书局,2007年,第60—61页。

[2] 吕正惠:《杉山正明教授的中华文明观:〈疾驰的草原征服者〉〈游牧民的世界史〉读后感》,见张志强主编:《重新讲述蒙元史》,北京:三联书店,2016年。

[3] 陈得芝:《蒙元史与中华多元文化论集》,上海:上海古籍出版社,2013年,第194—209页。

清更是成功地将汉满群体为主的内地－东北、内亚少数民族为主体的藩部、改土归流后的西南"新疆"联为一家,多样性的疆域、经济、信仰、语言、文化在因地制宜的政策中得以协调。日本和美国的新清史学者乐于强调清帝王的"共时性君权"(simultaneous emperorship)或"复合君主制"(composite monarchy)式特点,即在皇帝身上聚合了应对不同地区与族群的族长、大汗、活佛、皇帝、东亚共主等不同形象,因而建立起不同的法理关系。在这种论说中,清朝与此前汉人王朝不同,其同一性是非制度的同一性,甚至"满洲特性"是国家成功的关键因素。① 但这种说法忽略了此前唐朝就有"天可汗"的称号与认同②,无疑本末倒置,忽略了主流③——因为清王朝要接续正统,无论从功利考量还是从文化权衡,要完善稳定的统治,都必须认同主体文化

---

① 关于"新清史"各家、批评者及国内的反应,简略而直接的一本参考文集是刘凤云、刘文鹏编:《清朝的国家认同——"新清史"研究与争鸣》,北京:中国人民大学出版社,2010年。

② 罗香林:《唐代天可汗制度考》,《唐代文化史》,台湾:商务印书馆,1963年,第54—87页。朱振宏:《大唐世界与"皇帝·天可汗"之研究》,台湾新北:花木兰文化出版社,2009年。

③ 钟焓对清朝官修辞书中的君主称谓排序、"皇帝"在君权中的上升、藏传佛教法王在君主名称中的缺席以及君主的"同文之治"理想做了分析。参见其《清朝史的基本特征再探究——以北美"新清史"观点的反思为中心》,北京:中央民族大学出版社,2018年,第129—158页。

观念。最为典型的例子便是雍正要为清朝证明合法性的《大义觉迷录》,延续的就是文化民族主义的逻辑:"本朝之为满洲,犹中国之有籍贯。舜为东夷之人,文王为西夷之人,曾何损于圣德乎?……盖从来华夷之说,乃在晋宋六朝偏安之时,彼此地丑德齐,莫能相尚,是以北人诋南为岛夷,南人指北为索虏。在当日之人,不务修德行仁,而徒事口舌相讥,已为至卑至陋之见。今逆贼等于天下一统,华夷一家之时,而妄判中外,谬生忿戾,岂非逆天悖理,无父无君,蜂蚁不若之异类乎?……夷狄本是论人,亦善恶五性克全,无所亏欠为人,五性浊杂,不忠不信,为夷狄。"①华夷一家、无分内外说明对正统价值观的接续,到了乾隆年间,"清朝统治者的正统观念已经发生蜕变,他们从北方民族王朝的立场彻底转向了中国大一统王朝的立场;所以在高宗看来,清朝与辽、金这些北朝王朝之间既没有任何传承关系,也没有任何共同点,清王朝的政治合法性乃来自中原王朝。正因

---

① 关于雍正颁布《大义觉迷录》的来龙去脉以及他用"文化建构论"对曾静的"本质化"的思想改造,参见史景迁(Jonathan Spence)生动有趣的《雍正王朝之大义觉迷》,温洽溢、吴家恒译,桂林:广西师范大学出版社,2011年。此书另一个译本是《皇帝与秀才:皇权游戏中的文人悲剧》,邱辛晔译,上海:上海远东出版社,2005年。

为如此,高宗才会旗帜鲜明地坚持华夏正统的文化立场"①,甚至较之一般士人的认同还有过之而无不及。不同地方、民族、宗教组织在清帝国的联结,形成了今日中国的版图与文化基础,清帝似乎带有"复合君主"色彩,但从制度到观念,族性文化因素始终只是支流,而主流的则是先秦以来的正统观,"儒学为中华帝国提供了一个同质性的文化和认同感基础,从而在很大程度上弥补了古代帝国控制能力有限这一局限。儒学的存在使得帝国这一国家形态在中国这块土地上发展出一个难以逾越的高峰:古代中国有着强有力的国家,发达的官僚体制和精英层面上的认同感"②。这是维持了中华两千年"大一统"的政治与文化"大传统"。

二、人民共和:现代性转型

晚清到民初是古老的"大一统"天下观解体时期,中国面临古今中西的冲突与交融,民族主义作为一种欧洲地方

---

① 刘浦江:《正统与华夷:中国传统政治文化研究》,北京:中华书局,2017年,第192页。
② 赵鼎新:《国家、战争与历史发展:前现代中西模式的比较》,杭州:浙江大学出版社,2015年,第91页。

性,伴随着文艺复兴、大航海时代、启蒙运动、工业革命的一系列近代变革,而逐渐获得其普遍性,并扩散到世界的其他角落。中国在19世纪中期之后也面临着文化的"语法之变":"西方给予中国的是改变了它的语言,而中国给予西方的是丰富了它的词汇。"[1]也即中国既有的价值观被现代西方传来的观念所取代,"天下"的普遍性让位给了民族国家体系构成的"世界"的普遍性,而在"世界"之中,中国自身成为一种特殊的多样性构成分子。从洋务运动到维新立宪,再到排满革命,中国经历从天下主义到世界主义,再到民族主义的转型,意味着现在"民族"观念在模仿中诞生,而这种欧洲起源的民族论在现代性的强势进程中是排斥多样性的,这也造成了中国的民族与民族主义实践过程中对内部多样性的一度压抑。

以推翻清帝国为目的的清末汉民族主义宣传对中国的内部多样性与复杂性存在盲视(也可以视为宣传动员的策略与权宜之计),1912年1月1日,孙中山发表的《中华民国临时大总统宣言书》中便吸收了清末立宪运动中的"五

---

[1] 列文森(Joseph R. Levenson):《儒教中国及其现代命运》,郑大华等译,北京:中国社会科学出版社,2000年,第139页。

族大同"理念,将同盟会改编自朱元璋的"驱逐鞑虏,恢复中华"一转为"五族共和",但直到1924年他在三民主义中的"民族主义"论述中,依然强调汉人本位,而意在通过团结"家族",进为"宗族",抵达为"国族"①。这种有着熔铸一体理念的民族主义观念,在彼时有着应对帝国主义和殖民主义入侵的针对性,而现实中则是民国政府建立后南方革命党与北洋军阀旧部之间内战不断,在晚清的"地方军事化"过程中坐大的各地势力也各有其利益与关切所在,整个国家虽然从领土上大体继承了清帝国的遗产,在事实中却处于松散的联邦式局面。国民政府在帝制崩解后的民族与边疆问题上一直游移不定且带有机会主义色彩,始终未有系统而一贯的政策。② 20世纪30年代日本帝国主义的直接入侵无疑激发了中国人身份认同的同一性——确立自我与他者只有在这种生死存亡的关头最为真切。1943年,蒋介石在《中国之命运》中,提出"国族同源论",称汉族为"国族",只有"汉、蒙、满、回、藏"有明显的文化和人种差

---

① 孙中山:《民族主义》,《孙中山全集》第九卷,北京:中华书局,1986年,第183—253页。
② 林孝庭:《民国初年国民党民族政治之再思考(1911—1928)》,中国社会科学院近代史研究所编:《民国人物与民国政治》,北京:社会科学文献出版社,2009年,第1—21页。

异,而把汉族之外的少数民族称为"宗族",认为他们是汉族的"大小宗支"——"五族共和"显然是以"国族一体"为目标。

与之相反,中国共产党最初接受共产主义理念,这种理念的理想状态中是没有国家概念的,对多样性有着极大的包容与尊重,在其中国化的现实中则需要实事求是。关于国内多民族问题,共产党一开始认同民族自决主张,在其背后有着"一战"时美国总统威尔逊的倡议和苏联的民族政策影响,但伴随着中国革命的推进以及对中国历史与现实的认识加深——显然威尔逊的主张不过是为了削弱老帝国的势力,而苏联加盟共和国的模式与中国历史沿袭下来的"大一统"脉络相互扞格,民族自决逐渐被修正为更符合中国国情的民族自治政策。1938年8月,在延安中央马列学院任教的杨松(吴平)发表了《论民族》,将中华民族定义为包括中国境内所有的诸ethnic(少数民族成员)群体的共同体,这一点区别于国民党理论中将"中华民族"约等于汉族的观念。10月,毛泽东《论新阶段》用马克思主义对三民主义进行重新解释,否定了少数族群的分离权,产生了新的中华民族概念。[1] 这一改变尤为关键,国际法中民族自决原则的主体权利和行使范围没有明确界定,从而造成了"二战"后直至今日一些国家内部的社会动荡和族群纷争,从而影响了国家主权的稳定性。中国共产党的民族区域自治政策吸收了现代理念,同时继承本土的多样性传统,为民族关系与民族团结奠定了和谐的基础,又在统一的社会主义国家框架之内解决了长期存在的多元地方的利益冲突问题。

1949年9月29日通过的《中国人民政治协商会议共同纲领》第六章《民族政策》规定:"中华人民共和国境内各民族一律平等,实行团结互助……使中华人民共和国成为各民族友爱合作的大家庭。反对大民族主义和狭隘民族主义,禁止民族间的歧视、压迫和分裂各民族团结的行为。""各少数民族均有发展其语言文字、保持或改革其风俗习惯及宗教信仰的自由。人民政府应帮助各少数民族的人民大众发展其政治、经济、文化、教育的建设事业。"1950年下

---

[1] 松本真澄:《中华民族政策之研究:以清末至1945年的"民族论"为中心》,鲁中慧译,北京:民族出版社,2003年,第222—229页。关于"中华民族"的观念史研究,参见黄兴涛:《重塑中华:近代中国"中华民族"观念研究》,北京:北京师范大学出版社,2017年。

半年陆续实行了组织中央西南、西北各民族访问团,少数民族代表国庆观礼团和参观访问团(包括军政人员、工人、农牧民、军烈属、教师学生、文艺工作者、活佛、王公、阿訇、堪布、藏传佛教僧侣、土司、头人),物资支援,恢复经济,改善贸易、水利等基础设施建设、公共卫生建设,培养少数民族干部,甚至给予特定需要以额外补助等措施[1]。一系列切实可见的改善措施,使得1952年8月公布实施的《中华人民共和国民族区域自治实施纲要》受到了少数民族同胞的普遍拥护。

少数民族族籍的识别与认定,可以视为社会主义中国的一种平权举措,即承认并确认曾经一度处于被侮辱与被损害的人群以国家主人的公民身份。少数民族成员由此转化成社会主义"人民"的有机组成分子。1954年《中华人民共和国宪法草案》中关于民族问题的阐述,体现了社会主义原则和人民民主原则。第三条和第四条则规定:"中华人民共和国是统一的多民族的国家……各民族一律平

---

[1] 中央民族事务委员会和有关主管部门可以从政务院申请少数民族贸易、教育和卫生额外的补助经费。《中央人民政府政务院关于全国少数民族贸易、教育、卫生会议的报告的决定》(1951年11月23日通过),《民族政策文件汇编·第一编》,北京:人民出版社,1958年,第40页。

等……各民族都有使用和发展自己的语言文字的自由,都有保持或者改革自己的风俗习惯的自由……各民族自治地方都是中华人民共和国不可分离的部分。""中华人民共和国依靠国家机关和社会力量,通过社会主义工业化和社会主义改造,保证逐步消灭剥削制度,建立社会主义社会。"当年10月,中共中央批发全国统战工作会议《关于过去几年内党在少数民族中进行工作的主要经验总结》中强调了帮扶改革的倾向性意见,指出过渡时期的任务是要使落后的民族得以跻身于先进民族行列。"对少数民族地区的社会改革,一方面指出,不进行社会改革,少数民族广大的劳动人民所受的压迫就不可能获得完全彻底的解放,社会不可能向前发展,过渡到社会主义也就不可能;另一方面又指出,对社会经济结构和汉族地区不相同的少数民族地区的社会改革,应坚持采取慎重稳进的方针……必须反对大汉族主义,也要反对地方民族主义。"[①]如何既保证稳定,又具备效率,既保障福利,又实现公正,既彰显个人、地方、少数者、边缘群体的权益,又要其作为平等公民、团体承担必要

---

① 林蕴晖:《中华人民共和国史·第二卷·向社会主义过渡——中国经济与社会的转型(1953—1955)》,香港:香港中文大学出版社,2009年,第459页。

的义务与责任,在权力集中、民主参与、物质分享上的协商与平衡尤为重要。所以,人民民主专政与协商共和可以看作是对多元冲突和权力专断的双重超越。它并非机械的"一刀切",而是考虑到由于幅员辽阔、区域发展不均衡、历史地理以及文化与宗教信仰的差异,又不将这种差异固化下来,而在动态的改革中予以建设性发展,从而建构了一种"不齐而齐""不同而和"的平等观与关系论。

体现于实践中,就是将原先自发的形形色色"共同体"发展为自觉的"社会",其途径是在多样性的基础上移风易俗,形成一种公民社会与主权国家之间的正和博弈,通过各种现代化措施使得基于自发形成、约定俗成的或固有价值的纯粹信仰关系,向自觉建构、自由协议基础上的新型关系转变。在现代化(科学、民主、发展……)的思路中,少数民族的认同首先是社会主义中国的公民,然后才是族众、教民、地方人等多种身份的叠加,一旦出现由差异性生发的分离主义倾向,则要毫不犹豫地进行整改。因为国内出现过类似情形,1957年7月民族委员会和民族事务委员会在青岛召开民族工作座谈会,次年2月在第一届全国人民代表大会民族委员会第五次扩大会议上发布了关于在少数民族中进行整风和社会主义教育问题的报告,指出过去几年党曾经强调反对大汉族主义,并在1952年和1956年两次全国民族政策执行情况检查中进行了着重批判,但面对目前出现的地方民族主义表现,则要强调反对地方民族主义。①

支撑融多样性与同一性为辩证一体的理论基础,是共同责任、共同利益与共同理想相结合的社会主义观念与实践。它的底色是阶级政治话语权,因为解放了此前被"无名"和"污名"的人口及其文化,从而不仅在身份政治上同时也在文化政治上提升了多样性的可能。这样说来,似乎同我们习惯从文学史上接受的此一时段文学是"一体化"的观念相冲突,事实上所谓的"一体化"不过是从审美与个人角度来看待这个问题。如果我们从这种习焉不察的知识范型中走出来,从政治与集体的角度来看,则翻身政治不仅体现在身体与身份上,也体现在观念与风格上。正是这个时期,"人民文艺"真正意义上在最广范围内抬升了民族、民间、口头文学的地位,而它们才是精英之外最多数人口实际上的文学生活的内容与形式,才是真正多样性的体现。

---

① 汪锋:《是社会主义,还是民族主义》,《民族政策文件汇编·第三编》,北京:人民出版社,1960年,第2—22页。

这是对古老的"和而不同"理念的现代性发挥。"和实生物,同则不继。以他平他谓之和,故能丰长而物归之;若以同裨同,尽乃弃矣"①说法中,"和"与"同"被人们谈论较多,但是"继"才是核心,保持对多样性的尊重(和而不同),对其进行创造性转换和创新,才能有可持续性的发展(继)。这就不仅仅停留在消极地承认多样性,而要将多元与差异的排他性利益与同一性中的共同利益结合起来,形成一种"积极的多样性",并且指向团结奋进、共同富裕、社会主义的远景目标和共产主义的崇高理想。

三、多元文化主义:后现代与差异性

社会主义中国建立初期,处于冷战格局的社会主义与资本主义路线之争中,基于革命传统又迫于内外压力,因而强化了阶级话语,但即便在最为激进的时刻,文化表述中不同民族及其文化的多样性依然得以展示并且成为塑造国家形象的主要方式之一,甚至成为彼时最令人关注的现象。比如从1949到1979年,电影中涉及多民族题材的如《内蒙

---

① 《国语译注》,邬国义、胡果文、李晓路撰,上海:上海古籍出版社,1994年,第488页。

人民的胜利》（1950）、《金银滩》（1953）、《哈森与加米拉》（1955）、《猛河的黎明》（1955）、《暴风中的雄鹰》（1957）、《牧人之子》（1957）、《苗家儿女》（1958）、《五朵金花》（1959）、《金玉姬》（1959）、《友谊》（1959）、《云雾山中》（1959）、《天山歌声》（1959）、《刘三姐》（1960）、《羌笛颂》（1960）、《柯山红日》（1960）、《五彩路》（1960）、《达吉和她的父亲》（1961）、《远方星火》（1961）、《摩雅傣》（1961）、《阿娜尔罕》（1962）、《鄂尔多斯风暴》（1962）、《农奴》（1963）、《金沙江畔》（1963）、《冰雪金达莱》（1963）、《冰山上的来客》（1963）、《阿诗玛》（1964）、《草原雄鹰》（1964）、《天山的红花》（1964）、《景颇姑娘》（1965）、《黄沙绿浪》（1965）、《沙漠的春天》（1975）《阿夏河的秘密》（1976）、《山寨火种》（1978）……除了涉及抗日救亡、解放战争、土地革命、社会主义建设这样的主流历史叙述,也关乎民间故事改编、跨境民族友谊等题材,尤为引人注目的则是爱情情节在反抗压迫、侦破敌特、劳动生产中的穿插,丰富了阶级性和集体性话语主导下叙述的多样性光谱,从而也在教育、宣传、感化、斗争的主基调中增加了通俗性、娱乐感与接受度。

在美术领域,如同电影领域一样,也有着超过同时代文学书写的题材扩展与形式创造。叶浅予《中华民族大团结》(1953)、董希文《春到西藏》(1954)、周昌谷《两个羊羔》(1954)、黄永玉《阿诗玛》(1954)、李焕民《初踏黄金路》(1963)、朱乃正《五月的星光下》(1963)、阿鸽《彝寨喜迎新社员》(1975)、马振声《凉山需要你们》(1976)……这些油画或国画作品中,边疆风景、民族人物、服饰建筑、习俗民情等不仅仅是某种"异域风情"的存在,而且是吸收了民族民间的素材与美学观念,并做了现代创新,形成了具有"中国风格"与"中国气派"的独特作品,洋溢着积极明朗、清新刚健的韵味。可以说,正是因为多样性的存在,"一体化"时代的艺术作品在美学品格上才没有陷入同质化之中,并且开启了新型的文化生产道路,一直延续到当下。只是在后续的发展中,这条带有启蒙和理性色彩的新文化道路逐渐由主流退缩为支流。

20世纪60年代之后,全球性的激进革命普遍发生了宏观政治的退潮,由此带来宏大叙事的失败,解放政治、左翼革命及其背后的启蒙叙事、思辨哲学、进化论、阶级论话语逐渐失效。与此同时,其能量转移到微观政治领域,身体与身份(族群、性别)问题被提升强化,后现代、后殖民、解构主义、新历史叙事学、女性主义、生态话语等陆续登场。对发达资本主义国家来说,这是经历两次世界大战和去殖民化斗争后,从政治到学术思想上的反思与推进;就发展中国家而言,20世纪上半期反帝国主义、反殖民运动与民族解放、民族独立彼此敦促,促成了整个世界格局的转变,从"不结盟国家""南北对话""南南合作"到"第三世界"理论,亚非拉的前殖民地或后发展地区纷纷建立自己的国家并试图树立自己的话语。两方面构成了冲突、对话与调适,而最终伴随着市场、资本、消费主义的扩散,逐渐形成了一种价值多元的无意识。还有一个原因是,新兴科学与技术对世界观与认识论的影响。20世纪以来的哥德尔不完备定理、量子物理、波粒二象性、混沌数学、控制论、信息论……改变了对牛顿力学世界和启蒙理性的认知,一度被工具理性、数理逻辑压抑的非理性、"元逻辑"、"诗性智慧"之类在新的时代被萃取、提炼,生发出各种歧异性话语。边缘群体、少数者的权力、多样性的存在日益成为一种共识,对于平等和承认的诉求,逐渐发展为多元主义的理论与行动。

价值多元与合理性的分歧是现代社会的基本特征,现代社会从政教一体中分化,形成价值观的多元。社会群体发生分化,如同齐美尔(Georg Simmel)所说:"它就会日益需要和倾向于超越它原先在空间、经济和精神等方面的界限,除了单一的群体开始时的向心性外,在日益增长的个体化过程以及因此而出现的它的各种要素的摩擦中,增加一种离心的倾向,作为通往其他群体的桥梁。"[1]这个个体化过程同时也是与普遍化互动的过程,即形成新的历史主体与历史话语的过程。个体化与普遍化良性而平衡的互动才会产生有活力的文化。就社会主义中国而言,早期过于强势的阶级与革命话语在激进化过程中难免会部分遮蔽多样性,从而造成整个文化生态的失衡。80年代改革开放与思想解放,某种程度上让"现代化"形成了新的全民族的"态度一致性",延续并改变了革命年代文化多样性的形态,到了90年代因为市场及新自由主义意识形态的席卷而来,尤其是伴随世纪末全球化的到来,多元文化主义则构成又一重传统。

近代以来进入世界史叙述的中国文化多样性已经不能

---

[1] 齐美尔:《社会是如何可能的:齐美尔社会学文选》,林荣远编译,桂林:广西师范大学出版社,2002年,第43页。

仅在中国范围内理解,而应该将其置于全球的复合语境之中,理解其文化交融与文化间性。到了改革开放的时期,中国融入全球的程度则更深。大卫·哈维(David Harvey)将20世纪70年代初期视为"后现代"开始的时间,而从弗朗索瓦·利奥塔(Jean-Francois Lyotard)到特里·伊格尔顿(Terry Eagleton)也几乎都同意,"分裂,不确定性,对一切普遍的或'总体化'话语的强烈不信任,成了后现代主义思想的标志"[1]。与这个时间平行的是多元文化主义的兴起。美国、加拿大等国家因为民权斗争和战后移民问题的现实,而逐步采纳了多元文化主义政策与倡议,在国家内部体现在少数族裔、边缘群体的权利合法化。就国际上来说,联合国教科文组织这样的机构则将文化多样性作为先验式的命题。多元文化主义存在不同理念,威尔·金里卡(Will Kymlicka)将文化多元主义分为社群主义的、自由主义框架内的以及对民族架构进行回应的三个阶段,并在"西方民主国家"内划分了少数民族、移民、奉行分离主义的种族宗教群体、非公民定居者、种族等级群体五种类型,具有"政

---

[1] 大卫·哈维:《后现代的状况:对文化变迁之缘起的探究》,阎嘉译,北京:商务印书馆,2003年,第15页。

治含混性","有时被自由主义用来反对守旧和狭隘的民族文化观,而有时又被保守主义者用来捍卫守旧和狭隘的少数群体的文化观"①,在各个国家表现不同。南非自1948年开始实行种族隔离制度(至1997年永久宪法诞生而结束),是为了限制白人权利,而马来西亚1974年实行九个政党的"国民阵线",内在实质却是"马来人优先"②。这些含混而诉求不同的多元文化主义理论上涉及一系列的边缘群体,包含诸如性别、宗教的少数派及各类亚文化等问题,但主要还是集中在少数族裔、有色人种、原住民的身份与认同上,以反对种族歧视、承认的政治和文化自由为基本诉求,③进而在教育、就业、政治选举、经济发展、语言文字使用等方面主张平等权利。

多元文化主义在理念与实践中存在名实相违的情形,像布莱恩·巴利(Brian Barry)所说,多元文化主义生发的

---

① 威尔·金里卡:《当代政治哲学》,刘莘译,上海:三联书店,2003年,第660页。

② 沃特森(William Watson)《多元文化主义》有很大部分篇幅用来讨论马来西亚的多元文化问题,长春:吉林人民出版社,2005年。

③ David Theo Goldberg, ed. *Multiculturalism: A Critical Reader*, Oxford UK & Cambridge USA: Blackwell, 1994. Amy Gutmann, ed. *Multiculturalism: Examining the politics of recognition*, Princeton: Princeton University Press, 1994.

问题跟它要解决的问题一样多,"对于多元文化主义的追求,从两个方面使得广泛的平等政治更加难以成功。从最小的方面来说,它转移了政治努力的普遍目标。但更严重的问题是,多元文化主义可能严重毁坏有利于机会与资源全面平等的组成联盟的条件"[1]。一方面它可能只是成了资本压盖其实质性压制的话术,从而引发了诸多批评[2];另一方面,在后现代语境中,因为对历史进化论的摒弃,多元文化主义很容易滑向缺乏共通价值标准的相对主义,使得平等尊严政治向"差异政治"转化。查尔斯·泰勒(Charles Taylor)曾经仔细分析过平等尊严政治与差异政治之间的差别,前者确认的原则普遍地意指同样的东西,而后者要求我们予以承认的是某个个人或群体独特的认同,是他们与所有其他人相区别的独特性。这有其"本真性"和内在性的现代合理性,但是"它有权要求我们以假设其具有价值的态度来研究不同的文化,但却没有权力要求我们最终做出的判断承认它们具有很高的价值,或者具有与其他文化平

---

[1] Brian Barry, *Culture and Equality: An Egalitarian Critique of Multiculturalism*, Cambridge: Polity Press, 2001, p325.
[2] 陈燕谷:《文化多元主义与马克思主义》,《原道》第三辑,北京:中国广播电视出版社,1996年。

等的价值","真正的价值判断的前提是不同标准的视界融合……这里涉及文化多元主义政治的另一个重要问题。强行要求肯定的价值判断,这种行为是同质性的,是完全自相矛盾的,也许我们还应当说是悲剧性的"[①]。2020年5月25日,美国明尼苏达州警察暴力执法造成黑人死亡事件,引发了BLM(Black Lives Matter,黑人的命也是命)抗议。这当然是奴隶制度、种族主义和阶级分化的恶果,在疫情焦虑和党派斗争之下,蔓延为全国性带有民粹性质的运动,却也暴露出多元文化主义所存在的一些问题。

多元文化主义原本不是中国少数民族文化所要面对的历史遗留问题,在现实中,《宪法》和民族区域自治法律法规也已经从理念上解决了平等和承认的问题,但多元文化主义在翻译中强化了文化性与差异性,这一点在90年代进入中国语境之后,成了文化话语中前提性的存在,而改变了社会主义中国早期的"积极的多样性"理念。后者正如前文所说是将文化多样性的发展视为一种过程与实践,而指向于未来某种理想主义的构想,但在多元文化主义成为主

---

① 查尔斯·泰勒:《承认的政治》,汪晖、陈燕谷主编:《文化与公共性》,北京:三联书店,1998年,第327、329页。

流之后,文化的差异性往往不自觉地被做了本质化的理解,从而使得文化多样性本身成了目标。也即当我们论述到文化多样性时,它成了叙述与思考的框架,而不再仅仅是历史进程中的某个问题或主题——文化因此被凝滞化和静态化了。在实践上突出地表现为一种带有"地方全球化"性质的文化(创意)产业。举例而言,从《印象·刘三姐》开创出了一种可以称为"文化印象生产"与"文化符号经济"的旅游观光模式,"通过将某些标志性元素从其原生处抽离出来,通过夸张的手法将其精细化与精致化,达到直击式的一眼难忘的传播效果。因而,'印象'的生产必然会走向刻板印象的生产","对于金钱和物质的欲望,显然是现代商品化、市场化的一种共通,但某一特定文化群落为了达到这种目的,需要为自己建立一种特殊性或者差异性……差异性非常重要,因为具有差异特征的文化符号可以成为象征资本,这种资本能带来其他的利益……'文化差异性'或者'多样性',其实可能根底里恰恰表明了我们时代文化不可避免地走向了同一性"[1]。到新世纪之后,差异性更加变成

---

[1] 刘大先:《远道书》,合肥:安徽教育出版社,2018年,第210、240页。

了不证自明的正确与确凿无疑的真理性论述,这个时候多元文化主义已经超越了内容或者"问题"的层面,而成为思维或者"方法"。

我们可以将这种情形解释为历史主体性弥散的结果,乌托邦耗尽能量之后溶解了的现实——"一切坚固的都烟消云散"了,离散出来的个体、地方与族群小型共同体、民族国家……被叙述为彼此冲突而对立的存在,共同利益至少在某个层面上被打破,而共同理想则退隐为口号式的存在。于是,多样性变成了差异性,带来了"政治正确"的褊狭与相对主义:1. 差异的绝对化,比如世俗化背景中的宗教基要主义;2. 差异的符号化,对文化商业性与景观化的开发、销售与消费;3. 差异的虚无主义,颓废与"丧"的逃避与虚幻的快感追求。而这一切背后"不在场的主人"则是"资本—权力—科技"三位一体的统治:从生命政治到精神政治的结合体。

文化的"非领土扩张化"不可能最终意味着地方性的终结,而是发生了转型,进入了一个更为复杂的文化空间之中"①。同质化、差异化、杂交化成为当下时代文化的风貌，这不是用经济学意义上的"创造性破坏"②就可以解释的，"世界主义"也不过掩盖了"资本—权力—科技"统治的真相。多元文化主义原本作为一种民主与平权举措，有其现实意义。如果将这种手段当作目的，就走向了其反面，对此学术界已经有诸多反思。但作为一种在后现代语境中产生的话语，已经融入中国当下文化之中，因而也是我们需要在厘析中扬弃式继承的传统之一。

四、"新时代"的实践

以上简要的分析，萃取了中国文化多样性理念的三重传统：一是本土经验中"因地制宜"与"大一统"辩证互存的历史传统，即由先秦元典所构筑的宇宙论中的"五方之民""和而不同"的天下观念，"修其教不易其俗，齐其政不易其宜"的治理方式，"四海之内皆兄弟"的关系愿景。它们形成了儒家意识形态主流，与强势国家一起构成了多样性统

---

① 约翰·汤姆林森：《全球化与文化》，郭英剑译，南京：南京大学出版社，2002年，第216页。
② 考恩(T. Cowen)：《创造性破坏：全球化与文化多样性》，王志毅译，上海：上海人民出版社，2006年。

一体的延续。二是民主主义革命与社会主义建设过程中的"共和"与"移风易俗"的现代性传统,近现代中国继承了前现代帝国的遗产,在向革命中国转型过程中,社会主义国家"人民共和"的观念与民族区域自治的制度设计,吸收了共产国际理念并结合本土现实,形成了"不同而和"的重叠认同和协商共识,同时又与现代化改造和可持续发展相结合。后一点尤其重要,对这段历史的厘析,有助于认清作为"同时代人"的不同民族之间"不齐而齐"与"不同而和"的政治与文化认同,确立团结、和谐、共同繁荣的基本观念。三是差异与平权的多元文化主义传统。20世纪60年代之后全球性宏观政治的退潮与微观政治的背景中,来自自然科学与人文社科的各类"后学"与铺展开来的文化多元主义,在改革开放的浪潮中融入中国的文化实践之中。90年代之后,"资本—权力—科技"结合与消费主义,使得文化多元主义成为政治正确,由此也引发诸多不满。这几种传统并非泾渭分明,而是在实践中复合在一起的。

在当下中国语境中,文化多样性理念更多集中于多元文化主义话语,对本土历史经验以及社会主义实践的遗产缺乏有效发掘,而这直接关乎文化安全与国家认同问题。

在这个普遍性共识断裂的时代,观察者发现,民族国家的危机以及由此生发出的全球化与多样性之间的纠葛,如何认识自我与他人的认同,凸显为时代命题。史密斯(Anthony D. Smith)在讨论全球化时代的民族与民族主义的时候,分析了个人认同与集体认同的差别:个人认同是多维度的,家庭、性别、阶级、地域、宗教、族裔和民族都能构成其基础,这些认同之间偶尔发生摩擦,但极少真正形成冲突,但集体认同则会受到外在性、黏合性的特定束缚,对某种集体认同的忠诚有时候会受到绑架。20世纪末以来,确实出现了跨国公司、金融组织、经济活动跨越国家的现状,但主权国家依然是资源调节与分配、政治与社会行为以及国际交往中的标准单位,而为了应对全球化的交往和碰撞,洲内联盟和其他一些依靠诸如宗教联结的组织也在谋求某种超越民族主义或者超级民族主义的形式。他以欧盟为例进行了分析表明,这种设想与操作事实上并未取得很好的效果,因为文化融合(合并认同)与合并主权并不相同,而通过共享记忆和经验——比如神话、传统的积淀与塑造,以及社会规划性的努力所希望达到的效果都还是未知之数。[①] 2020年2月1日,英国公投正式脱离欧盟,其原因我们无法尽言,但其结果倒正表明了联盟共同体的岌岌可危。而一切共同体认同,显然包含了统合多样性存在的两方面内容:其一是象征、符号、记忆与价值的主动构造,其二是现实的政治、经济、军事等方面的利害关系。当然,如果置入历史语境中来看,还包括一个面对共同危机的前提,近现代时期中国最大的危机是殖民与帝国主义入侵,当代中国则是身处其中的风险社会。

回到中国的文化多样性与认同现实中来,当下也面临着国际与国内的双重难题。一方面,中国作为"跨体系社会"与"文明综合体"国家,在国际语境中如何将自身塑造为一个文化统一体;另一方面,在自身内部则要同时协调平衡多样性,凝聚众多不同诉求和观念为一个文化统一体。如同汤林森(John Tomlinson)所说:"大多数民族国家根本没有同质的文化实体,非但如此,积极而活跃的抗争与经济此起彼落的情况,方才是当代政治与文化生活的显著特征。

[①] 史密斯:《全球化时代的民族与民族主义》,龚维斌、良警宇译,北京:中央编译出版社,2002年,第139—172页。

这并不是一个夕日余晖的现象,并不是少数氏族的拥护者们为了在统一的民族国家之内求生存,反之……这个现象大约是起自第二次世界大战之后,所有国家普遍出现的重大'发展'趋势。"①他在分析联合国教科文组织关于文化多样性与认同的表述中,指出其中表述上的悖论:往往将文化认同与民族认同不自觉地合并,而文化主权也容易被等同于国家主权;一方面先验式地强调多元精神的必要,另一方面则又必须以现有的民族国家格局作为捍卫文化的依据。但这种矛盾并不是像他想象的,靠"全球化"话语取代"帝国主义"就能解决,尽管表面上看起来文化帝国主义在全球扩散的过程没有实质性的高压胁迫,但是问题在于隐形的"资本—权力—科技"操控,形成了一种无法逃避与选择的结构性压迫。在后现代学者和推崇全球化的人看来,全球化有去中心的效果,似乎弱化了国家的文化向心力,好像资本主义核心国家也不能幸免,但晚近情势的变化,尤其是911事件之后,美国保守主义的回归,多元文化主义得到再

---

① 汤林森:《文化帝国主义》,冯建三译,上海:上海人民出版社,1999年,第143页。

讨论,新冠疫情更使这一问题得以在全球范围内凸显出来[1],逼迫学者必须回到现实。目前看来,尚未有任何替代性模式与单元能够取代主权国家,而内在多民族与文化多样性的中国在这种情境中也会被倒逼出主动与被动的民族主义式思潮。现在的问题就变成了怎么样将"一体"和"多元"统摄在认同之中这个经久不衰的话题——"中华民族共同体"认同并没有过时。

经验上来说,建构认同有两条相辅相成的路径:一条是通过政治、经济、知识精英在明确的意愿与规划中进行制度设计与规范的自上而下推广,比如公共文化的塑造,但它往往容易走向文化的标准化与大众化,进而压抑多样性与原创性;另一条是大众的动员,文化的政治化,从而形成自下而上的拥戴,但这个过程容易形成民粹主义和排他性的极端化。中国文化多样性理念的复合传统在此就成为有待汲取的思想资源,长久共生共荣而没有发生根本性断裂的传统构成了共享记忆和经验的积淀,成为可以立基的基础。

当然,那些民俗、神话与传统也并非天然与自发的,而

---

[1] Tariq Modood, *Multiculturalism: A Civic Idea*, Cambridge & Malden: Polity Press, 2007.

是在自在的"历史流传物"基础上计划与努力的社会制造物。19世纪末到20世纪上半叶的准民族主义认同建构中,形成了一系列关于"炎黄子孙"、"龙的传人"、黄河母亲、长江长城、"一条大河波浪宽"……的文化象征与神话符号,但从20世纪下半叶以来,有必要激活新的"传统",因为此前的文化话语系统,可能排除了多民族的符号,比如彝族的虎、壮族的蛙、北方民族的"熊图腾"、信仰伊斯兰教的少数民族的不同文化……也即是说,之前模仿式民族主义的建构法,在全球性的差异与分歧的时代失效了。"传统"在现实感的意义上必须被理解为一种不断自我更新的流动性存在,唯有如此,我们才可能在面对跨国资本、国际金融、互联网络、生态与性别、NBIC技术、消费主义这样的普遍性问题时,保持与现实密切关联的特殊性问题意识。那么激活有机总体性的历史感,就是必然的选择。杨念群在讨论"大一统"历史观的时候,强调应该结合与协调国家行政治理技术与边缘族群自身的历史记忆和主观意念,其实就是对"大一统"与"因地制宜"传统的现代性转换。[1]

---

[1] 杨念群:《"感觉主义"的谱系:新史学十年的反思之旅》,北京:北京大学出版社,2012年,第158—165页。

更为主要的则是,对于社会主义价值观塑造与"世界"的重绘,也即"人民共和"与"移风易俗"传统所体现出来的现代性共同利益与共同理想的结合。构建"各民族共有的精神家园",从而筑牢当代中国共同体意识的重要性,因为发达工业社会和新兴数字社会所带来的风险(金融、战争、技术、环境、生态等方面的不确定性),以及全球供应链(人、财、物、技术、市场)的整合结构而增强了。后现代的共识性断裂与个人重新原子化等问题,正源于具有共同理想与利益的未来愿景的失落。晚近在全球范围内发生的新冠肺炎及各国的应对措施中,可以看出来,在共同风险中,共同体的信任、团结与友爱是如何重要。<u>塑造一种既继承传统又符合现代性发展的核心价值观的紧迫,在中国的不同层面得到了认识和行动。</u>它被表述为三个层次:一是国家层面的富强、民主、文明、和谐,二是社会层面的自由、平等、公正、法治,三是个人层面的爱国、敬业、诚信、友善。这实际上是期望将自上而下与自下而上的不同途径结合起来。而从国际层面来看,一带一路的倡议,则是在东部与西部、中国与南亚内亚、第三世界与南南合作的遗产上,重新绘制世界地图。国内、国际两个层面都有着区别于宰制性意识形态、单边主义和资本全球化的明确指向。

今日回眸中国文化多样性理念的复合传统,正是为了考察、梳理中华民族赓续不绝、唇齿相依的多样性文化之间共有、共享、共存、共荣的谱系,从多元文化主义的迷思中走出[①],树立起承传流变的中华民族共同体意识,从而使得不同地方、差异族群在交流融合的当代实践中纳入中华民族新时代共同体认同之中。这有助于社会主义核心价值观的树立与夯实,并且使得知识生产落脚于实践、传播之中,增进各民族之间的理解与沟通,加深各民族对共同利益的认识,强化各民族对共同理想的追求,从而规避共同风险的可能性,在根本上有益于国家的长治久安,改进在国际交往中的文化形象与文化权重。

---

① 刘大先:《积极的多样性——文化多元主义的超越与少数民族文学的愿景》,《南京社会科学》2019年第5期。

从后文学到新人文

——当代批评及其转折

一个敏锐的当代社会观察者,应该会对 21 世纪初发生在中国文学场域中的"文学终结论"论争记忆犹新。时隔几年之后,当初发表"文学终结"之说,进而引起中国文人学者群情汹涌的希利斯·米勒的一本小册子《论文学》(*On Literature*)译本甚至直接被出版社移花接木改成《文学死了吗》——其热度可见一斑。"文学终结"可以视作与彼时在文学批评和学术界兴起的"文化研究"互为因果表里的一个事件。时至今日,兴起于欧美的"文化研究",其研究对象与范畴细大不捐所造成的缺乏边界——也有批判理论在现实语境的受容性问题,似乎已经在学术领域中风光不再,但无论是法兰克福学派还是伯明翰学派,无论是文化工业批判还是亚文化之说,无论是各类关于种族、阶级、性别的

"后学"新潮还是"解码-编码"的媒体新解,都作为前提性的潜在因素日用不知地融合到时下文学研究的方法与理论之中——此际的文学研究再也无法回到此前的范式之中,同意或者不同意,"后文学"时代确乎已然来临,自足、自律、独立的"纯文学"话语逐渐在丧失它的普遍合法性,而从20世纪80年代中期之后的一系列文学文化现象与话语实践也在呼唤着一种新的人文理解、阐释与运行方式的到来。

一、"纯文学"之后

尽管有许多学者从各个方面与希利斯·米勒进行辩论,但无疑后者是对的,他所说的"文学的终结"实际上指的是18世纪之后在欧洲形成而又逐渐播散到世界各地的一套现代文学理念及其实践形式的终结。那套文学理念关联着民族主义的发明与生产、印刷书籍和印刷形式出现的媒体(报纸、杂志)、民族国家的建立、民主制度、现代研究性大学、具有"内面"深度的自我与个人……而到了如今一切都变了[1],维系作者权威的自我统一性和持久性变得不确定,经济、政治、技术的全球化,削弱了国家的完整和一体性以及与之相关的研究型大学,新媒体和技术变革促生了数量众多新形态的文学竞争者。这一切尽管具体情况并不容易一言以蔽之,但在中国文学场域中同样有具体而微的体现。

从20世纪70年代末短暂的"伤痕文学"开始出现的一系列文学思潮或者流派,从反思文学到改革文学,虽然所秉持的观念一反此前的意识形态规划,但从逻辑与语法而言,仍然是坚硬的历史主体在进行着宏大叙事——它们应对的是政治、历史、文化与现实,并试图做出批评、给出评价、进行反思与指示出路,即便是某个个体的故事与情感,也有着更为直接的普遍性观念对应物。从当代文学史自身的发展而言,这无疑是对之前激进文化举措的一种纠偏,与勃然兴起的"新启蒙"运动一道构成了自上到下的一种共识。这种情形在20世纪80年代中期关于"现代派"和"朦胧诗"的论争之后迅速发生变化,进而一种强调审美自律、形式自

---

[1] 希利斯·米勒:《文学死了吗》,秦立彦译,桂林:广西师范大学出版社,2007年,第7—21页。

足、观念自立、人性自由与个体表达本位的"纯文学"观念逐渐建立起来,前沿作家的趣味聚焦于技术、美学的探索以及抽象的关于历史、人性的超越性诉求,而区别于所谓的"驯服工具"和政治表达。

在欧美传入并蓬勃扩展开来的现代主义美学的滋养之下,"纯文学"潮流形成了以先锋写作为主导的生态,与之齐头并进的是"文化热"、美术上的"八五新潮"、电影中的"第五代",它们共同形成了一种关于文学艺术的新兴秩序和评价标准。吊诡的是,这种秩序在型塑出自己形象的同时,也产生了自己的裂隙和拆卸者,只是在大势所趋之中,当时的人们并没有清醒地意识到这一点——那就是承继了康德美学非功利、无利害、去道德化的文艺观,确乎建构出自己区别于政治传声筒的"主体性",但超越于意识形态之外只是一种幻觉,因为此际关于市场经济的转改已经隐然在望,而更为直接的反应则在于新兴大众媒介比如商业性出版、广播、电影电视与作为书面印刷文化产品的文学之间日益结合。在特有的文学生产与流通的庇护制度和未臻发达的商品经济的背景中,大众媒介被当作辅助性的传播载体,比如文学作品的广播剧、影视改编、报刊连载之类,但它们很快就产生了实质性的影响,甚至扭转文学的整体观念与形态——那个拥有创造性灵韵的"作者",正在转变成文化等级(比如高雅与通俗、严肃与消遣、天才表达与市场取向的微妙而又确然存在的差别)逐渐消弭的"内容提供者"。

这种静悄悄的变革以80年代"联产承包"到90年代初"新一轮"以商业为中心的经济改革为背景,政治体制与一系列公共服务产品改革为标志,它直接引发精英知识分子的危机感及其应对。90年代初中期的"人文精神讨论"和"告别革命"的论争就是其表征,论争未必定型却造成了显然的结果:思想退隐而凸显学术的规范化进入前台,新自由主义、消费观念、以新贵阶层为仿效对象的中产阶级美学的兴起,折射出来的是权力-资本结合与正统社会主义观念的博弈在当代中国的复杂面相。这一切被王晓明表述为一种可以描述其多元与复杂的面貌而难以锚定其内涵的"新意识形态"[①]。冷战结束后的新地缘政治格局,与2001年中国加入世界贸易组织带来的新经济发展模式,共同在新

---

① 王晓明:《导论》,见王晓明主编:《在新意识形态的笼罩下——90年代的文化和文学分析》,南京:江苏人民出版社,2000年,第11—26页。

世纪让一度有着后发焦虑的中国在"走向世界"的全球化道路上狂飙突进,社会主义中国初期建立的文学组织制度依然照常运作,甚至因为综合国力的提高而分享了经济发展所带来的二次分配的红利,但在现实的生产场域里,国家庇护主义不得不与文学的资本主义并存,甚至发生一定程度的媾和。在市场化进程中日益感受到边缘化压力的文学,愈加强调自己纯粹自足的象征性资本,但这种陈旧想象中的"文学"作为一种独立的意义系统,与混杂的文学生产场域显然扞格丛生。比如白烨粗略勾勒的新世纪文学的"三分天下":"以文学期刊为主导的传统文坛,以商业出版为依托的大众文学,以网络媒介为平台的网络写作。"[1]它们各自秉持的文学理念已经发生了分化,既有的略显固化的"结构-系统"无法盛纳变动的"实践-行动"了。

较之于"传统文坛"和"大众文学"那种有着政治议程与商业历史的老制度而言,新技术所带来的媒体环境的改变可能影响更为深广。大众传媒尤其是市场化媒体开始深度介入"纯文学"的创作中,尤其是有着逐利欲望的出版资

---

[1] 白烨:《新世纪文学的新格局与新课题》,《文艺争鸣》2006年第4期。

本与信息业资本的参与、策划和营销,"纯文学"的壁垒已经被大举入侵的商业化运作冲破,甚至开始被操控。作者权威最初是在这种语境中发生变化的,甚至作家形象和风格也受到商业包装的影响。这个背景中出场的作家,他们写作的手法与题材、传播的手段、受众的类型及其作品在社会文化生活中扮演的角色、所处的地位都已经与社会主义现实主义文学、"纯文学"大相径庭。"写什么"和"怎么写"不再是根本性的困扰,什么样的作品是市场需要的、能够引发广泛关注的才是核心命题,一个作家及其作品如何被批评界和研究者纳入主流文学知识与价值体系中去,本身也是值得注意的文化生产行为。

如果说20世纪80年代中期"纯文学"用"怎么写"来冲决"写什么",以"文学性"对抗(褊狭的)"政治性",是对政治意识形态主导的反拨,从而创造出自己的文化政治,但是延续到90年代后直至新世纪,"纯文学"话语虽然依凭惯性向前推进,并且影响到后来的大部分写作,但已经将当初的革新势能消耗殆尽。如同李陀所言:"随着社会和文学观念的变化与发展,'纯文学'这个概念原来所指向、所反对的那些对立物已经不存在了,因而使得'纯文学'观念产生意义的条件也不存在了,它不再具有抗议性和批判性,而这应当是文学最根本、最重要的一个性质。虽然'纯文学'在抵制商业化对文学的侵蚀方面起到了一定作用,但更重要的是,它使得文学很能难适应今天社会环境的巨大变化,不能建立文学和社会的新的关系,以致90年代的严肃文学(或非商业性文学)越来越不能被社会所关注,更不必说在有效地抵抗商业文化和大众文化的侵蚀的同时,还能对社会发言,对百姓说话,以文学独有的方式对正在进行的巨大社会变革进行干预。"[①]这个发生在2000年左右的对"纯文学"的质疑和不满,被南帆视为90年代中国知识分子思想分裂在文学上的表现。他同时指出,我们必须历史和辩证地看待这个问题:"'纯文学'意味了美学上的个人主义。至少在当时(新时期之初),这个概念显示了强烈的反抗性。如果历史、社会只剩下一堆不可靠的概念和数字,那么,文学提出了个体的经验、内心、某些边缘人物的生活就是一次意识形态的突围……现今没有理由认为,负担上述含义的'纯文学'已经丧失了全部意义;然而,现今也

---

① 李陀、李静:《漫说"纯文学"——李陀访谈录》,《上海文学》2001年第3期。

没有理由无视另一批问题的压迫——这一批问题的重量正在极大地压缩'纯文学'的地盘。从权力、资本、生态问题到大众传媒、贫富差距、全球化环境,这些问题时刻与大众息息相关。文学不该在这个时刻退出公共领域——文学是不是该找回大众了?"[1]

我们会注意到,当精英知识分子反思"纯文学"的时候,他们可能无意识地依然在用一种源自18世纪的文学观进行思考,在那种观念中"作者"是主导性的,并且有着"干预"现实的能量,所以无论是李陀还是南帆,都是从文化与思想的创造角度进入,而并没有从文化产业与生产的角度进入。但是,问题在于,资本主义发展到这个阶段已经没有外部,而文学则没有内部了,知识分子个人主义英雄戏剧在"跨越疆界,填平鸿沟"的舞台上已经演不下去了——他们心有不甘地发现自己不过是喧嚣集市中面目含混不清的大众中的一员。如果不将作者视为作品的唯一源泉(罗兰·巴特早在半个世纪前就宣称作者已死[2],此际显然工业化

---

[1] 南帆:《后革命的转移》,北京:北京大学出版社,2005年,第31页。

[2] 罗兰·巴特:《作者的死亡》,《罗兰·巴特随笔选》,怀宇译,天津:百花文艺出版社,2005年,第294—301页。

文学已经甚嚣尘上),那么作家论就失效了或者只具有部分和视角意义;如果作品只是文化生产、流通、消费中的一种商品样态,那么限于文本内部意义生发的作品论就会丧失与社会现实密切相关的更加复杂纠结的真正问题。这当然并未否定它们的局部有效性,但在艾布拉姆斯所谓的作品、艺术家、世界、欣赏者四要素中①,"世界"和"欣赏者"变得愈加重要,这无疑给我们的批评话语带来了极大的挑战。

由文学史知识和经典作品序列所表征的静止、封闭的现代文学概念松弛了,当下的现状倒逼着我们必须重新认识与界定"现实"与"文学"。回首20世纪以来的文学遗产,可以看到前现代时期的大文学、泛文学观念逐步收缩、分化,结合西方现代文学观所做的创生,并获得自己的内涵与外延的过程。现代文学内部也一直贯穿着"为社会而艺术"与"为艺术而艺术"的分歧理念,只是在20世纪峻急的历史环境中后者局限于少数精英群体之中,或者作为补充的次要因素,而没有成为普遍性的通则。看上去不同的文学观念却共享着同样的话语结构——启蒙与革命(以及后

---

① M. H. 艾布拉姆斯:《镜与灯:浪漫主义文论及其批判传统》,郦稚牛、张照进、童庆生译,北京:北京大学出版社,1989年,第5—6页。

来的建设)交织着的现代性。文学的社会责任与道德关怀与中国固有观念结合,形成的感时忧国、文以载道的文学,最初就隐含着工具论和目的论的先在结构,至其极致则衍生为机械论和决定论的庸俗化。另外,审美、个体性与内在性属于文学无可回避的内生因素,它是文学得以成立和区别于哲学社会科学、政治宣传的合法性基础,必然伴随其始终,但如果放大或者将其视为主导性或唯一的诉求,就会在自足、圆满、独立的幻觉中带来闭锁、内缩和逃避。在革命胜利面临的建设问题之初,社会主义中国文学同样有着"泛文学"意味,它广泛吸收民族民间的资源,以充实与改造现代以来的精英文人文学,并在从 1949 到 1985 年间创造出一系列"人民文艺"的成果。它们在"后革命"年代中被以人性论和形式论主导的纯文学话语取代之后,催生出反讽与解构的种子。因而,"纯文学"自其确立便已经走上了自我瓦解的路径。

"纯文学"之后,文学如何应对现实、创造出自己的形式与话语,无疑需要纵深的历史眼光和宽广的全球视野,综合现代中国、革命中国和发展的中国不同语境中生成的差异性文学形态与观念。80 年代中期以来的文学已经在缓慢地进行改变与尝试,而各类此前被视为文学衍生品的新艺术门类(比如游戏与视频)则拓展了"文学性"的范畴。这一切不免让人激动不安又充满好奇心,不同力量与选择的合力让文学在变革中前行,一切对它的焦虑与不满都指向于新的人文话语的发明。

二、现象与话语

从现象上来说,纯文学的裂变自王朔、王小波的解构与反讽就已经开始,尽管在八九十年代之交他们并没有构成文学秩序的主流角色,但在文学组织与制度之外,由市场所扩大的话语空间中,他们从生产方式与流通方式上都显示出疏离主流严肃文学遴选机制的形貌,成为广受关注的现象与事件,并缓慢地形成了一种平行于"严肃文学"的轨迹。冷战结束与市场化宏观变局的世纪之交,昙花一现的以另类与时尚面目出现的"70后"美女作家(卫慧、棉棉、木子美)营构出市民阶层文化与欲望诉求的中国化雏形,很快在"加速"[①]的市场化中被"80后"(韩寒、郭敬明、张悦

---

① 哈尔特穆特·罗萨(Hartmut Rosa):《加速:现代社会中时间结构的改变》,董璐译,北京:北京大学出版社,2015年。

然)为主的"青春文学"迭代更新。"80后"这个概念以其中性的时间标识,规避了"后文革一代""后革命一代""影像文化一代"等相关的带有意识形态色彩的词语,这似乎表明,从现代文学伊始,常见的"代际冲突"主题就不是它所关切的中心。尽管代际之间(父子、父女)的矛盾一再成为"80后"写作的题材,但它们已经被剥蚀、洗刷掉任何牵涉广泛的社会与思想革命的意涵,而指向一种"价值中立"且具备永恒性的人性化、普泛化命题。这种去价值化的策略显示了"80后"与"68年一代"之类相似命名的差别之处,即切断了与历史可能发生的关联(无论是继承还是反抗),而将自己树立为一个全新的群体。他们是"后纯文学"的最初代表,而他们的文本所显示出来的形象也表征了这个文学时代的面貌及其贫乏之处——它们是"向内转",但这种"向内转"并没有延续现代主义文学对内在心灵与精神的深度掘进,而是将"内部"作为材料进而符号化,这个"内部"如果说早期因为外部经历的有限而较多取材于成长期的内心与想象,近作则来自间接经验的视听文本与记忆——它们本身就是外部世界的复写和影子,因而迫使认识它们的方法论也不得不从马克思返回弗洛伊德,由本雅明通往鲍德里亚,从政治经济等外部社会学转向心像形态的文本精神分析和拟像的符号分析。

从解构文学到青春文学,产生了一个根本性的命题,即历史是否已经终结?伴随着东西方两大阵营长久以来的对立的失效,世界呈现出多极化的样貌,而多极化则被主流话语想当然地处理为无视资本-权力主宰的多元主义。从撒切尔夫人和里根总统主政期间的英美供给制改革,新自由主义从政治到经济被宣称为"别无选择"的结果,在思想和文化上则催生出福山(Francis Fukuyama)颇受争议的"历史终结论"[1]。然而,传统自由主义与保守主义结合的新型资本主义并没有成为意识形态的终端,"文明冲突"[2],尤其是包裹在文明冲突外衣下的资本侵袭的议题凸显为不容忽视

---

[1] 在福山的观察中,20世纪最后二十五年发生的最令人瞩目的变化是政治上的自由民主制度和经济上的自由市场原则相伴而行,并成为全球普遍接受的发展方向。他认为是获得认可的欲望将经济和自由政治连接起来,从而构成了黑格尔所谓的普遍历史的发展历程。福山:《历史的终结及最后之人》,黄胜强等译,北京:中国社会科学出版社,2003年,第4—12页。

[2] 按照亨廷顿(Samuel P. Huntington)的论述,文明间的冲突有两种形式:在地区或微观层面,发生在属于不同文明的邻近国家之间、一个国家中属于不同文明的集团之间,或者想在残骸之上建立起新国家的集团之间;在全球或宏观层面上,核心国家的冲突发生在不同文明的主要国家之间。亨廷顿:《文明的冲突与世界秩序的重建》,周琪等译,北京:新华出版社,1998年,第229页。

的存在,并一再被现实地缘政治中民族主义和宗教基要主义的回归所证明。更加上科技与信息业的发展,资本主义衍生出有别于大工业时代的形态,使得人们不得不重新思考历史观的问题。世纪之交的中国之所以产生形形色色的知识与思想派别堪称撕裂的争论,一个很重要的原因是对历史连续性和断裂性的认知差异。坦率地说,文学在这个时代已经滞后于前沿思想的发展,而沉溺在移植型的文学理念与技术的窠臼之中,本体论的历史观被拆卸之后,沦入认识论的无限扩张之中,进而带来了相对主义和虚无主义,它们构成了一个时代文学集中瞩目于个人、肉身、物质和欲望的生活政治的内在肌理——当代文学的写作者们不再像那些现代文学的开创者那样气魄宏大、满怀信念,有着与历史同构的主体性。

如何建立我们时代的历史感,这必然牵涉现实感的问题,而现实感则来自对现实本身的真切把握。由"现实"生发出来的各类书写,无论是 19 世纪确立的"现实主义"典范,还是 20 世纪以来"现代主义"的弥散,乃至"后现代主义"各类歧异纷出的表现,都是基于对变化了的现实的反映。当下的现实固然如同媒体汹汹而言的"未来已来",但同时也存在着媒体热潮背后的"过去未去",观念与技术的发展不平衡带来了多重现实并置和杂糅的复杂性。无论如何,与"现实"密切相关的既定范畴都面临着局部失效的风险,因为任何意识形态都难以摆脱资本—权力的影响。伴随认识论的转向,本体论意义上的"真理""真相""真实"等观念只能在严格限定的意义上加以使用,或者它们在一定程度上要被"现实感"——认知视角、可信度、说服力——所取代,这自然导致了文学表述中的变形。

如果说20世纪90年代曾经短暂兴起过的"新写实主义"更多是审美层面为此前的宏大叙事增添了事关个体、肉身与欲望的维度,那么到了新世纪以来的以先锋作家对形式、语言、结构、技巧的现实主义复归(余华《第七天》、格非"江南三部曲"、苏童《黄雀记》),其实并不是恢复到"典型环境中的典型人物"式的现实主义典律,而是融入了被现代主义观念与技巧改造后的现实表述。毫无疑问的是,这些敏锐的写作者已经意识到先锋小说历史势能的衰减,因为它们最大的问题在于无法面对现实转移之后的"总体性"。"总体性"在19世纪现实主义那里以一种模仿史诗的方式,构建出似真性的文本世界,那个世界本身凸显出具体而微的"社会关系的总和"。所谓"典型",正是在这个意义上成为集合了种种社会冲突的"类"的存在,诉诸读者的共情心理。而在进入20世纪之后,稳固的集体和复杂的社会结构的"异化"形态已经超出了模仿的能力;另一方面,新兴的摄像、电影技术至少在模仿层面超越了文字的拟真效果,因此抽绎的、作用于受众的同理能力的荒诞、意识流、自反结构与变形意象自然成为现代主义的圭臬——它在理性层面如同模仿式现实主义在情感层面,依然是可信的。

但是当多维现实的出现——广告、影像等大众媒体,美颜相机、美图秀秀、互动游戏、穿戴式智能设备、短视频App等自媒体终端,建构出的全景观世界;医疗美容、优生选择、技术强化、基因改造等的人的自我优化——从内、外部改造并型构了环境与人的物理/客观现实、心理/主观现实以及虚拟/增强现实,那么文学书写的总体性还如何可能?从无边的、流动的现实主义角度而言,文学从90年代中后期开始生成了几种应对形式:一、回归到19世纪现实主义手法,吸纳了现代主义因素,而侧重于"讲故事"的传统,避开了信息泛滥所造成的"歇斯底里现实主义"的巨细靡遗,而化繁为简、举重若轻;二、科幻、玄幻文学的新浪潮,将历史、当下与未来呈现为思想实验的形式,从而在世界观架构上形成一种幻想现实主义的路径;三、在海量的直接与间接经验挑战下,非虚构写作开始抢夺关于"真实性"的书写话语权,并由此形成了关于"片面的真理"的人类学视野;四、直接抛开经验世界,而投身于实验性的极端写作(接续现代主义艺术的余脉),从而试图创造出美学上的震撼力,它们的小众化和再精英化努力,试图重新在备受挤压的文学生存空间中另找出路。

对于现实和历史的认知,自然带出"文化/文明"与"传统"的重新梳理与解释。"新时期"伊始直到80年代中期的"文化热"成分复杂,但大体可以分为三种大的取向:一是基于对庸俗社会学化的马克思主义的反思,进而引发主体性、个体性和人道主义的讨论;二是对西方启蒙现代性的再次张扬,重申了以西欧和北美价值观为主导的理性精神,并夹杂着抽象人性论和形形色色的后现代主义;三是因应"全盘西化"的主潮,以海外新儒家回传为契机触发的"传统文化"的复兴,源自民间的各种非理性思想也因之复活。在这种思想史背景下,文学潮流此起彼伏,原本在革命话语中被压制而隐含着的伏脉比如少数民族文化、民间文化和各类体现不同人群趣味的亚文化,在公众传播层面挖掘出自己的空间。曾经冠名为封建、迷信、不合时宜的题材与观念在政治主导性的缝隙中曲折萌蘖。其中最富含"传统文化"因素的武侠小说便是大众文化中的重要一脉,它不仅被刊发出版,而且辐射到影视、音乐和更广范围的流行文化,甚至形成某种与主流意识形态平行的话语场域,型塑了"80后"生人的基本情感与道德教育。民国武侠小说的集大成者港台与海外新武侠在80年代风行于大陆,不免隐含着对"传统"的乡愁意味,但从梁羽生、金庸到古龙、温瑞安已经显示出家国叙事向个人自由的转化,它们在大陆新世纪武侠和网络文学中的交织影响,只是增添量的累积和细节的繁复,而并没有开创对传统的创造性转化和创新性发展。只是在新世纪以来的徐皓峰那里,武侠书写褪去了其政治内核(民族主义或者个人主义),而凝结成非物质文化遗产和对"士"文化的缅怀,从中倒是可以窥见关于"传统"的博物馆化和通俗文化再生产。

就"传统"的内涵而言,80年代中后期虽然已经传入了接受美学、阐释学的相关讨论①,但20世纪以来"中西古今之争"中,它一直不自觉地被从整体上进行言说和讨论:"东方"(以中国为本位,顶多加上印度的视角)与"西方"、"传统"与"现代"、"民族的"与"世界的"……经常成为对举出现的二元项,但其实每一项内部都充满了多样性和难以合并在单一话语中的异质性因素。"传统"的内在多元化和流动性只是在新世纪之后尤其是在民俗学、社会学和人类学的相互影响中,才树立"活鱼要在水中看"的动态视角——作为"历史流传物",它只有作用于当代生活与文化的实践,才是有效的历史,因而去粗取精、去伪存真、移风易俗的当代视角"扬弃"与"发明",属于观照"传统"时候的题中应有之意,而从来不存在价值中立的、静止而又凝滞的本质化的自在"传统"在某个地方有待"发现"。

因而,空间的维度被凸现出来。边缘、边地、边民这一系列曾经在"寻根文化/文学"中作为谋求补充性活力的存在,在新的换位中以主体自我表述的形象带来了范式的转

---

① 比如,尧斯、霍拉勃:《接受美学与接受理论》,周宁、金元浦译,辽宁人民出版社,1987年。H-G.伽达默尔:《真理与方法》,沈阳:辽宁人民出版社,1987年。王岳川:《后现代主义文化研究》第二章《后现代精神脉动:新解释学与接受理论》,北京:北京大学出版社,1992年。

换。文化多样性在中国有着来源广泛的传统:一是古典中国治理中的"大一统"与"因地制宜"之间的辩证,二是社会主义中国奠定的民族平等与移风易俗的协商,三是改革开放以来西方晚近平权政治和文化多元主义移译的影响。得益于80年代末以来后现代主义、后殖民主义、女性主义以及诸多亚文化话语在中国语境确立起政治正确的位置,文化多元主义以其斑驳的面目成为文学书写的潜在语法——它延续并放大了"一体化"时代的创伤记忆,允诺任何一种立场都应该有其存在的合理性。这当然有其解放的意义,但在解放的背面则是公共性的失落,没有任何共识能够具有"革命"或者"启蒙"那样的巨大的感召力和不证自明的时代必然性——如果有,那也只是资本隐藏在其后的全球性质的消费主义,事实上无处不在的"中产阶级美学"及其仿效者正在印证着这一点。现代文学具有"救偏补弊"意义的边缘、边地、边民文化与文学再一次获得发展的契机,它们承续了五四"到民间去"、抗战时期的少数民族"野性的蛮力"的输血功能和80年代的"文化之根"的寻找,在文化多样性的加持之下,为新世纪以来的中国多民族文学的蓬勃兴起提供了合法性依据,并获得泥沙俱下的正名。之所以泥沙俱下,一方面固然是因为多语言、多民族、多地域、多习俗、多宗教的差异性,能够提供有别于来自文化中心地带的思想、技术与美学资源;另一方面也因为身处于一个符号和消费时代,它们避免不了地会同资本与文化产业开发之间有着千丝万缕的勾连。从积极的层面而言,文化多样性的思维转换,综合体现在"一带一路"的宏观倡议之中,这是在综合国力增强的背景中的一种"解殖"的努力——如果说20世纪上半叶反帝反封建反殖民取得了民族解放与民族独立的去殖民化,那么经过半个多世纪的曲折发展,需要在话语权上进行新一轮的中国气象与中国风格的重建,以及进行"中国故事"的自我表述,它未必一定要形成中西二元对立的框架,但吸收外来话语也意在强调中国本位。显然,"一带一路"重新定位了中国内部东西部之间的平衡、中国与亚洲尤其是与中亚、西亚之间的连带性,中国与世界尤其是"第三世界"的战略关系。在重绘中国文化地图的同时,其实也即重绘了世界文化地图,边缘、边地、边民及其文学在中国形象塑造的权重因而得以加强[①]。

[①] 刘大先:《"一带一路"与全新的世界文学地图》,该文见朝克主编:《"一带一路"战略及东北亚研究》,北京:社会科学文献出版社,2016年。

其中尤为值得一提的是与"文明冲突"密切相关的宗教和信仰问题。区域、人口与文化多样性的中国,除了无神论之外,还分布着世界上几乎所有影响广泛的制度性宗教,也充实着各类杂糅的弥散性信仰团体。在世俗化时代如何建构信仰的共同体与认同,不仅是宗教信仰的此岸与彼岸、尘世与天国、日常与超越的问题,同时也是在消费主义和技术化逐渐成为整体性生存环境中建立理想与信念的问题。[①] 其物质背景在于城市化、科学技术与资本主义的同构性所造成的生活世界的革命,乡土中国正日益远去,它所负载的悠久文明与正在发生的以城市为载体的实践之间生发出巨大的张力,从而也为各类文学书写开拓了无垠的空间。某种意义上几乎可以说一切当代文学都是"城市文学",甚至"大跃进民歌"或者民间口头文学,即便是乡土题材作品,也总是带有现代城市文明观照的眼光。而最为突

---

① 关于宗教的"科学"理解和认知从 19 世纪以来发生的一系列变化,从泰勒、弗雷泽到马克思、涂尔干、弗洛伊德、伊利亚德、埃文斯-普理查德、格尔茨,逐渐从巫术论、精神疾病,转变为社会行为、心灵的建构和文化的体系,其实也是一个"世俗化"的过程。参见包尔丹(Daniel Pals):《宗教的七种理论》,陶飞亚、刘义、钮圣妮译,上海:上海古籍出版社,1996 年。后作者在 2014 年版中又补充了马克斯·韦伯与威廉·詹姆斯两章。Daniel Pals. *Nine Theories of Religion*, New York and Oxford: Oxford University press, 2014.

出的现象莫过于伴随赛博格时代而来的网络文学以及各类文学向其他新兴媒介艺术的衍生形态:电影、电视、动漫、短视频、电子游戏……技术与写作的未来日益成为文学批评与研究不能忽视的存在。

如果要给晚近三十余年的文学绘制一幅新变的图谱,那么我们可以看到,反讽精神到虚无主义、宏大叙事到日常表述、历史象征到寓言故事、整全主体到弥散个体的演化,从世纪末到新世纪以来,青春文学、科幻文学、网络文学、新武侠、非虚构、乡土底层与小镇都市、边地书写与信仰重塑这一系列的主题与实践,乃至外部环境与读者反馈的反作用力对整个文学生产系统的结构性颠覆,都构成了惝恍迷离的景观。批评话语尽管已经发生微妙的位移,整体性的范式转型尚未完成。90年代中期的"人文精神讨论"开启了知识分子定义及其话语方式更新的肇端,但彼时整体社会语境还在混乱而剧烈的变革之中,经过近二十年的沉淀,是时候进行阶段性的总结与发明了①。

三、寻找何种新人文方式

文学在发生静然而坚定的转移与变革,这必然要求批评与研究的范式转型,进而导向关于文学知识生产、传播与文学教育形态的变化。如前所述,首先,原本呈"分化"特色的各类艺术边界开始模糊,跨界融合的"泛文学"或者说"大文学"观念回归,此种综合、立体、多面的"文学",既不同于古典时代含糊不清的"文学/文献"意味,也是对近现代西方移译的文学观的刷新。目前文学知识体系中关于文类体裁(小说、诗歌、戏剧、散文)、观念本体(语言技术、形式结构、美学旨归)、价值功能(教育、审美、认知、娱乐、治疗)的相关论述,都要面临新一轮的升级与替换。所谓"后文学"指向的是"文学"的现代典律,即与工业革命、资本主义和现代民族国家兴起的一套关于文学的认知型构,尽管

---

① 《读书》曾经做过两期尝试性的讨论,虽然没有形成广泛的关注,但这至少显示了敏锐的知识分子开始意识到需要面对变革的现实做出方法论和理论视野的拓进。参见罗岗等:《基本收入·隐私权·主体性——人工智能与后人类时代(上)》,《读书》2017年第10期。王洪喆等:《政治经济学·信息不对称·开放源代码——人工智能与后人类时代(下)》,《读书》2017年第11期。

在惯性运行机制中还在部分地起着作用,在当代却失去了它大部分的阐释效力。

其次,在资本的新型阶段与消费主义无所不在的生态之中,文学的商品化以及文学生产与消费的同构性,促生出形态各异却共生的系统。受组织扶持与资助的文学机构和实践,有力地通过经典化行为(比如中国作家协会的重点作品扶持,包括茅盾文学奖、鲁迅文学奖、全国少数民族文学创作骏马奖、全国优秀儿童文学奖等"四大奖"的评选等)构建当代文学的知识与价值谱系。官方以外的商业写作与出版行为,也将前现代时期的"通俗文学"和革命文艺中的"大众文学"的定义进行了改写:"大众化"内涵的"普及与提高"逐渐被侧重娱乐、宣泄与消遣的市民文艺所抛弃,尤其以网络文学的"分众"式、互动型生产和传播最为典型。同时,民间系统会复制、模仿和改装官方的某些做法,比如"老舍文学奖""施耐庵文学奖""华语文学传媒大奖""京东文学奖""宝珀理想国文学奖""李白诗歌奖"以及数不胜数的各种小说、诗歌奖,他们有的是企业赞助,有的是与地方政府合作,这一切都让既有的文学批评和文学史变得复杂而难以一言以蔽之。

值得注意的是,还有游离在两者之外的所谓"野生作家",比如康赫、霍香结、贾勤、姚伟、杨典等人,身份各异,也并不以文学为志业/职业,他们的写作充满形式探索的异质性,乃至成为新世纪文学生态中难以忽视的存在。如何认识这种文学生态,经典化与文学史思维无疑捉襟见肘,事实上有关通俗文学、大众文学和网络文学已经在尝试做出范式转型,如同我在一篇文章中所说:"异质性不仅仅是差异性,即它是区别于主流的他者,但并不会满足于作为结构弥补意义上的他者,或者能够被主流吸附、容纳、招安和驯服的他者,与其说它排斥归化不如说它无法被归化;异质性也不仅仅是多样性,某种复数式的存在,体现出了某种文化体制的宽容精神;异质性是生物种别的不同,是原创意识的体现,它也许粗野、鄙陋,带着生番的气息,但它的意义也就在于此种元气之中。"它要求我们"在虚构之中拆卸常识的冻土层,而呈现某种异端的知识场景,或者建立有别于前者的文学世界"[1]。

这些不同的"文学"秩序之间的冲突有时候会发生耐

---

[1] 刘大先:《拉萨河里有没有乌龟——异质性与霍香结》,《鸭绿江》(上半月版)2019年第4期。

人寻味的现象:作协制度对作家不遗余力地进行帮扶,既给予文化事业公共资金的赞助,又努力帮助他们进行营销,一方面试图在经典化的道路上有所推进,构筑国家文学的正典谱系,一方面又希望他们取得商业上的成功,而后者在计划经济时代原先根本不在考虑范围之内。但那些"严肃作家"似乎并不领情,既要做艺术家装点门面(因此有时候不免做出抨击社会的姿态,但也仅仅是姿态而已),又想半推半就地拥抱市场,以便在流通领域获取交换价值。一个典型的例子是很多人以卖掉版权为荣,影视、游戏改编往往成为文学的最佳广告,让他们暗自欣喜,事实上很多作家的收入中版权收入的比重远超过版税收入。这种情形中,资本成了评论员,批评家则充当了广告人。

　　这一切背后隐藏着我们时代最根本的变革:资本—技术主宰以及随之而来的媒介的变革,而最为直接而又具有颠覆性的则是网络文学,"技术所带来的超文本性打开的不是作者层面的自省,而是生产层面的公共空间写作者,在这个过程中,不是自我意识的挖掘者和全新经验的创造者,而更类似于茶馆里、码头边、乡村庆典上面对特定的听众,将具有公共性的故事传递下去的说书人"①。可以说,网络文学让"世界"与"欣赏者"(受众)的权重第一次超过了"作者"与"作品",甚至有可能改写整个文化制度与法律观念。比如粉丝文化就突破了经典马克思主义政治经济学曾经的批判框架,詹金斯(Henry Jenkins)所谓的"参与性文化"(Paticipatory Culture)其实不仅展示了某个文化文本的生产与消费的一体性,同时也指向各种文本文类的融合。②资本-技术当然也会孵育自己的反对者,当人工智能小冰可以写诗的时候,异质性文本的出现隐喻了人文对技术也许不自觉的抵抗。但是那种抵抗极为微弱,因为它们自己也需要按照资本-技术的逻辑才有可能出现在受众的视野之中。

技术逻辑也许已经成为我们时代的集体无意识。尼尔·波斯曼(Neil Postman)在他风行的畅销书中讨论过"技术垄断"的问题,那会导致一种唯科学主义的错觉,相信某种标准化的程序能够提供一种无懈可击的道德权威的源

---

① 储卉娟:《说书人与梦工厂:技术、法律与网络文学生产》,北京:社会科学文献出版社,2019年,第245页。

② Henry Jenkins. *Textual Poachers:Television Fans and Participatory Culture*. New York:Routledge,1992. Henry Jenkins. *Convergence Culture:Where Old and New Media Collide*. New York:New York University Press,2006.

泉,但这恰好消解了道德,"它强调效率、利益和经济进步。它凭借技术进步创造的方便设施许诺一个地上天堂。它将一切表示稳定和秩序的传统的叙事和符号弃之不顾,用另一个故事取而代之;这个故事是能力、专业技巧和消费狂欢的故事"[1]。只是技术的精致化所带来的社会复杂性与耦合度的过度紧密,避免不了带来崩溃与失败,所以社会观察家从管理复杂的、内部成分相互耦合的系统角度开始强调"怀疑、异见和多元化"[2]。

从更为深层的角度来说,当技术及技术思维已经成为一种意识形态的时候,也就改变了整个文化政治。由此进一步引发的则是在意识形态上权力政治向生命政治与精神政治的演变。福柯认为,17世纪以来发展出来到19世纪在具体机制中完成的两种管理生命权力的形式的结合,以君主权力为代表的旧的死亡权力被对肉体的管理和对生命

---

[1] 尼尔·波斯曼:《技术垄断:文化向技术投降》,何道宽译,北京:中信出版社,2019年,第200页。
[2] 克里斯·克利尔菲尔德、安德拉什·蒂尔克斯:《崩溃》,成都:四川人民出版社,2019年,第274页。

的支配取代了,权力转化为控制生命。① 福柯没有看到这种从权力政治向生命政治转型在20世纪基本完成,而21世纪是新的精神政治生态萌蘗的关键性阶段,它是在高度发展的科技的辅助下完成的,如同韩炳哲(Byung-Chul Han)所说的:"另一种范式转换正在形成,即数字的全境监狱不是生态政治意义上的纪律社会,而是精神政治意义上的透明社会。"②生态政治的时代随之终结,如今正迈向数字精神政治的新时代。

精神政治意味着弥散化、无隐私与价值观虚无。海量信息和加速度的生活节奏使得文学处于碎片化与快捷化,与此同时,人们的生活在数字精神政治中变得同样呈现出集聚而不是团结、碎片而不是形式,这反向会导致对整全性和总体性的重新企慕。但很大一部分时髦学者并没有自觉意识到技术思维的潜在影响,并且开始鼓吹一种数字人文的新型文学批评与研究。最初出于对形式主义的弊端所产

---

① 福柯:《性经验史》,佘碧平译,上海:上海人民出版社,2002年,第100—104页。Michel Foucault. *Right of Death and Power over Life*, In *The Foucault Reader*, ed. Paul Rabinow, New York: Pantheon Books, 1984. pp258—263.

② 韩炳哲:《在群中:数字媒体时代的大众心理学》,程巍译,北京:中信出版社,2019年,第108页。

生的远读（distant reading）可能对细绎（close reading）具有某种纠偏作用[1]，但是当文学研究依赖于数据库量化和热衷于数字化建模时，文学就在社会科学乃至自然科学的挤压下失去了其方法论的根基。当然，对数字人文的反思并非本文的任务，但对它所携带的技术思维在文学批评与研究中则需要警惕。

如果说90年代中期的"人文精神讨论"是在市场化勃兴的背景下将人文影响力日渐降低的焦虑掩藏在道德与伦理的究诘之中，那么在"人文领域正在被纳入广义的科技领域"[2]之时，寻找新人文的方式，首先必须认识到"拜科技教"的背景——这是产业革命之后发生的转移，科学日益变成了技术的母体，在产业化需求下，失去了终极关怀而成

---

[1] 莫雷蒂（Franco Moretti）是"远读"的最初构想者，他一系列关于世界文学的宏观地图勾勒著作，如 *The Modern Epic: The World-System from Goethe to García Márquez*（London, New York: Verso. 1996）、*Atlas of the European novel*, 1800—1900（London, New York: Verso. 1998）、*The Novel*（Princeton, N. J.: Princeton University Press. 2006）似乎更多在方法层面而非方法论层面提出与解决了重大的理论问题。在实际操作中，数字化会遮蔽无法被数字化的材料，而数字化也无法解决文学文本词语与概念的含混性问题。

[2] 朱嘉明：《抑制文人情结，走向"后人类时代"》，金观涛等：《赛先生的梦魇：新技术革命二十讲》，北京：东方出版社，2019年，第349页。

为资本的工具。① 人文学科诸如技术哲学、媒体研究、人类学等也一直在反思技术与人文学科的关系,但是如同许煜举例所说,许多媒体研究"将当前的媒体当成死物进行研究,对于其政治意义则相当漠视。还有,数字人文基本上可以说是科技对现有学科的研究方法的冲击,或者用计算机程序来分析文本或者画风,而非对工业技术的批判。又或者许多做 STS 的学者,研究的是脸书、微信等造成的社会现象……它们都变相地成了对这些工业媒体的'服务'"②。这实际上指出了"文化研究"中存在的问题:政治经济学思维逐渐被技术思维挤占了空间,更遑论文学所关切的幽微暧昧的情感与精神领域。

文学作为人文领域的一员,其发展既然内在于这个趋势之中,当然避免不了出现这种问题,整个知识体系的分工与重组都已经并且日渐出现巨大的变化,但文学依然有着区别于"拜科技教"的地方,就在于它的创造方式是非专业、去同质性、反技术逻辑的,存在着整全性思考的潜质。

---

① 田松:《警惕科学》,上海:上海科学技术文献出版社,2014 年。
② 许煜:《"数码时代"科技与人文的契机》,金观涛等:《赛先生的梦魇:新技术革命二十讲》,北京:东方出版社,2019 年,第 310 页。

带着这种潜质回到"后文学"以来的中国现场,在分歧驳杂的各类现象与问题中,文学想象与实践还有可能导致一些根本性的问题:从资本与政治层面,描绘与勾勒"公"与"私"在过去与未来的走向,这是现实感和"真实性"的基础;从道德与伦理层面,思考由于区域、族群、宗教、语言、文化等因素所带来的价值多元,并拟构新的共同体;从超越性层面,思考世俗化时代的救赎与治疗,因为信仰问题并没有因为科技的发展而淡化或者消失。这一切有待开启一种新人文的视角。

1984年,阿伦·布洛克(Alan Bullock)在纽约大学讲述西方人文主义传统时,梳理了文艺复兴以来人文主义在西方世界的变迁:人性本善并且有可能臻于完善的信念,18世纪以启蒙运动为标志的乐观主义,19世纪实证主义对科学、进步及未来的信心,19世纪末到20世纪30年代之间出现的承认人性的多重与社会的非理性力量的新人文主义观念……他一直警惕与批判人的工具化和集权政治,特别强调个体性,但对人文学的前途只能报以前途未卜的态度。不过,他依然相信人文学能够使我们保持对未来的开放态度,相信人类依然在一定程度上拥有选择的自由。① 我想,尽管关于"后人类"、赛博格、人工智能的诸多说法与现实已经无可回避,但中西古今典籍中对于人本身作为目的的关注始终应该是人文学关注的焦点。就如同戴维·洛奇(David Lodge)谈论小说塑造"有意识的自我"的时候所说:"我们必须承认西方人文主义者的独立自我概念并不是普遍永恒的,也不是何时何地都适用的,它是历史和文化的产物。但这并不意味着它不是好的观点或者已经过时,因为在文明的生活里,我们所重视的许多东西都有赖于它。我们也必须承认,个体自我不是固定不变的实体,而是在他人和外界交往的过程中不断被创造和修饰的意识。"②不过,外部环境的变化显然带来了"作为智识活动"的人文学的一系列新趋向,任博德(Rens Bod)乐观地认为情况正在变得比以往更好,因为"源自不同领域的技术和方法正在与人文学科相整合,正在导向对历史、语言、艺术作品、文学作品、乐曲、电影、新媒体产品和其他文化制品的新分析、新阐释。对通用模式和具

---

① 布洛克:《西方人文主义传统》,董乐山译,群言出版社,2012年,第215—217页。
② 戴维·洛奇:《意识与小说》,《戴维·洛奇文论选集》,罗贻荣编译,北京:中国社会科学出版社,2018年,第415页。

有文化特殊性的模式二者的探寻代表人文学中的一个不曾被中断的常量,正在被日益频繁地揭橥认知和数字化方法进行考察"[1]。他将其概括为人文材料的认知法已然促成语言、音乐、文学和艺术的心理动机的新检验方法,数字、计算法已经导致了诸多新模式的揭示,源自人文学、自然科学和社会科学的跨学科方法的整合则生成了新学科,且那些方法也正在被应用到更为传统的人文学领域。

一切新的都会变成旧的,而预测未来最好的办法当然是当下践行以影响未来。回到文章开头提到的"文学终结论"。如果我们不将文学的历史视为终结,不去抹杀或压抑它的可能性,那么从某种意义上来说,"文学"确实死了,但它的既有呈现形态与批评研究方式的瓦解,也预示了新的人文方式的可能性——它打破现有的真理体制(它由资本平台—科技与媒体—精神政治的三位一体构成),从经验与表述的层面开启别样的选择——这个选择并不是毫无用心地指向"奇点"(singularity)的到来、人的主体性的弥散(当然,启蒙运动人本主义以来的"人"确乎陷入危殆之

---

[1] 任博德:《人文学的历史:被遗忘的学科》,徐德林译,北京:北京大学出版社,2017年,第392页。

中),或者历史的终结(取代自由民主制度的全球资本科技联合体),而是以直观、情感与体验的方式整全性地、含混性地想象与思考"不可思议"之事。

万取一收

中国人类学话语与"他者"的历史演变

2013年6月到7月,我一直在新疆调研,先是在东疆哈密一带,短暂休整一下又去了伊犁,主要考察的是当地口头传统的当代传承情况。这是一项比较专门而冷僻的工作,所运用的方法属于人类学、社会学、民族学等学科中常见的田野调查方法:当地人生活的参与式观察、个别人物的(深度)访谈、系谱或文本采集、文献与实物搜集、拍摄影像、搜集口头资料、介入式地方评估、回访式调查等等。当然,因为各种原因,比如时间、经费与人员上的限制,未必每一次调查都会采用到上述所有措施,但基本上在这个框架之内。

事实上,从2005年开始,我已经数次去新疆以及其他一些地方调研,但是长期困扰着我的是,以我的观察、体验与经历所撰写的那些关于不同人群的报告似乎并没有实质性的知识生产和思想更新。我想可能是调查深入程度的问题——有关"田野作业"的可靠性、阐释与表述的真实性、地方性知识的深描、主位和客位如何融合或博弈之类,在人类学话语内部已经有诸多讨论——还有这种方法自身存在的先验性问题。由于人类学中关于研究主体与对象根深蒂固的等级结构,尽管其内部一再自我调适,在知识的生产与实践中却始终摆脱不了自我与他者之间的不平衡。移译自西方的中国人类学因为本土化的复杂情形,其隐形结构显得不那么触目,并且生发出突破此种知识谱系的可能性,这种可能性在民国、社会主义革命时期和所谓后社会主义时代呈现出来的不同面目,关联着整个现代中国知识状况、生产与流通的变迁。

中国人类学一般与民族学、社会学并提(有时候甚至合而为一)[1],它们之间错综复杂的关系只有在历史的梳理

---

[1] 按有的人类学家的说法,"民族学(ethnology)""文化人类学(cultural anthropology)"和"社会人类学(social anthropology)"只是同一学科的不同称谓而已,分别反映了欧洲大陆、美国和英国不同的学术传统。林耀华主编:《民族学通论》,北京:中央民族大学出版社,1997年,第1页。

中才能看得清楚①,其发展是一个与历史学、考古学、民俗学、生物学等相关学科纠缠不已②,同时旁涉语言学、神话学、文学等更为注重表述的学科的故事③。但这只是故事的外在表象,在故事的内部则充满了事关政治、民生、战争和经济开发的丰富情节。学科的分立不过是工作侧重的差异,其方法则是统一的。一个多世纪以来人类学在中国起承转合、跌宕起伏的故事中,有一条伏笔千里的红线贯穿始终,那就是它始终存在着对他者的关注,这既构成了它足以自傲的学术积累,同时也是反射其自身形象的镜子。

对他者采取什么立场与态度,即是人类学在不同语境中确立自己的研究对象、领域、范畴和方法时显示何种世界观和价值论。这里的"他者"当然包含而并不局限于(少

---

① 人类学、民族学、社会学乃至民俗学的联系与纠葛由来已久,或名同而实异,或名异而实同,或看似相同而分别甚大。参见杨堃:《论人类学的发展趋势——如何建设新中国的人类学体系》,《杨堃民族研究文集》,北京:民族出版社,1991年,第281—296页。

② 杨成志:《民俗学之内容与分类》,原载《民俗》集刊第1卷第4期,1942年3月。《人类学史的发展鸟瞰》,原载《民族学研究集刊》1943年第3期。见《杨成志人类学民族学文集》,北京:民族出版社,2003年,第292—331页。

③ 容观夐:《人类学》,原载《当代社会科学大词典》编委会:《当代社会科学大词典》,南京:南京大学出版社,1995年。见《容观夐人类学民族学文集》,北京:民族出版社,2003年,第3—8页。

数)民族,但是我的讨论将围绕中国人类学话语中对于"种族""民族""少数民族"的表述来展开(需要注意的是这并非词语或术语的文化史研究),因为正是在这里,它显示了人类学难以祛除的文明等级论——当然,在晚近的反思人类学中,不断有从文化多元主义角度进行反思的声音,然而这种反思往往落入了另一个类似"世界主义"的陷阱之中,不自觉地重复了它所反对的观念。有学者根据自我与他者的关系将人类学发展史的逻辑划为三阶段:西方人类学→非西方、殖民地;非西方国家人类学→国内边缘群体、群体;非西方国家、群体的人类学→西方社会。但这个理念类型的设想和现象描述,没有涉及中国人类学的话语变迁,并且在具体的分期中,琐碎而停留于现象[①]。基于历史的考察,在下文中我将中国人类学话语分为三个阶段进行梳理:1.因袭西论模仿创立,以谋求种族自决;2.本土化/中国化实践,包括民国的国族塑造与边政措施,和社会主义实践中的民族协商平权与重塑"人民"一体多元格局;3.新自由主义时代的人类学复兴与差异性的生产与消费。最后提出人类

[①] 孟航:《西方人类学发展史的再认识与中国人类学的未来——在"他者"中理解"自我"》,《广西民族研究》2007年第3期。

学研究"以人为本"的结论。

一、种族话语与中国作为西方他者

西方人类学约在19世纪上半叶产生,其标志是以泰勒(E. B. Tylor,1832—1917)、摩尔根(L. H. Morgan,1818—1881)为代表的古典进化论学派的形成。一般人类学史认为西方人类学理论在20世纪初开始传入中国,最初夹杂于西方经世之学、史地之学中传来,被认为是认识人类自身及竞存之道的生存需要。在知识人心目之中,是无数启发民智之学中之一种,不仅前卫的开明人士希望扩大视野,统治阶层也需要用以教育后继之人。[①] 但实际上,人类学相关知识的传入至少要比这早半个世纪。

最早的人类学知识以人种知识的形态传入。道光末年,广州商人潘仕成刻《海山仙馆丛书》中有葡人"大西洋玛吉士"(José Martinho Marques,1810—1867)《新释地理备考全书》(*Geography of Foreign Nations*,又称《外国地理备

[①] 张寿祺:《19世纪末20世纪初"人类学"传入中国考》,《社会科学战线》,1992年第3期。

考》)十卷①,其卷四为"地球总论",基本是论述地球概况,并提到人有五色之分的说法。英传教士合信(Benjamin Hobson,1816—1873)所著《全体新论》也收录于《海山仙馆丛书》中,其中卷十称"天下分为四洲,人分五等"。1855年,将天下万国之人"分为白、黄、黑、玄、铜五种人之说"的《人类五种小论》载于传教士所办刊物《遐迩贯珍》上。1872年,《中西闻见录》中曾经连载英国圣公会来华传教士包尔腾(John Shaw Burdon,1826—1907)的《地学指略》,其中第三章"论洲洋人族",先介绍大洋、大洲,接着讲到人类分族。1876年,《格致汇编》连载《格致略论》,《论人类性情与源流》的小题中也提出人分五类之说。1892年,出现为后来中国人类学史所瞩目的《人分五类说》。之前各人种分类说法本是附属于地理学和生物学,与欧洲人在地理上的探索密切相关,只不过随着欧洲本土殖民话语的进展,逐渐具有了人类等级的划分。1858年的《六合丛谈》中《地理·动植二物分界》就隐约出现人种优胜劣汰的论调,明

---

① 邹振环:《晚清西方地理学在中国——以1815至1911年西方地理学译著的传播与影响为中心》,上海:上海古籍出版社,2000年,第355页。

显有为殖民张目之意。这些具体而微的西学"知识"在各种学问体系和书籍的裹挟下进入中国文化之中,最初是如同"博物志"式的零散杂学之属。在帝国主义的扩张和中国语境的变化双重合力之下,《人分五类说》才作为人类学的开端之说,被刻意提及。[①] 而甲午中日战争后,对中国传统文化自信的丧失与文化危机的突出,使得知识人夷夏之辨观念改弦更张,屡屡强调"黄种"自强的种族之战思想,这本身便是以殖民主义者的思维模式来进行对抗。

1897年(光绪二十三年),严复(1854—1921)翻译赫胥黎(Thomas Henry Huxley,1825—1895)《天演论》,因为"赫胥黎此书之旨,本以救斯宾塞(Herbert Spencer,1820—1903)任天为治之末流,其中所论,与吾古人有甚合者。且于自强保种之事,反复三致意焉"[②],宣扬人类进化生存之理,便是呼吁保种、保群、自强进化的维新式公理。《天演论》"时代精神"式的巨大影响和关于进化观念的革命性冲击效应,使得中国人类学的历史都要追溯到它的出版。在

---

① 张晓川:《晚清西方人种分类说传入考辨》,《史林》2009年第1期。
② 严复:《天演论·自序》,王栻主编:《严复集》第五册,北京:中华书局,1986年,第1321页。

对待他者的态度上,可以发现一个细微的变化,夷夏之辨这种原本亲疏内外之别逐渐具有了野蛮与文明的等级逆转。1898年,康有为在《外衅危迫,分割洊至,急宜及时发愤,革旧图新,以少存国祚折》中已经采取文明与野蛮的方式来思考中西问题:"夫自东师辱后,泰西蔑视,以野蛮待我,以愚顽鄙我,昔视我为半教之国者,今等我于非洲黑奴矣,昔憎我为倨傲自尊者,今则侮我为聋聱蠢冥矣。按其公法均势保护诸例,只为文明之国,不为野蛮,且谓剪灭无政教之野蛮,为救民水火。"①这不仅是词语的变化,更是态度的变化,原先中华文化的尊严和骄傲现在被危机意识所替代,更主要的是思维方式采用了西方他者的模式。夷夏之间原本可以互动的关系弱化,而等级结构的固化赫然出现:文明—半教/倨傲—野蛮/愚顽/蠢冥。

梁启超、章太炎等人此际也开始借用人类学尤其是人种学理论解释中国的历史与文化。② 1899年10月4日,由沈士荪主编,在上海出版的《五洲时事汇报》第3期,刊出

---

① 《上清帝第五书》,《康有为政论集》(上册),汤志钧编,北京:中华书局,1981年,第202页。
② 王建民:《中国民族学史》上卷,昆明:云南教育出版社,1997年,第79—84页。

章太炎写的《论黄种之将来》。这篇论文分析当时国际事象,说明人种群体的特点,认为"含血之伦,必有精锐之气,精锐之气蛰伏于胸中,若水之有隐热,非淬之厉之磨之捣之,则不足以发,常有亡国败家,而其人材什倍于平世者"①,勉励国人不要自卑,宜振奋自强,为振兴中国而努力。同年12月3日(光绪二十五年十一月一日)该刊出版的第4期,又刊出不署名的《南非白种人数表》一文,启示人们认识南非原是黑人的,由于白人大量移殖,遂沦为白人殖民地,意是暗示人们提防中华大地重蹈南非的覆辙。对于殖民亡国危机的警惕,以种族斗争的形式出现。而文明与野蛮结构的树立,也是为了竞相奔逐,走向"文明"的道路。

种族斗争思维在晚清被革命者用来一方面排摈满洲贵族,一方面抵制帝国主义入侵;前者是诸如章太炎《种姓篇》、黄节《黄史》、刘师培《攘书》、陈去病《清秘史》等种种对"东胡劣种"的贬损与污名,后者则变形为中国文化外来

---

① 章太炎:《论黄种之将来》,汤志钧编:《章太炎年谱长编》(上),北京:中华书局,1979年,第89页。

说,如西来的埃及说、巴比伦说,南来的印度说之类①,以提高种群在世界舞台上竞逐的象征资本。② 这本是特定历史时期的权宜之举,却因为文明与野蛮对立的思维结构暗合而大行其道,乃至影响波及至"起源"论述模式已经颇为式微的当下。试举一例,20世纪初,法国考古学家曼续伊(芒叙,Henry Mansuy)和科拉尼(Madeleine Colani,1866—1943)等在越南北部和平、宁平、清化、凉山等地发现一批旧石器时代晚期和新石器时代的洞穴遗址。后来苏联人类学家采用文化传播论,以此为据,认为中国民族来源于越北。③ 20世纪80年代有学者在驳斥这种说法的时候,还将此种体质人类学的种族论断作为前提接受下来。④ 马长寿

---

① 关于中国民族形成与文化起源先后流行过外来传播说、东西二元说以及如今的本土起源说、多元起源论等,参见易华:《夷夏先后说》,北京:民族出版社,2012年,第3—35页。中国民族西来说概况见向达:《中西交通史》,长沙:岳麓书社,2011年,第1—4页。

② 我曾讨论过中国文化西来说的内在逻辑,是本地人用东方学家的材料来证明民族主义式的观念,见刘大先:《现代中国与少数民族文学》,北京:中国社会科学出版社,2013年,第284—288页。

③ A.舍越连柯:《资产阶级史学中关于古代印度支那的若干问题》,《史学译丛》,1955年第1期。雅·符·切斯诺夫:《东南亚——古代文化的中心》,见《历史问题》1973年第1期。

④ 阳吉昌:《略论桂林甑皮岩洞穴遗址的重大意义——兼批"中国文化南来说"的谬论》,《广西师范学院学报》(哲学社会科学版)1980年第2期。

(1907—1971)批评藏族源于印度论时,反驳的观点是认为藏族"和我国的汉族、侗族、苗族、瑶族、傣族、彝族等民族一样,都属于蒙古类种",而对"蒙古类种"这种可疑的分类本身并没有加以辨析。① 1979年成立的中国皮肤纹理学研究协作组,以体质人类学的方法测量中国人的肤纹,以证明"自古以来"的中华多民族合法性。经过三十多年,采集和整理了56个民族的150多个模式样本,含6.8万多人的数百万肤纹数据。科研人员应用肤纹聚类分析统计法,发现中国的56个民族聚类成为南方和北方两大民族群,并找到了民族肤纹的标志性群体,确定了中国全民族肤纹的基本分布格局。肤纹学专家在接受采访时说:"此项研究还清晰地表明,藏族的族源与古羌族等民族有关,其肤纹表现出鲜明的中华北方族群特征。由此证实,藏族源于我国北方民族,而绝非所谓的从印度来的'南来之民族'……经过聚类分析,台湾少数民族样本都聚类在北方群内,与早些年所谓的台湾少数民族源于南洋的结论也不相同。"②族源论证

---

① 马长寿:《辟所谓"西藏种族论"并驳斥经史内所流传的藏族起源于印度之谬论》,见周伟洲编:《马长寿民族学论集》,北京:人民出版社,2003年,第336—352页。
② 《56个民族自古就是一家人》,《人民日报》(海外版),2010年2月9日第4版。

已经遭到诸多质疑,姑且不论肤纹研究的政治意义和价值,这种因袭已久的体质人类学方法在面临日益混血、杂居、族籍变化的现实时,具有多大程度的可信性颇为令人生疑,但它被作为"科学"的学术论证得到来自官方与学术机构的背书,倒是显示了体质与人种观念的深入人心乃至化为毋庸置疑的前提。

20世纪初,人类学从士人精英的引进到纳入高等教育的范畴,在"世变之亟"的情势中由清政府主导施行。1903年(光绪二十九年),清政府颁布了《奏定学堂章程》,其中大学章程第三节文学科的中外地理学门科目的主课有《人种及人类学》,万国史学门科目中有《人类学》选修课,英国文学门科目中有《人种及人类学》选修课。同年,林纾、魏易合译德人哈伯兰(M. Haborandt)的著作《民种学》,由京师大学堂官书局印行出版,该中译本由英国人罗威(J. H. Loewe)于1900年译成英文本的《民族学》转译而来,被认为是最早的人类学译著。[1] 辛亥鼎革之后,一些大学开设了人类学方面的课程,但如果仔细考察,可以发现此时人类

---

[1] 王建民:《中国民族学史》上卷,昆明:云南教育出版社,1997年,第73页。

学并不具有自主独立的知识体系,而是挂靠在地理学、历史学甚至文学的部门内。

直到新文化运动时,人类学才逐渐有一种学科自觉之意识,而这种自觉是同它的现实关切与实际效用联系在一起的。1916年,孙学悟发表《人类学之概略》,简介欧美人类学概况。陈映璜《人类学》1918年被列入北京大学丛书,由商务印书馆出版,1925年讲授"人类学和人种学"课程。与此同时,在西方理论的介绍之外,由中国的一些教会学校开始,人类学的调查研究工作也展开了,如1917年清华学堂美籍教授狄德莫(C. G. Dittmer)指导学生进行的北京西郊居民生活费用调查,1918至1919年间,美籍教士甘博(S. D. Gamble)与燕京大学教授步济时(I. S. Burgess)的北京社会状况调查,上海沪江大学教授葛学溥(D. H. Kulp)指导学生在广东潮州进行的农村调查。1926年蔡元培(1868—1940)在《一般》杂志上发表《说民族学》一文,1928年前后中央研究院社会科学研究所民族学组建立,这被视作人类学作为一门学科正式诞生的标志。20世纪早期的国外学者对中国的调查深刻地影响了中国人类学的建制,除了上述之外,鸟居龙藏(1870—1953)、史禄国(S. M.

Shirokogoroff,1887—1939)、葛维汉(David Crockett Graham, 1884—1962)、约瑟夫·洛克(Joseph F. Rock,1884—1962)等人的调查及其成果一直成为此后中国人类学史上津津乐道的资源,[①]他们在调查报告中对于被调查者的形象勾勒,乃至于成为后者日后重塑自身形象时征用的资源。虽然人类学逐步自成一体,它们的话语依然是重复了早前维新派或者革命派的理念。至少在种族话语中是如此:因为跟随了西方人类学的殖民主义观念,中国是作为整体性的他者呈现在种族话语之中,而外国人的调研结果也多是时间上的他者。

此际中国本土学术经历的现代转型可以粗略归纳为之前具有神圣性色彩的经学地位的降低,而处于边缘地位的各式新学得以提升。传统史学观念被改造,发生了所谓"眼光向下的革命"与走进历史现场的田野调查的方法论变革,[②]这种范式的转型无疑与人类学的传入有着莫大的

[①] 胡鸿保、张丽梅:《20世纪早期外国民族学家在华调查对中国民族学建设的影响》,《西南民族大学学报》(人文社科版),2008年第12期。

[②] 赵世瑜:《眼光向下的革命:中国现代民俗学思想史论:1918—1937》,北京:北京师范大学出版社,1999年。

关联。① 从建立民族国家、重塑新型国民的角度来看,人类学有关婚姻与家庭制度经久不衰的研究,以及派生出来的优生学和民族卫生等命题,也正合乎建设现代国家的实际需要。② 而从更为广阔的政治与社会背景来看,兴发于民间(除了所谓的主流文化的"小传统"之外,很大程度上由于人类学的惯性思维,"民间"被等同于"少数民族")的力量以对抗已经被视为腐朽没落的传统主流精英文化,民俗学、民间文学、口头传统以及后来被称为社会史和文化史的门类也随之兴起。③ 较之于更加主流的学科,人类学不过是整体性学术转型浪潮中的一条支流。

相关的学科如民俗学,20世纪二三十年代出版的杨成

---

① 桑兵:《从眼光向下回到历史现场:社会学人类学对近代中国史学的影响》,《中国社会科学》2005年第1期。
② 优生学提倡者不乏其人,最著名者当为潘光旦,代表性著作如潘光旦的《优生概论》(新月书店1928年出版时名为《人文生物学论丛》,1936年商务出版改名为《优生概论》)。见潘乃穆、潘乃和编:《潘光旦文集》第一卷,北京:北京大学出版社,1995年。《民族性与民族卫生》(商务印书馆1937年出版),见潘乃穆、潘乃和编:《潘光旦文集》第三卷,北京:北京大学出版社,1995年。
③ 洪长泰(Chang-tai Hung):《到民间去:1918—1937年的中国知识分子与民间文学活动》,董晓萍译,上海:上海文艺出版社,1993年。陈泳超:《中国民间文学研究的现代轨辙》,北京:北京大学出版社,2005年。

志（1902—1991）的《民俗学问题格》（1928）、林惠祥（1901—1958）的《民俗学》（1932）、方纪生（1908？—？）的《民俗学概论》（1934）等基本都是对英国班尼女士（Charlotte SophiaBurne,1850—1923）《民俗学手册》的介绍和编译,把本土的材料充实进她设立的理论框架之中。而按照班尼的见解,主要的研究工作就是:"观察存在于现代欧洲各国低等文明居民中的大量奇异的信仰、习俗和故事","注意现在流行于蒙昧和野蛮民族的与少数相似甚至完全相同的信仰、习俗和故事","沿着这些途径继续进行研究,对人类知识宝库所做的贡献,将是无论怎样估价也不算过分的。同时,还会随之产生一种非常有实用价值的成果,就是统治国族改善对待它统治的从属种族的方法"。[①] 此种文明与野蛮的等级内含于发端时期的人类学中,并自我定位为帝国的统治术,而它在中国化过程中将人种学说、进化论、社会阶段论结合,进行整体性的中国判断,影响深远。"应现代的需要",1934年林惠祥在编写的大学教材《文化人类学》里"综括众说",称"人类学是用历史的眼光研究人

[①]【英】查·索·博尔尼:《民俗学手册》,上海:上海文艺出版社,1995年,第2—3页。

类及其文化之科学:包含人类的起源、种族的区分以及人类的物质生活、社会构造、心灵反应等的原始状况之研究。换言之,人类学便是一部'人类自然史',包括史前时代与有史时代,以及野蛮民族与文明民族之研究;但其重点系在史前时代与野蛮民族"[1],黄文山(1901—1988)、凌纯声(1902—1981)、林惠祥都有相关言论。[2]"史前时代"与"野蛮民族"这样本属时空不同的两种分类,却在进化式等级逻辑中统一在了一起。西方早期人类学、民族学主张以现存的"未开化的""原始的""自然民族"及其文化为主要研究对象,这种带有浓郁殖民背景的话语被中国民族学者不假思索地接受了,在实践中不自觉地将本国内类似的边缘、边远、边疆民族作为对象。

这套人类学话语本身构成了一套概念的牢笼,中国学者在将其本土化的过程中,很难摆脱已有范式,比如文化人类学(也即常谓的"民族学")的思维方式在潜移默化中受到体质人类学遗产的影响。19世纪三四十年代接受人类

---

[1] 林惠祥:《文化人类学》,北京:商务印书馆,1991年第2版,第6页。

[2] 黄淑娉、龚佩华:《文化人类学理论方法研究》,广州:广东高等教育出版社,1996年,第414页。

学教育的人类学家在经历过"文化大革命"恢复身份后,早年所受训练留下的印记还隐约可见。以种族学说为例,人种与等级的区分成为一种无意识思维,直到20世纪90年代,中国报刊的学术表述中仍然将20世纪50年代苏联式的甚至1775年德国人类学家布鲁门巴赫(Johann Friedrich Blumenbach,1752—1840)的人种分类法奉为科学标准。容观夐曾采用修正式的方法试图区分人种与种族,认为人种是就人类形态或体质特征来鉴别的,而种族则是具有历史文化因素和某些体质特征的区域性群体。[①] 该文将人种和种族区分开来,但其实并没有解决任何问题,因为它们总是息息相关,"光靠外表形态上的特征"进行人类分类的方法总带有意识形态和政治色彩,而仅作词语意义上的辨析并没有触动话语本身。诚如历史学家罗新在最近的文章中指出的,人种分类是伪科学,人类体质特征的差异其实是几万年来生存于地球不同环境所发生的适应性变化。在西方学术著作与公众媒体上已很难找到"蒙古人种""黄色人种"这样对东亚的标签了。不幸的是,这些标签及其代表

---

① 容观夐:《人种、种族及人类的分类》,中山大学人类学系编:《梁钊韬与人类学》,广州:中山大学出版社,1991年,第258—263页。

的种族思维在两百多年来种族思维的受害地区如中国,却还远远没有成为陈迹。即使在中国近年所出的考古报告中,我们依然很容易读到骨骼分析的专章,其中常常有人种方面的数据与推测,特别是边疆古代人骨的种族分析,诸如有多少属于欧罗巴人种,有多少属于蒙古人种,等等。等而下之的,还有对古代族群骨骼的细致分类,全然不顾古代族群的根本属性其实是政治单元而不是血缘集合。毫无疑问,对种族思维的反思和批判,仍然是常识教育中的空白点。[1]

二、本土他者的诞生:从压抑到凸显

1937年,历史学家齐思和(1907—1980)回首晚清民国由"种族主义"话语进而入"民族主义"话语的历史过程:"清季朝政日紊,外侮日急,革命志士兴起种族思想,而民国成立后,帝国主义继续进逼,国家形势愈见危机,激起了全民族团结奋斗之心,二十年间从狭隘的种族主义进到了民族主义。"[2]也即,晚清面临亡国灭种之际,本土知识人以

---

[1] 罗新:《我们不是"黄种人"》,《东方早报》2013年5月12日。
[2] 齐思和:《民族与种族》,《禹贡半月刊》1937年7卷第1、2、3期合刊,第25—34页。

人类学式观念生产他者,将满洲贵族类比为殖民者,以求革命,这实为阶级之斗争的态势,只不过在话语上借用了种族斗争之名。到了民国后尤其是20世纪30年代后帝国主义列强的入侵已经明目张胆时,更加上国民党民族主义政策的传统,统一国族,以御外侮,人类学的"中国化"在20世纪30年代之后最鲜明的特点就是具有现代性启蒙与建构意味的应用研究。按照人类学史家的说法,20世纪三四十年代,历经古典进化论、欧陆传播学派、英国功能主义、法国年刊学派和美国历史学派冲击的中国人类学,呈现出华东、华南和华北三足鼎立的区域特征,进而有功能学派、文化学派、历史学派的理论分流。[1] 不过这种学科内部的细分,并不妨碍它们拥有共同的思想资源和实践特征。

20世纪30年代南京的中央研究院民族学者和南方一些大学的人类学家接受早期进化学派与美国历史学派影响,与中国传统的历史考据结合发展出的理念认为,人类学是重建中华民族文化史的裨补。其潜在逻辑是,边远部落、少数民族作为人类社会历史进化链的前端,他们现存的事

---

[1] 胡鸿保主编:《中国人类学史》,北京:中国人民大学出版社,2006年,第68—76页。

实可以印证古史的记述。正如蔡元培所说:"中国历史上断片的事实,因吾国先史学尚未发展的缘故,一时不易证明的,于民族学得了几种旁证,可以明了一点的,也就不少。"[1]这一点恰恰是通过时间上的他者化,贬低后进民族,而使之成为客体化对象和为研究主体所挪用和生发的材料。

而在日后中国人类学产生更大影响的无疑是所谓华北学派,以吴文藻(1901—1985)为代表,主要接受的是功能主义人类学如马林诺夫斯基(Bronislaw K. Malinowski,1884—1942)和拉德克利夫-布朗(Alfred Radcliffe-Brown,1881—1955)的影响。吴文藻曾在美国达特茅斯学院和哥伦比亚大学接受社会学教育,1929年回到燕京大学任教并在清华大学兼课,是人类学"中国化"的倡导者。"中国化"显然有种对抗西方学术传统的文化反殖民意味。吴文藻主张一要寻找一种有效的理论构架,二要用这种理论来指导对中国国情的研究,三要培养用此种理论研究中国国情的独立科学人才。他最终选择"中国化"的是美国芝加哥学派的人

---

[1] 蔡元培:《说民族学》(1926年12月),《蔡元培全集》第五卷,高平叔编,北京:中华书局,1988年,第110—111页。

文区位理论和英国功能学派的理论,并且派遣李安宅去加州大学伯克利分校跟随博厄斯(Franz Boas,1858—1942)的传人克虏伯(A. L. Kroeber,1876—1960)和罗威(R. H. Lowie,1883—1957)及耶鲁大学的萨丕尔(Edward Sapir,1884—1939)学习,派林耀华(1910—2000)到哈佛大学学习,引荐费孝通(1910—2005)到伦敦经济学院跟随马林诺夫斯基学习,送黄迪到芝加哥大学,把瞿同祖和冯家昇推荐给魏特夫(Karl August Wittfogel,1896—1988)。[①] 这些显赫的名字之间的学术传承对中国人类学本体论和方法论的影响是全面而深远的,也使得人类学学科与国家建构之间的关系愈加密切。[②]

马林诺夫斯基、拉德克利夫-布朗、埃文斯-普里查德(E. E. Evans-Pritchard,1902—1973)这些功能主义的代表人物从事研究的地点、经费来源、调查地点的殖民归属情况都显示了其之于殖民帝国的实际功用。拉德克利夫-布朗曾经明确指出:"许久以来,人类学家即呼号应用此种科学

[①] 韩明谟:《中国社会学调查研究方法和方法论发展的三个里程碑》,见谢立中主编:《从马林洛夫斯基到费孝通:另类的功能主义》,北京:社会科学文献出版社,2010年,第228—230页。

[②] 王铭铭:《西学"中国化"的历史困境》,桂林:广西师范大学出版社,2005年,第32—71页。

于实际殖民地治理之需要。关于英国,人类学之实际应用已有相当步骤,政府对各殖民地皆派有人类学专家佐理殖民地行政,并训练殖民地服务人员……十年来,余曾实验一种课程,包括普通比较社会学之全部,继之以实地作文化之功能的研究,再辅之以殖民地行政政策及方法之比较研究。如斯实验未及一年已发现其能充分适合学生之需要,即可供给学生以统制、教育土著之科学的基础。吾大英帝国有非、亚、澳、美各洲殖民地土著,若欲执行吾人对彼等之责任,则有两种急切需要呈现,第一位对各土著之系统的研究,欲求殖民地行政之健全必须对土著文化有系统之认识。第二位应用人类学之知识于土著之治理及教育。"① 对殖民地的研究和治理理念传入中国,就具体化为对汉人特定社区、偏远地域、边缘族群的研究和管理。吴文藻于1935年邀请拉德克利夫-布朗来华讲学,并发表一系列文章宣扬功能学派理论方法,倡导社区研究,费孝通、林耀华便是其实践者。然而,即便不去考虑功能主义的帝国技术背景,从学理本身而言其最大的问题是历史观念的缺乏,与进化论

---

① 拉德克利夫-布朗:《人类学研究之现状》,李有义节译,《社会学界》第9卷,1936年。

从纵向时间维度理解异域不同,功能主义走向了反历史的空间横剖维度,这自然容易造成一种研究对象"静止化"的印象。另外,它很容易走向将某个用汪晖的话来说"跨体系的社会"化约的倾向①,忽略了其内在的复杂关系与层级互相流动的可能。中国早期功能主义角度入手的学者对于西方学术规范与问题意识往往存在盲目或不自觉地跟从的状况。如同有论者所言,吴文藻的博士论文《见于英国舆论与行动中的中国鸦片问题》、费孝通的《江村经济》、林耀华的《金翼》(他更关注本土的博士论文《贵州的苗蛮》反不如这个后来的作品影响大),这些人类学"中国化"的代表性著作与其说是关注中国,不如说是以西方视角观察中国,更关注的是西方的问题②。从马克思主义批评者的角度来说,由于对当时社会情况的阶级分析不足,因而《江村经济》《金翼》等著作未能明确说明中国土地问题的本质,而以人际关系的均衡理论作为研究中国家族制度的指导原则。"只讲功能、均衡,不讲矛盾、冲突,强调社会的均衡、和

---

① 汪晖:《中国:跨体系的社会》,《中华读书报》2010 年 4 月 14 日。
② 孟航:《中国民族学人类学社会学史(1900—1949)》,北京:人民出版社,2011 年,第 363 页。

谐,不讲社会革命,正是功能理论和其他资产阶级人类学社会学理论维护资本主义制度的本质所在。"①

以马克思主义观念进行的社会调查,如毛泽东1927年进行的湖南农民运动考察,1929年至1930年,陈翰笙、王寅生主持的江苏无锡、河北保定的农村调查,薛暮桥等在广西农村及上海宝山、河南、陕西的调查,揭示经济基础与生产关系,剖析阶级矛盾与斗争的状况,但是这些活动一般作为政治史或经济史内容而不被人类学史所关注——人类学似乎在强调某种更加符合"文化"的因素;在另外一些层面,"社会"很大程度也被不自觉地等同于"文化",而这种强调"文化",疏远政治和经济的观念恰恰是另一种政治。

如果联系彼时更为宏阔的政治社会场景,出于压制反对派与在野党、维护自身统治、凝聚国族一体以对抗日本帝国主义侵略等目的,国民党南京政府提倡的新生活运动,要求社会各阶层生活军事化(有组织纪律)、生活生产化(减少消费)、生产艺术化(有劳动服务的精神),"所谓军事化者,只期其重组织、尚团结、严纪律、守秩序、知振奋、保严

---

① 黄淑娉、龚佩华:《文化人类学方法研究》,广州:广东高等教育出版社,1996年,第423—424页。

肃,一洗从前散乱浪漫推诿因循苟安之习性。所谓生产化者,只期我同胞人人能节约、能刻苦、能顾念物力之限、能自食其力、能从事劳动生产之途,一洗从前豪奢浪费怠惰游荡贪黩之习性。所谓艺术化者,只期其持躬接物,容人处事,能肃仪循礼,整齐清洁,活泼廉和,迅速确实,一洗从前之粗暴鄙污狭隘昏愚浮伪之习性"[1]。这是糅合了中国礼教传统、以国族利益为重,融入日本传统的武士道精神以及基督教价值观的多元要素,塑造现代民族国家社会、文化与公民的倡言,无形中是以启蒙他者的眼光来衡量本民族民众及其文化的,涉及"民族性"时更是如此——它延续了晚清以来传教士输入的国民性批判话语和民国初人类学的优生学和卫生学主张[2],形成了一种启蒙现代性规划的强势话语。在这种话语之中,中国的各民族作为国民整体的他者形象出现,少数民族在"国族""中华民族是一个"(顾颉刚语)的论说中隐匿不见。尽管当时也有学者如费孝通、翦伯赞注

---

[1] 蒋介石:《新生活运动一周年》,《武汉日报》1935年2月19日。
[2] "国民性"的讨论在梁启超、辜鸿铭、鲁迅、林语堂等那里不绝于耳,关于国民性话语的剖析和反思,参见刘禾:《跨语际实践——文学、民族文化与被译介的现代性(1900—1937)》,北京:三联书店,2002年,第75—108页。杨联芬:《晚清至五四:中国文学现代性的发生》第五章,北京:北京大学出版社,2003年。

意到集体的多样性之于多民族国家的重要性,但在彼时风雨如晦的环境中并没有得到彰显。①

伴随人类学中国化社区研究和新生活运动总体要求,在应用人类学上最突出的莫过于吴文藻、马长寿等人类学家都参与的边政学。马长寿对于人类学最初的蛮族学(Barbarology)殖民性质有着清醒的认识:"19世纪人称为政治上的民族主义世纪和学术上的科学复兴世纪。欧美人由于民族意识的醒觉与渴求团结和自由,帝国主义为争夺殖民地,所以产生第一次世界大战。凡尔赛会议决定了民族自决原则,即承认每个民族有形成一独立国家之权。但《凡尔赛公约》的规定是非常模糊的,国外的弱小民族和国内的少数民族是否仍为一民族单位呢?并无明文规定。因而在此阶段上的人文科学,被分裂为政治学和社会学,是研究独立民族或列强国家的组织之学,而人类学的研究主要目标为史前的先史人与现世的弱小民族和少数民族。这种

---

① 1939年,关于"中华民族是一个"的问题,顾颉刚、张维华、白寿彝(回族)、马毅、鲁格夫尔(苗族)、费孝通、翦伯赞(维吾尔族)等人都参与了讨论,后二者对顾此说有所保留,但限于此问题纠缠于政治,过多争论不利于现实中的形势,所以草草结束。详细概述,参见周文玖、张锦鹏:《关于"中华民族是一个"学术论辩的考察》,《民族研究》2007年第3期。

学术的分工,虽然于研究上是方便的,但无意中把人类分为两种:一种为初民或原始民族(Primitive People),一种为文明人或文明民族(Civilized man or People)。甚而把文化亦分为两种:初民只有文化(Culture),文明人始有文明(Civilization)。试问用什么尺度甄别人类的种类和文化的样式呢?没有别的,白种人的技术文明便是这种分类的最高准绳。白种人是蒸汽力、电力和内燃力的发明者,由此而发展为列强,为帝国,为资本主义,换言之,即凡为列强帝国而具有资本主义条件的民族为文明民族;反之,世界上的弱小民族和少数民族则为原始民族。于是人类学成为研究弱小民族和少数民族的科学了。"[1]尽管第二次世界大战之后,人权纲领给民族主义带来的修正,使得社会学家和人类学家逐渐放弃 Primitive Society 而试用 Folk Society,认识到人类学应当是研究人类及其文化的科学,不当浸淫于蛮族学或弱小与少数民族之学的领域中,而应开拓到人类全体及其文化的整个领域之上,但是在资本帝国主义政治中,固然对于国内政治向民主自由平等迈进,但对于异国民族以及本

---

[1] 马长寿:《人类学在我国边政上的应用》(原载《边政公论》第6卷第3期,1947年9月),见周伟洲编:《马长寿民族学论集》,北京:人民出版社,2003年,第2页。

国殖民地内的少数民族却是另一种标准。政治制度的矛盾,加上殖民地人民的民族解放与独立运动的冲击,使得经济上的殖民与政治实施之间冲突龃龉,应用人类学应运而生,将人类学作为一种技术科学,利用其原则、观点、方法、知识协调帝国殖民行政。马长寿在考察英美荷澳诸列强的应用人类学的实施后,强调中国边疆异于列强殖民地,然而他的许多洞见并没有得以有效实践。

在这个阶段,"以自我为西方的他者"和"从自我中分解出他者"的模式并存,汉人社区研究、西部少数民族的调查、采用科学数据采集方法和统计分析手段,依托于不同民族的体质测量,都取得了较多成果,它们"力图通过对民族分类、民族起源乃至文化和体质的关系的阐发,其近一些的目标,在于改良国人体质,而更深层次的目标,则意在将中国境内多元的族群文化整合到一个统一的中华文明体系之中,凝聚人心,共赴国难"[①]。尽管如此,从话语模式而言,这两种都缺乏自我反思的意义,因而在追求跨文化理解的过程中有意无意中将异文化归化了,忽略了被研究者的利

---

① 胡鸿保主编:《中国人类学史》,北京:中国人民大学出版社,2006年,第89页。

益、情感和主体要求。1946年,潘光旦为费孝通的《生育制度》作序时,分析社会思想各种流派,指出该作功能主义的方法不失为一家之言,但忽略了生物个体对社会文化的作用。他提出新人文思想,把生物人和社会人结合起来,回到了人为本位、文化是手段的观点。[①] 只是在当时的语境中,费孝通并没有就这个问题和潘光旦展开深入讨论,直到许多年之后,费孝通才在反思自己的学术道路中认识到早年著作中"见社会不见人"的缺点:"我确是切身领会到超生物的社会实体的巨大能量,同时也更赤裸裸地看到个人生物本性的顽强表现"[②],"我费了不少笔墨来描写社会结构,就是人们需要遵守的由社会约定俗成的行为规范,有如'君君、臣臣、父父、子子'那一类,而没有讲过一个个人怎样在这套规矩里生活。人的生活是有悲欢、有喜乐、有爱恨、有希望又有懊恼等极为丰富的内容,就这方面的生活内容讲,人各有别。我的缺点就在只讲了社会生活的共相,而没有讲在社会里生活的人的本性。只画了乐谱,没有听到

[①] 潘光旦:《派与汇——作为费孝通〈生育制度〉一书的序》,《潘光旦文集》第6卷,北京:北京大学出版社,2000年,第73—111页。

[②] 费孝通:《个人·群体·社会》,《学术自述与反思》,北京:三联书店,1996年,第220页。

琴音;只看了剧本,没有看到台上演员的精彩表演。这个自我批评也适用于我过去10年的小城镇研究"①。而这已经是经历了半个世纪一系列革命运动和社会变迁之后的事了,并且他所谈到的缺点在我后面将要论及的21世纪初的人类学著作中依然普遍存在。

新中国的社会主义民族学是对人类学的一次更新。中国共产党在延安时代就致力于发掘民族民间的文化材料,以"民族形式"的探索来建构新文化的载体,这自然承续了五四时代"到民间去"的遗产,在毛泽东的《在延安文艺座谈会上的讲话》中得以体系化。实际上,这个时候已经显现出中国共产党人对马列主义的活学活用。马克思主义人类学来源于人类学古典进化论学派,这一学派的代表人物包括斯宾塞、泰勒和摩尔根等。尤其是摩尔根的《古代社会》(1877)引起了马克思和恩格斯的关注。马克思晚年为深入研究古代社会尤其是"原始社会"而做的一系列读书札记被称为"马克思晚年的人类学笔记"或"民族学笔记"。恩格斯之后撰写了原始社会史和人类学领域的名著《家

---

① 费孝通:《学术自述与反思》,北京:三联书店,1996年,第287页。同样参见张冠生:《乡土先知》,北京:北京大学出版社,2006年,第332—334页。

庭、私有制和国家的起源》，提出了"氏族—胞族—部落—部落联盟—民族和国家"的演进序列，把"民族"的形成与阶级、国家的出现联系在一起；还从物质资料的生产入手分析了原始社会的两个分期及其特征，在摩尔根有关论说的基础上论述了血缘家庭、普那路亚家庭、对偶家庭、一夫一妻制家庭等婚姻家庭类型。研究家庭与婚姻制度，是为了培育优秀国民、塑造国家民族需要的公民服务，这不仅是民国民族主义者的追求，也是建设社会主义新中国的"新人"的题中应有之义——这属于"现代性规划"的组成部分；社会进化和民族历史演进也吸纳进社会主义民族学的理论框架中，因此，"人类学"改成"民族学"之后，名亡而实存。从这个意义上来说，墨磊宁（Thomas S. Mullaney）正确地发现中华人民共和国的民族识别和分类学理论，"其实是民国时期民族学思想的遗留（这种思想的发展和民国时期的有关民族的国家话语体系相关却又不尽相同）"[①]。而其不同之处就在于中国无论从历史到现实都无法成为一种西方尤其是欧洲意义上的"民族国家"，并且社会主义实践同民族

[①] 墨磊宁：《放大民族分类：1954年云南民族识别及其民国时期分类学思想根基》，见董玥主编：《走出区域研究：西方中国近代史论集萃》，北京：社科文献出版社，2013年，第333页。

主义之间固然有着难以轻易剥离的话语关联,却无法为后者所涵盖。

社会主义初期的人类学转型可以分为两个阶段:一是延安时代到1956年,二是1957至1978年。前者是接受共产国际信条,模仿苏联,后者被顾定国(G. E. Guldin)称为"毛泽东化"的人类学学科体系。[①] 20世纪50年代,苏联作为社会主义国家的典范而受到新生社会主义国家的仿效。1952年,由苏联专家指导,并参照苏联的学术传统,新中国开始在高等院校中实施院系调整。院系调整对民族研究学科有两个重大影响:一是在调整过程中,人类学、社会学、民族学等学科受到巨大的冲击。1952年后,中国各高校的所有人类学系、社会学系都被作为资产阶级学科取消了,只有体质人类学作为生物学的分支得以保留;"民族学"这个名称由于与苏联传统的契合而得以保留,但也大大地萎缩。当然,"当时人类学被取消并非完全出于对资产阶级学术体系的批判,而是还有不容回避的资源配置的原因"[②],这

[①] 顾定国:《中国人类学逸史:从马林诺斯基到莫斯科到毛泽东》,北京:社会科学院文献出版社,2000年,第195—231页。

[②] 胡鸿保主编:《中国人类学史》,北京:中国人民大学出版社,2006年,第118页。

个现实上的实用价值和人员分配出路问题的限制与社会学被取消的原因存在一定的差别。毕竟人类学的教育一开始就是国家和政治导向的,市场需求不足而导致的学科萎缩只是加深了这种国家导向的印象。二是极大地改变了中国高等院校的学科布局,促使民族研究队伍重新整合。院系调整后,以中央民族学院为首的各民族学院成为民族研究人员最集中的地方,研究内容也主要转向了国内少数民族。民族学与人类学发生了分离,也就造成了学术理念与方法上的转型[①]:1.指导思想和理论观点发生根本变化,接受了马克思列宁主义原则,以往各种学派的信徒都被融进了唯一的马列主义学派。2.研究目的上,从以纯学术研究为主,向为解决民族问题而研究、为民族工作服务而研究转变。(尽管识者也承认1949年前有应用研究,但认为那基本上是学者们为了追求知识的应用而进行的,这其实是忽略了知识与权力的重叠,另外也忘却了边政学本身的鲜明问题意识和服务国民政府统治方案的目的。)3.研究分工由综合研究向对少数民族的区域研究转变。4.研究对象

[①] 王建民、张海洋、胡鸿保:《中国民族学史》下卷,昆明:云南教育出版社,1998年,第57—77页。

由文化研究向民族研究转变。5.从学者个人研究向集体研究转变。

从整个学科定位来看,此时的民族学由"社会科学"转为"历史科学",关于汉族的人类学性质的研究遭到了禁止,而集中于"少数民族"研究。如果从指导理念来看,它无疑是由社会主义中国的"人民"与"国家"的直接关联结构所支持,"社会"这个中间结构在新中国人民话语中不复存在,而代之以"集体"这一具有国家性质的话语,人民主体直接属于国家的权力主体,这与后来尤其是20世纪90年代以来的人类学话语研究强调"国家"与"公民"所组成的"社会"之间的博弈乃至对立形成鲜明的对比。而在社会主义改造过程中,于"人民"内部集中于少数民族研究、命名,主要是为了实现在协商政治中给予曾经缺少政治席位的少数族群以平等权利的允诺,这是社会主义初期的"必经阶段",也是在冷战格局中通过多样性共存凝聚多民族国家的力量。

50年代的民族学的讨论大部分局限在斯大林民族理论的内部,格·叶菲莫夫的论述奠定了斯大林民族理论在中国民族问题上的基调:"在列宁和斯大林关于民族问题的作品中指出:民族是在一定的时代中,在资本主义上升时代中所形成的一个历史的范畴。封建制度消灭与资本主义发展的过程是和人们形成为民族的过程同时进行的。但在中国的具体条件下,新的、资产阶级关系的发展是和外国资本的侵入同时并进的。"① 另一篇颇具代表性的文献是魏明经(1912—?)为批评范文澜(1893—1969)《试论中国自秦汉时成为统一国家的原因》及曾文经(1917—1979)对范的批评文章《论汉民族的形成》而写作的文章《论民族的定义及民族的实质》。魏明经批评了以血统、生活、语言、宗教、风俗习惯为标准的资产阶级民族学。他申言的马列主义民族观则不以种族的性质来规定自己,"民族包含着社会全体成员,也同时为社会的具体性质所规定。民族所处的特殊历史情况对民族起着制约的作用。这一情况是,人类在演变中已达到这样的经济发展程度,一方面能够空前地把一个地域的人群型铸成一个稳定的整体,但在另一方面又

---

① 格·叶菲莫夫:《论中国民族的形成》(原载苏联《历史问题》,1953年第10期,《民族问题译丛》1954年第2辑),见潘蛟主编:《中国社会文化人类学/民族学百年文选》(中卷),北京:知识产权出版社,2008年,第3—4页。格·叶菲莫夫1952年曾访问过中国,此文是他当年在列宁格勒日丹诺夫大学科学会议上所做的报告,其中的个别观点,在访问过程中与中国许多历史学家的座谈会中曾讨论过。

还没有发展到能打破众多不同地域人群之间的隔阂;同时由于社会中的阶级对立,统治阶级以整体的名义推行自己的政策,把阶级的利益当作是整体的利益,民族恰是体现了这样一种整体,因而民族也就带上了阶级的烙印……一旦经济的发展有力量把众多不同地域的人民融合起来,那即使作为各共同体间简单识别的民族也会逐渐失去任何的意义。所以,人类历史的发展本来趋向于国际主义,各个地域的劳动人民本来趋向于彼此的融合,民族主义只是阶级社会中剥削阶级的意识"[1]。根据魏明经的共产主义进化式目的论,在"无产阶级取得统治地位之后,在其向共产主义过渡的历史阶段中之所以标出民族,是因为:一、由于世界性的阶级对立,这是为了对抗外国资产阶级民族和帝国主义的世界主义威胁而团结为工人阶级领导共同体;二、承认国内各民族互相区别的事实,在肯定区别中达到消除隔阂猜忌,为以后更好的融合创造条件"[2]。

---

[1] 魏明经:《论民族的定义及民族的实质》(原载《历史研究》,1956年第4期),见潘蛟主编:《中国社会文化人类学/民族学百年文选》(中卷),北京:知识产权出版社,2008年,第61页。

[2] 魏明经:《论民族的定义及民族的实质》(原载《历史研究》,1956年第4期),见潘蛟主编:《中国社会文化人类学/民族学百年文选》(中卷),北京:知识产权出版社,2008年,第63页。

本来从逻辑上来说顺理成章的事情,在现实的激进运动中却走得过火了。到 20 世纪 60 年代初,民族理论和民族工作方面出现社会主义社会的"民族问题的实质是阶级问题"的提法。《实践》编辑部 1965 年第 3 期发表的社论《必须把握民族问题的阶级实质》,同期刊发—牙含章(1916—1989)《民族问题的实质是阶级问题》都是这方面的代表。此中发生的历史与历史的割裂,理论与实践的脱节,导致蓝图式的理念与词语束缚并改造了现实。这段历史表明对于苏联民族学理论的萧规曹随,导致了中国的人类学转型为一门历史学科,民族学家在理论上无法突破,只是在一些细节上丰富了这套马克思主义人类学(更多是苏联的历史学)的社会进化线路图①。其卓著者如杨堃(1901—1997)草拟的社会发展史与民族发展史对照表。②

---

　　①　1938 年出版的"共产主义的'圣经'"《苏联共产党(布尔什维克)党史简明教程》第一次系统地将人类社会发展史划分为原始、奴隶、封建、资本主义和社会主义几个阶段。该书严格按照斯大林的观点论述苏联共产党历史,对苏联和新中国初期的意识形态和历史观念的塑造产生了深远的影响。
　　②　杨堃:《关于民族和民族共同体的几个问题——兼与牙含章同志和方德昭同志商榷》,原载《学术研究》1964 年第 1 期。

社会发展史			民族发展史	
原始共产主义	原始群	原始群初期（自人类社会起源至北京猿人出现之前）		
		原始群中期（自北京猿人,已知用火,至古人出现之前）		
		原始群晚期（自古人至新人出现之前）（向氏族社会的过渡阶段）		
	氏族社会	氏族社会初期（旧石器时代晚期）	氏族共同体	母系氏族公社	氏族公社初期
		氏族社会中期（中石器时代）			氏族公社中期
		氏族社会晚期（向部落社会过渡,部分质变）			氏族公社晚期（向部落公社过渡）
	部落社会	部落社会初期（家族公社、宗族）	部落共同体	父系部落公社	部落公社初期
		部落社会中期（比邻公社、农村公社）			部落公社中期
		部落社会晚期（部落联盟、军事民主制）（比邻公社从原始形态向阶级形态过渡）			部落公社晚期（向部族过渡）
前资本主义社会	奴隶制社会	奴隶制社会初期	部族共同体	奴隶制部族	奴隶制部族初期
		奴隶制社会中期			奴隶制部族中期
		奴隶制社会晚期（向封建社会过渡阶段）			奴隶制部族晚期（向封建主义部族过渡,部分质变）
	封建主义社会	封建社会初期（或半封建半奴隶制社会）		封建主义部族	封建主义部族初期
		封建社会中期			封建主义部族中期
		封建社会晚期（向资本主义社会过渡阶段）			封建主义部族晚期（向资产阶级民族过渡阶段）

续表

社会发展史			民族发展史	
资本主义社会	自由资本主义	资本主义发展阶段	资产阶级民族	资产阶级民族初期(形成阶段)
				资产阶级民族中期(发展阶段)
	帝国主义	资本主义垂死阶段(无产阶级革命和殖民地半殖民地民族独立解放运动阶段)	民族共同体	资产阶级民族晚期(帝国主义民族、向社会主义民族过渡,较大部分质变)
共产主义社会	社会主义	向社会主义社会过渡阶段	社会主义民族	社会主义民族初期
		社会主义社会发展阶段		社会主义民族中期
		社会主义社会高度发展,向共产主义社会过渡阶段		
	共产主义	共产主义初级阶段		社会主义民族晚期(向共产主义社会过渡阶段)
		共产主义社会高级阶段		

在杨堃的心目中,"民族学就是研究民族共同体发展规律的历史科学"。在这个进化图示的比较表中勾勒了马列主义理论中的"民族"历史与未来走向,是一种充满自信的历史进化目标论,不足的是忽略了在任何一个社会中普遍存在的差异性和不平衡。在人类(基本是以西方为主导的)历史和文化的统摄性脉络下讨论相关问题而不知,中国的多元文化在这些讨论中基本上是缺席的。实际中田野调查工作则一直在持续,因为到民族地区宣讲民族平等政策也是人类学家辅助政治访问团的重要任务。而民族识别

和社会历史大调查无疑是社会主义中国民族学两个最为重要的工作。1953年,为了进一步开展民族工作,民族识别被提到日程,由中央和地方民族事务机关组织科研队伍,通过调查研究,进行识别,当时汇总登记的民族自报名称有四百多个。

作为为民族识别和历史调查提供学术支持的主要学者之一,费孝通在当时就意识到,"在我国民族识别工作中既不能搬用资本主义时期所形成的民族特征来作为识别标准,又不应该把这些特征作为研究的入门指导"。基于各方力量的妥协,直到1979年中央政府最后确认了基诺族,形成了通行到现在的56个民族。按照费孝通的看法,"民族这种人们共同体是历史的产物。虽然有它的稳定性,但也在历史过程中不断发展、变化;有些互相融合了,有些又发生了分化。所以民族这张名单不可能永远固定不变,民族识别工作也将继续下去"[①]。民族识别遗留了一些问题,大多数是"分而未化、融而未合"的棘手难题,在考虑分化融合的过程时,费孝通指出"在最后作出族别的决定时尤

[①] 费孝通:《关于我国民族的识别问题》,原载《中国社会科学》1980年第1期。

须考虑到这项决定对这些集团的发展前途是否有利,对于周围各民族的团结是否有利。同时还应当照顾到对类似情况的其他集团会引起的反应"。然而,民族识别此后在事实上就终止了,作为一个较为敏感的议题,考虑到民族申报背后的各种利益关系以及国内外政治力量的作用,这项工作采取的是"多一事不如少一事"的策略。民族识别工作的停止,并不意味着民族问题消解了,即便是在现有的56个民族中也存在着有关身份与认同的问题。这个问题早先费孝通就敏感地意识到:"一个民族的共同心理,在不同时间、不同场合,可以有深浅强弱的不同。为了要加强团结,一个民族总是要设法巩固其共同心理。它总是要强调一些有别于其他民族的风俗习惯、生活方式上的特点,赋予强烈的感情,把它升华为代表这民族的标志;还常常把从长期共同生活中创造出来的喜闻乐见的风格,加以渲染宣扬,提高成为民族形式,并且进行艺术加工,使人一望而知这是某某民族的东西,也就是所谓民族风格。"[1]少数民族识别的过程固然无法摆脱国家意识形态的"铭写"过程,但显然会平

---

[1] 费孝通:《关于我国民族的识别问题》,原载《中国社会科学》1980年第1期,第178页。

衡少数民族的权利,观照他们自身的主观诉求,不可能是单方面全面实施国家权力的结果。少数民族的自我符号化在这里是利益的主动争取,以在各种力量的博弈中获取相应的符号资本。问题在于,是谁在这么做?是哪些人在代替无数无法言说自己的少数民族民众发声的?尤其是当进入所谓后社会主义时代的新自由主义式语境中时,相应的文化经济和视觉经济带来了自我主动呈现出吸引"凝视"的姿态,这是一个耐人寻味的现象。它至少敦促我们思考有关文化认同、承认的政治以及诸如此类的表述,究竟在多大程度是不是某个族群里少数经济精英、文化精英、政治精英与资本方联合起来,为谋求更大的利益而操纵的话语。

少数民族的识别是从压迫中"翻身"的社会主义平权举措,从国民党的国族主义(差别对待强弱不同、人口多寡有别、文化形态各异的族群)中反拨出来。虽然同为人类学话语从本土生产出来他者,但是两者态度是不同的:前者旨在消弭参差多态以求国族一体,后者彰显他者是为了统一战线与不均衡的和谐,当然在其最终的目标中还是为了消灭这种差异。从这个意义上来说,二者在进化论和目的论上都属于一种现代性的规划。

在少数民族社会历史调查中突出显示了进化论中避免不了的等级论,比如1956年的少数民族社会历史调查就分为内蒙古、东北、新疆、云南、贵州、西藏等八个组约二百人。最初的调查对象选择为蒙古、藏、维吾尔、苗、傣、彝、佤等20个少数民族。这些民族被认为"恰好代表了我国少数民族所处的各个不同的历史发展阶段,从原始公社、奴隶社会到农奴社会和地主经济"[①]。其实,不同的经济形态和文化形式在特定的环境中往往会重叠或相互转化,但是在这种话语中被机械地纳入线性历史的发展脉络之中,它隐藏的文明等级,给少数民族民众内心形成的污名化效应之深远,迄今尚较少为人注意。我2008年在恩施土家族苗族自治州调研时接触到生于20世纪70年代的土家族受访人,他们表示自己的族别是在20世纪90年代之后才改回土家族的,因为有民族政策的优惠,而在他们少时,则会为自己的身份所带有的"落后"与"愚昧"的污名而羞愧难当,不愿意承认自己是少数民族。这个变化背后的差异性产生机制我将在下一节讨论。

---

① 胡鸿保主编:《中国人类学史》,北京:中国人民大学出版社,2006年,第142页。

与大规模的民族学实践相比较,人类学的理论在其自身演进的脉络中并无多大进展。而与之相呼应的是毛泽东此时的有关"三个世界"理论的思考,以及南南合作(以1955年召开的万隆会议确定的南南合作"磋商"原则为标志)和南北对话(以1975年12月和1977年6月,在巴黎先后两次召开了由19个发展中国家和发达国家参加的"国际经济合作部长级会议"为标志),这种全球视野中的第三世界定位,呼应了20世纪初期亡国史学中的被殖民民族的经验教训论和关注弱小民族的同情共感论,可以视作是中国本土人类学的理论突破契机,有着生发出国际主义式的交往与跨文化理解的渠道。然而,随着20世纪80年代及20世纪90年代新经济政策的实施、全球化的到来以及与之并行的新自由主义和保守主义意识形态的甚嚣尘上,这种探索被遗忘和湮没了。

三、差异性生产与消费

20世纪中期以后,西方的一些人类学家也开始反思早先更注重从自然科学角度进行人类学研究的方法,马林诺夫斯基生前没有发表的《澳洲田野调查日记》的出版更是掀起了有关客观理性与主观情感之间扞格的大讨论。[1] 从西方学术话语嬗变来看,后结构主义、后现代主义和后殖民主义的洗礼之后,人类学出现了诸如埃文斯-普里查德从功能主义出发的人文学科定位,格尔茨(Clifford Geertz, 1926—2006)的阐释人类学、萨林斯(Marshall Sahlins)从新进化论到历史人类学的转型,乔治·马尔库斯(George Marcus)和米开尔·费彻尔(Michael Fischer)作为"文化批评"的人类学,克利福德(James Clifford)和马库斯(George E. Marcus)编纂的有关"写文化"的讨论……他们的著作传入中国学界,也逐渐渗入一些具体而微的专门研究当中,激发了复线与多元的文化类型与发展模式的思考、从边缘理解中心的反思等等[2]。然而其中挥之不去的启蒙现代性话语依然笼罩其上,中国本土人类学如果无法彻底反思这种话语,作为紧随其后的效仿者,只是从原先"迟到的现代性"转为"另类的现代性"的一种变体,成为其东方主义式的镜像或者某种"中国例外"。

---

[1] B. k. Malinowski, *A Diary in the Strict Sense of the Term*, NY: Harcourt, Brace & World, Inc, 1967.
[2] 王铭铭:《社会人类学——从启蒙到反思》《人类学世界观的一致与分化》等文,见《非我与我:王铭铭学术自选集》,福州:福建教育出版社,2000年,第5—106页。

20世纪80年代后,中国人类学学会成立,人类学系陆续在中山大学、厦门大学恢复,从知识理念上来说,尽管马克思主义作为信条高悬在一切学科的上头,但就人类学一般知识和方法而言,其架构和理念其实主要是对1949年之前谱系的接续。从1981年最早恢复人类学系的中山大学来看,梁钊韬(1916—1987)主编的教材《文化人类学》①中的章节设置就可以看得出来,是对人类学文化/社会、考古、语言、生物/体质四大分支的糅合。② 重新开始研究的老一代人类学者如吴文藻重释了进化论的最新进展,他在《新进化论试析》中罗列众说:英国考古学家柴尔德(Vere Gordon Childe, 1892—1957)《人创造自身》(1936)提出的与石器、青铜器、铁器相应的经济发展和社会发展三阶段说,又在1942年的《历史上发生过的事件》采用摩尔根三阶段分期法,将旧石器和中石器时代同蒙昧阶段(狩猎捕鱼经济)等同,把新石器时代同野蛮阶段(初农或饲养经济)等同,

---

① 梁钊韬、陈启新主编:《文化人类学》,广州:中山大学出版社,1991年。

② 梁钊韬一生学术思想基本以文化进化论与文化功能论为依托,后期接受马克思主义民族学主要也以文化进化为本。相关述评参见庄益群、陈启新、曾昭璇等人文章,见中山大学人类学系编:《梁钊韬与人类学》,广州:中山大学出版社,1991年,第1—58页。

把城市发展(城市革命)同文明的开端等同。美国新进化论的代表人物怀特(Leslie A. White,1900—1975)也认为,技术—经济是文化进化的决定因素:文化的进化是每人每年利用能量总量增长的结果或利用能量之技术效率提高的结果。另一位美国人类学家斯图尔德(Julian Steward,1902—1972)称 19 世纪的进化论为单线进化论,称怀特的进化论为普遍进化论,而他自己提出了多线进化论。吴文藻将这些新进化论与马克思主义做比较,认为尽管他们的技术决定论思想存在一定的片面性,但是对社会主义现代化建设有可供参考之处。[1]这与 20 世纪 80 年代思想解放、重申启蒙话语,追求西方式"现代化"的语境相契合。

从这里可以看到,一种范式一旦形成它所具有的难以移动的特性,在既定的认知框架中,它便制造自己的研究对象,并将其塞进一个"由范式提供的已经制成且相当坚实的盒子里","那些没有被装进盒子里的现象,常常是视而不见的"[2]。人类学在历经百年成为一种"常规科学"之后,

---

[1] 吴文藻:《新进化论试析》(原载《民族学研究》第 7 辑,民族出版社,1985 年),见《吴文藻人类学社会学研究文集》,北京:民族出版社,1990 年,第 322—336 页。

[2] 托马斯·库恩(Thomas Samuel Kuhn,1922—1996):《科学革命的结构》,北京:北京大学出版社,2003 年,第 22 页。

在权威的理论和表述的阴影之下,其最常见的实践是在既有范式内展开注经式的细化和推衍。虽然这种研究对学科发展和知识的增添起到了一定的作用,但同时也很难产生思想的创造性。民族学(在20世纪80年代人类学复活之后被视为人类学的一个分支)按照有关研究者的论述,它的"范式的核心是对马、恩、列、斯有关民族和民族问题的论述的阐发,以及围绕这些论述的一整套关于民族之产生、发展和消亡的理论,民族问题之根源与对策的理论。这个范式代表着1949年以来中国关于'民族''民族问题'的主流的解释体系,并与新中国解决民族问题的政治实践直接相关"。"西方政治学的影响提供了汉语中的'民族'概念,人类学的发展提供了从事民族研究的学术队伍,而马克思主义提供了民族研究的思想方向"[①]。人类学进入中国之后的民族理论,历经了种族范式、国族范式(民族主义与民族-国家)、中华民族范式(文化多元,政治一体)和晚近族群范式(身份与认同)的流变,与社会背景的变换息息相关——它不仅是某个学科自身的理念推进,也不局限于国

[①] 周传斌:《概念与范式——中国民族理论一百年》,北京:民族出版社,2008年,第20、32、33页。

家内部的学术规划与发展,更是因应着全球性政治、经济、思想传播的彼此关联。

族群理论在20世纪90年代的中国大陆学界引起了一系列的争论①,这是马克思主义式的民族学与新自由主义背景下的人类学范式的一次碰撞。按照马戎的观点,中国当下的民族政策刻舟求剑,未能跟得上时代的变化,现在应该做的是"去政治化",提倡共同价值,以美国式的族群融合,凝聚消弭民族差异。② 实际上,这种"去政治化"是另一种"政治",③20世纪90年代以来人类学正是呈现出这种"去政治化的政治"的态势。固然世易时移,社会主义初期

---

① 相关的讨论如纳日碧力戈:《问难"族群"》,《广西民族学院学报》(哲学社会科学版)2003年第1期。郝时远:《答"问难'族群'"——兼谈"马克思主义族群理论"》,《广西民族学院学报》(哲学社会科学版)2003年第2期。阮西湖:《民族,还是"族群"——释 ethnic group 一词的涵义》、潘蛟《"族群"及其相关概念在西方的流变》,见潘蛟主编:《中国社会文化人类学/民族学百年文选》(下卷),北京:知识产权出版社,2008年,第83—118页。周大鸣:《多元与共融:族群研究的理论与实践》,北京:商务印书馆,2011年。

② 马戎的论述遭到了持久的批评和反批评,论争主要文章收入谢立中主编:《理解民族关系的新思路:少数族群问题的去政治化》,北京:社会科学文献出版社,2010年。

③ 汪晖对此有深刻的探讨,见《去政治化的政治、霸权的多重构成与60年代的消失》《去政治化的政治:短20世纪的终结与90年代》,北京:三联书店,2008年,第1—57页。

的思想试验和民族理论已经不再适应新的语境——"民族"出现了作茧自缚的尴尬局面,族籍成为一种逐渐本质主义化的东西,被少数民族自身和一些外来者强化以谋求特殊的利益。然而,如果抛弃社会主义初期的遗产,以美国式的民族实践为标本是否可行?经历了革命的"人民"身份重塑后的少数民族,与主要由移民社会组成的少数族裔,在人类学视野看来是否可以等同?

真正让中国人类学获得更广范围影响力的是21世纪之后,尤其是2003年联合国教科文组织通过的《保护非物质文化遗产公约》和2006年中国"非物质文化遗产元年"后,从官方到民间、从商业到学术普遍兴起的"文化遗产"热潮,引发了对人类学作为一种充满异国情调方法的(想象性)兴趣。就人类学本身而言,国家民委以中国都市人类学会名义于2003年7月申办成功国际人类学与民族学联合会第16届世界大会在中国召开,从申办成功到2008年这个规模宏大的人类学世界大会在云南的召开,也促进了一些大专院校和专门研究机构对人类学的建制,激发了一些学者投身人类学的热情。这显然不仅仅是学科自身的事情,它呼应的是全球性的文化产业与旅游产业的开展、人口与劳工流动、商业与资本对各个地方无远弗届的渗入、新殖民主义式开发的拓展,以及由此产生的学术命题与应用型课题,并且通过地方政府或者由各类基金所代表的公司与利益集团埋单得到推动。

至少从21世纪前十年来看,人类学在学科拓展、田野研究、研讨活动等方面都呈现出兴旺蓬勃的势头,在一些影响比较显著的作品中也出现了学理与范式上的推进。[①] 我们可以就三个比较有影响的代表性言说加以述评。

一是景军的《神堂记忆:一个中国乡村的历史、权力与道德》[②]。他通过甘肃永靖县大川村有关水电站修建被迫移民过程中留下的记忆,以及在20世纪80年代通过重修孔庙和族谱来修复这种创伤的个案,在"时间的他者"中加入了变迁的因素,从而使得个案具有了普泛的意义,循此试图在黄河岸边西北偏僻小村中看到整个中国乡村社会结构性的嬗变。大川村位于黄河峡谷的中部,是一个以孔氏家族为主的汉族村落。村中居民自我追认是山东曲阜孔氏南

---

① 张海洋曾经提醒我在初稿中对当代人类学研究评价过低,此处做了修订,谨表示谢意。
② 景军:《神堂记忆:一个中国乡村的历史、权力与道德》,福州:福建教育出版社,2013年。

迁岭南后又迁徙到此处的圣人后裔,而村中的家祭孔庙虽在历史上屡遭毁坏,而又一再重建,是历史和社会记忆的有力载体,并且成为文化认同和调和政治与社会关系的象征与实践。社会主义土改过程中,在当地势力强大的孔氏宗族受到打击。1958年的"大跃进"直接导致了孔庙的关闭,与此同时进行的是盐锅峡水利工程。而工程建成后的移民,则将整个老大川村都淹没在水库之下,作为文化与信仰象征的孔庙也浸入水中。这是一个村落与传统宗族的崩解过程,同时也是新的政治力量、社会关系和文化结构重组的过程,更是底层草根民众纠合了恐怖、仇恨和希冀的记忆形成过程。景军通过细致的田野民族志,将大川村重修孔庙的过程解释为被压抑的记忆自我塑造的努力。在这个重建记忆的过程中,原本祭祖的家庙具有了公共性意味——它成为更有广泛意味的"神堂",凝聚的是超越单个家族的地方社会记忆。因而,勾勒出了20世纪后半期从激进乌托邦试验和实践到中国特色社会主义改革开放进程中,乡土中国地方多元性与国家一体性之间的相互缠斗、妥协与媾和。

然而,结构主义式的思维模式依然制约了写作,全书将"记忆"分割为"社会""历史""恐怖""苦难""仇恨""仪式""族谱""文化象征"等不同层面[①],但在行文中因为时间的前后,这些记忆维度存在着逻辑上的不协调和重合。更主要的是,在这种解释模式中,"国家"和"社会"更多地显示了对立的一面,而二者协商的一面尽管有所涉及却颇显模糊。此书的田野工作和文稿写作完成于20世纪80年代末和20世纪90年代初,强调"社会"与"国家"权力之间的对抗可能受时代风气的影响。2007年、2012年,我两次到永靖、临夏、积石山、东乡、和政一带调研,深切地感到如果景军能够将当地多元的族群文化要素做对比,会使得整部书更为完整。因为,《神堂记忆》是以儒家传统村落为研究中心,只有极短篇幅涉及晚清回汉冲突,而在当代这一多民族比较维度则消失了。而此地的撒拉、保安、东乡、回、藏与汉族无疑有着密切的文化交流与社会交往,伊斯兰教、佛教文化与儒家文化之间避免不了有着碰撞和沟通,而这些因素的存在无疑会让社会记忆更为丰富,而"社会"也才更贴近真实,不同民族的"他者"在此处的缺失,显然简化了社会结构的复杂性。

---

① 需要指出的是,我此处仅就中文出版版本做分析,该书原来的英文版及作者本人在网络上提供的中文版与出版的版本差别较大。

二是王明珂的《华夏边缘》。如果说景军之作颇多"社会科学"意味,王明珂则偏向"历史科学"。该书反思既有族群理论,试图将人类学与历史学交叉综合,属于20世纪60年代以来人类学自我超越的脉络。二战后,"为了摆脱因文化偏见而建立的核心、内涵、规律、典范、真实等概念,学者也开始研究一些边缘的、不规则的、变异的、虚构的人类文化现象。在此取向下,对民族的研究也由核心内涵转移到边缘,由'真实'(fact)转移到'情境'(context),由识别、描述'他们是谁'转移为诠释、理解'他们为何要宣称自己是谁'"[①]。王明珂在有关羌族的田野调查中发现族群的客观的文化特征会遭遇"异例",它们可能并不是定义某个人群的客观条件,而是人群用来表现主观族群认同的工具,最多只能表现族群的一般内涵,却无法解释族群的边界,因而也就无法探讨身份与认同变迁的问题。这就涉及20世纪七八十年代人类学中工具论者(instrumentalists)与根基论者(primodialists)之间的争论,两者各有优缺,基于这样的学术史讨论,王明珂在自己的民族史研究中创造了边缘

[①] 王明珂:《华夏边缘:历史记忆与族群认同》,北京:社会科学文献出版社,2006年,第8页。

研究的理论。边缘研究认为"族群"是人群的主观认同范畴,而不是特定语言、文化与体质特征的综合体,"造成一个族群的,并不是文化或血缘关系等'历史事实',而是对某一真实或虚构起源的'集体记忆'"[①]。这无疑是对民族学内涵研究及人类学传播论的反拨,循此他选取了青海河湟地区、鄂尔多斯及其邻近地区及西辽河一带游牧社会的形成与农耕社会的区隔,并且通过周人族源传说、羌人的历史嬗变、吴太伯的故事、汉人的形成、近代华夏边缘的再造,论述了"边缘"的形成、扩张、延续和变迁,其方法论上突出的创新在于将"历史"视为"记忆"的文献,而把族群的认同、维护和演变归结为资源竞争造成的利益抉择和情感倾向,可以说是民族史研究的范式更新。

然而问题恰在于王明珂过于强调集体记忆对个体记忆形成的作用,而轻视了个体记忆的能动性,就像费孝通反思过的"见社会不见个人"一样。首先,因为历史文献和考古实物材料在根本上依然属于精英叙事,所以事实上也不可

---

① 王明珂:《华夏边缘:历史记忆与族群认同》,北京:社会科学文献出版社,2006年,第53页。

能从少数者族群他者的角度去看待"中心"与"边缘"问题。① 其次,中国文化主流中的"大一统"传统是构成现代中国的国家形态的遗产,无论是苏秉琦的"满天星斗"说,还是张光直的多中心互动说,这些带有后结构主义色彩的论说都会陷入自身的陷阱——它们始终只能描述局部的静态历史,而现代中国融合外来观念所建构的国家与文化并非无源之水,并且当某种观念一旦形成也就具有了能动性。所以会有论者批评,华夏边缘理论是一个没有"中心"意涵的"族群"和没有结论的"民族史族群边缘理论",只是一个历史先验论的神话。② 需要提出的倒是,边缘理论固然为认识中国的形成提供了一种有效补充视角,然而也不能忽略中国并非"无中生有"——它的内涵与外延虽然流变不已,也确实有强势话语建构的因素,但中国主流和主导文化

---

① 2013年11月25日,我在四川大学"中华多民族文化遗产与文化凝聚协同创新中心"成立仪式上同蒙古族出身的人类学家纳日碧力戈交谈,他也认为"华夏边缘"及相关的研究如《羌在汉藏之间——川西羌族的历史人类学研究》《游牧者的抉择:面对汉帝国的北亚游牧部族》《寻羌:羌乡田野杂记》《英雄祖先与弟兄民族:根基历史的文本与情境》等,主要以西南族群所形成的理论与论证无法用来解释中国其他地域与民族的情况。

② 刘芳:《从语言对文化的意义观"族群边缘论"的神话——对王明珂〈华夏边缘〉的辩驳》,《黑龙江民族丛刊》2012年第2期。

并非虚无存在。最后,在资源竞争之外,同样有合作共荣的要素,不能无视少数民族内在的承传流变,尤其关涉现代中国,它同时也是少数民族主动的情感与理念选择的结果,既然注意到其主观认同中"异"的取向,也不能忽视其"同"的诉求。

三是王铭铭的"中间圈"理论。王铭铭认为从中国人类学角度看,核心圈就是汉族农村和民间文化,中间圈则是少数民族地区,大致与西部重叠,第三圈就是所谓海外。他强调"中间圈"并非一成不变,有时候是内外的界线,有时候属于外,有时则是内外的过渡。[①] 以藏彝走廊个案为例,"中间圈"理论是要"以我们的时代为背景,深入沟壑纵横的藏彝走廊中,在那里发现一个不同于我们的人文世界,感知这个世界面临的挑战,把它当作复原历史的方法,当作反观自身的镜子,使之与我们的生活关联起来,使我们自身的旅行区别于其他"[②]。此处的他、我之别显然承续了人类学的传统,然而"中间圈"与"核心圈"、汉人与少数民族之间

[①] 王铭铭:《所谓"天下",所谓"世界观"》,见《没有后门的教室——人类学随谈录》,北京:中国人民大学出版社,2004 年,第 127—140 页。

[②] 王铭铭:《初入"藏彝走廊"记》,见《中间圈:"藏彝走廊"与人类学的再构思》,北京:社会科学文献出版社,2008 年,第 24 页。

的差别究竟如何之大、其界限如何是无法回答的问题。王铭铭从人类学的历史发展观察,认为当下的人类学受到经济学等社会学科的观念影响过深,缺乏整体的关联,因而强调应该将其复兴为"文化的科学",以对个体主义化的社会科学进行挑战。① 然而,所谓的"核心圈"与"中间圈"会因观察位置与角度不同而带来不同的变化,这种圈层结构就会流变不已。王铭铭是站立在汉族/农耕文化的立场,如果换成游牧文化比如蒙古族的角度来看,也许世界的格局完全不是这种三圈结构。② 尽管他一再强调关联与互动,却没有意识到如果调换"核心"位置,他只不过重复了既有的以中原正统文化为中心的"中心与边缘"的框架,只不过加以细化,在内部做了调整。"居"与"游"是不同的认识论切入方式,强调他者的洞察,还是将他者转化为我者——现代性改造,不同的理路会得出不同的结论,各有其合理性,但在历史的追索中同样不能无视现代性,同样也已经成为"他者"自身的一部分,真正从他者自身的角度回到现实来

---

① 王铭铭:《"中间圈"——民族的人类学研究与文明史》,见《中间圈:"藏彝走廊"与人类学的再构思》,第44—74页。

② 我曾经与回族人类学学者丁宏就这个问题讨论过,从散居的回族或者流散于俄罗斯、乌兹别克斯坦和哈萨克斯坦等国的东干人的角度来看,"中间圈"理论显然就不适用。

考察文化也许才是理想的途径。

以上三种论说,无论其取向是"社会科学""历史科学"还是"文化科学",共同的特点是都带有矫正与解构宏观历史、正典话语和一体化言说的意味,显示了二战后人类学理论在中国的发展。但即便在这些前沿成果中,也或多或少存在无视他者的状况,或者将他者简化为"我者"的对立物,而更有意味的是,他者在刻意的校正中被突出其自身的特质与价值,从而某种程度上存在着脱离现代中国里不同族群"你中有我,我中有你"关系结构中可能具有的"你就是我,我就是你"的社会、文化、政治混血局面的情形。这是一种差异性的生产,国家与社会的差异、汉人与少数民族的差异、中心与边缘的差异都被强调,共同与共通的理念似乎带有"一体化"的霸权意味而被校正。晚近又有人类学者提出万象共天、千灯互照的"重叠共识"的论说,[1]带有协商民主的意味,显示了当代人类学话语在新意识形态中的理想性诉求。

这里还可以以三套颇具代表性的丛书为例略作分析:

---

[1] 纳日碧力戈:《差异与共生的五个维度》,《甘肃理论学刊》2013年1月。

一、云南人民出版社的"当代中国人类学民族学文库"。这个文库重印了20世纪三四十年代一些人类学家的调研作品,如田汝康《芒市边民的摆》、方国瑜《滇西边区考察记》、江应樑《摆夷的经济文化生活》等,还有类似于教材类的通论如周光大编:《现代民族学》(上、下卷)、瞿明安《当代中国文化人类学》(上、下)、汪宁生《民族考古学探索》、李惠铨《滇史求索录》,具体研究则涵盖老中青三代的各类专门话题,如严汝娴、刘小幸主编《摩梭母系制研究》、张增祺《中国西南民族考古》、杜玉亭《基诺族传统爱情文化》、郭家骥《发展的反思——澜沧江流域少数民族变迁的人类学研究》、杨福泉《玉龙情殇:纳西族的殉情研究》、龚锐《圣俗之间:西双版纳傣族赕佛世俗化的人类学研究》、郑晓云《最后的长房:基诺族父系大家庭与文化变迁》、崔明昆编著《象征与思维——新平傣族的植物世界》、郭净《雪山之书》、秦莹《"跳菜":南涧彝族的飨宴礼仪》、尹绍亭《远去的山火——人类学视野中的刀耕火种》、王清华《梯田文化论:哈尼族生态农业》等。

二、贵州大学出版社的"国际视野中的贵州人类学"书系。包括法国传教士萨维纳(Le P. Savina)《苗族史》、日本鸟居龙藏《苗族调查报告》、美国路易莎（Louisa Schein）《少数的法则》、费孝通等著《贵州苗族调查资料》、梁聚五《苗族发展史》、杨万选等著《贵州苗族考》、石朝江《中国苗学》、简美玲《贵州东部高地苗族的情感与婚姻》、张坦《"窄门"前的石门坎：基督教文化与川滇黔边苗族社会》等。如同"当代中国人类学民族学文库"更多的是云南本土区域和族群研究一样，这个系列的地方和民族主题也很鲜明。另外，其中包含的新成果也比较少，20世纪上半叶的调查资料重印占了很大比重，遑论在知识论和方法论上的明确变革。

三、民族出版社的"中国少数民族非物质文化遗产研究系列"丛书。这个丛书内容驳杂，从2006年开始陆续出版的系列中，涉及内容包括壮族的嘹歌，锡伯族、鄂伦春族、维吾尔族、赫哲族、满族的萨满，撒尼人、彝族的民间文学，苗族的创世神话，蒙文《西游记》的抄本，黎族和傣族的文身，少数民族神话的母题及其起源，湘西苗族的调查，苗族祭祀仪式，土家族民歌，羌族释比唱经，区域性少数民族舞蹈，壮族、仫佬族、毛南族的叙事诗，等等。这个系列更侧重口头传统，研究对象几乎都存在"静止化"的倾向，即将某种事象作为孤立的文化现象进行考察,尽管在这种考察中会牵涉语境的方方面面,但很少凸显其变迁的维度。

上述三个系列图书是当下中国人类学研究的一般状态,与社会学更关注当下动态文化接触与变迁略有差别(尽管都市人类学方兴未艾,但更多是社会学式的调研,这里涉及的学科分类本身存在的过于细化的问题暂不讨论),人类学似乎再次回到置异文化他者于静止、稳固、遥远的境地之中。通过对这些人类学一般知识状况的扫描,大致可以看出目前人类学话语的几种表述途径:1. 迎合全球性的政治正确的文化多样性话语,在官方的倡导下,人类学同民俗与历史、考古结合的文化遗产学,更多是将某种特定民间与民族的事象固化,在本质主义的视角中,那些"活的传统"生生不息的动态过程往往被无视而代之以博物馆化,从而窒息了其自在的生态。文化遗产的理念强调的是保护,在这样的话语中,特定的文化是作为一种剥离出它所发生与发展的日常语境的抽象物,往往会成为那种文化的刻板印象和代表性符号,从而遮蔽了更为丰富的内容,也使得这种他者置身变迁不已、错综复杂的当下社会关系之外。2. 与经济开发结合、更多服务于地方政府和开发商的应用人类学,尤以旅游人类学为代表,将地方性文化器物、制度、仪式、信仰转化为具有"可读性"的视觉符号和体验方式,它们被赋予种种价值(神秘的文化、悠久的历史、淳朴的美德、未被污染的纯洁之地)和象征意味(比如浪漫、波西米亚风、异族风情),以供观光客和外来者凝视,并从中获利。3. 与新社会史、新文化史思潮结合的各种名目的人类学分支,如宗教人类学、医疗人类学、性别人类学,它们给原有的研究提供了新颖的角度,增添了更为细腻的材料和精致的分析,但是从整体上并没有改变任何思想上的格局。4. 满足知识欲望、好奇心与窥探癖,服务于本能的各种琐碎人类学,如在大众市场广受欢迎的饮食人类学。这是一种庸俗的人类学,与为政治、经济服务一样,它贩卖哗众取宠的知识和低劣的风情表演。5. 强调"表述"/"表征"重要性的文学人类学,由比较文学分化出来,但除了借鉴考古学的成果和神话学理论之外,目前为止依然没有取得实际的理论突破和研究成果。

值得注意的是,在上述言说中,少数民族的差异性无论是在学术表述还是在民间与大众传媒的表达中都作为一种不假思索的价值被传递出来。与社会主义中国"求同存异"的民族区别性理念不同的地方在于:后者有着强烈的民主共和意味和目的论预期,而前者则将差异性转化为一种象征资本(比如"浪漫的远方"与"高贵的野蛮人"),兜售它的文化符号——在营造乌托邦幻象的时候,恰证明了资本运营的意识形态。少数民族作为他者在某种知识体系中被建构出来之后,即使到了今天,"无论是在传媒或是其他涉及文化生产的领域,有关少数民族的社会文化再表现实际是这套知识体系的再表现"。[1] 而在新的时代更因为资本的介入和改造,这套知识体系和他者形象被刻意固化,一个显豁的现象就是"原生态"在当下中国的社会文化语境里成为建构中国式现代化发展路径中的他者,在展现这个"他者"时标榜它的"本真性"价值。然而如同范可所说,"此时的'本真'产生的次文本意涵却是'原始性'"[2]。正因为如此,中国人类学的话语在兜兜转转经历了一个世纪之后似乎在全球化的经济逻辑当中,再一次回到了最初的等级话语之中,只不过之前是异文化的他者,如今自我风情化、内在他者化了。在无法摆脱地把他文化置于神秘他者

---

[1] 范可:《"他者"的再现》,见《他我之间:人类学语境里的"异"与"同"》,北京:中国社会科学出版社,2012年,第48页。

[2] 同上,第63页。

之境的欲望之中,人类学貌似谦逊的姿态其实是新殖民主义时代精巧的方法论。

周宁在其形象学研究的著作中称:"作为西方现代性的他者出现的野蛮或半野蛮的中国形象,完成于19世纪帝国主义时代。其文明/野蛮的二元对立框架,不仅包含着差异与对立因素,还包含着等级与强权的世界秩序。具体体现在一般社会知识与想象中,就是当时流行的进化论与传播论。文明进化论以进步为尺度,在时间中排列不同国家民族的文明,文明传播论则以东西方为格局,在空间中对不同国家文明类型进行分类,最终表现为一种普世文明的历史进程。不论进化论还是传播论,最终都必须在文明与野蛮的二元对立框架中理解。这种框架是普世性的,世界上所有国家民族的财富、制度与思想形式,都必须纳入其中,或文明或野蛮;同时,这种普世性的文明/野蛮框架,又是等级化的,形成一种优劣高低、中心与边缘、肯定与否定的秩序。西方现代中心的文明概念中,同时强调两个侧面,一是西方现代民族国家的自我意识侧面,二是人类社会的普遍价值侧面。前一个侧面确立西方主体或西方中心,后一个侧面确立西方扩张的合法性。"[1]人类学作为一种帝国的技术,在其中起到了推波助澜的作用,而上述论述忽略了一点,就是这种文明与野蛮的二元对立式认知框架在弥散到世界各个角落的过程中,部分地内化为当地的不自觉的无意识底色。这种情形在人类学本土化的过程中尤其明显。另一方面,本土传统、文化精英也并非全然被动地接受,在文化接触和协商的过程中,也会生发出反抗性因素。如论者所言:"20世纪初,在西方扩张大潮中,中国成了一个'对抗世界'的、最后的野蛮国家。20世纪两次世界大战与随后的世界范围内的共产主义与民族主义运动,暂时遏止了西方五个世纪持续的世界性扩张,而到该世纪最后10年,冷战结束,这种扩张大潮再度继起,从帝国主义到新帝国主义,20世纪初的话语是文明征服野蛮,20世纪末的话语则叫'全球文明一体化',而中国形象始终被野蛮东方化处理。"[2]中国人类学在社会主义初期曾一度发展出自己的全球性批判视野,但是因为无法摆脱启蒙式现代性的总体格

---

[1] 周宁:《天朝遥远:西方的中国形象研究》,北京:北京大学出版社,2006年,第798—799页。

[2] 周宁:《天朝遥远:西方的中国形象研究》,北京:北京大学出版社,2006年,第812页。

局,一旦遭遇波折,尤其是在世纪之交的全球化话语中难免重复霸权性话语。而如同前文所述,在中国文化内部,因为文明与野蛮的二元式思维的隐形存在,并且转化为进化链条上的"先进"与"落后"等级机构,只有对这种内部的等级无意识加以严格审视与反思,中国人类学才有可能突破因袭已久的思想牢笼。

结语:文化以人为本

其实早在1980年,费孝通作为恢复中国社会学(人类学)的牵头人,在美国丹佛接受应用人类学学会马林诺夫斯基奖的颁奖大会上发表演讲时提出"迈向人民的人类学",对西方的人类学提出质疑:"我常常喜欢置身于前辈的处境来设想他们所苦恼的隐情。试问:尽管当时有些人类学者已经摆脱了那种高人一等的民族优越的偏见,满怀着对土著民族的同情和善意,他们所做的这些民族调查对这些被调查的民族究竟有什么意义呢?究竟这些调查对当地居民会带来什么后果呢?那些把被调查者当作实验室里被观察的对象的人固然可以把这些问题当作自寻烦恼而有意识地抛在脑后,但对一个重视人的尊严的学者来说,应当清楚这些问题所引起的烦恼并非出于自寻而是来自客观存在的当时当地的社会制度……许多人类学者所关心的似乎只是我们这位老师(马林诺夫斯基)所写下的关于这些人的文章,而不是这些人的本身。这些活生生的人似乎早已被人类学家所遗忘,记着的,甚至滔滔不绝地谈论着的,是不是可以说,只是他们留在我这位老师笔下的影子罢了?我有时也不免有一点为我的前辈抱屈。他们辛辛苦苦从当地居民得来的知识却总是难于还到当地居民中去为改善他们的生活服务。"[1]费孝通的此番话带有深沉的人文关怀,赵旭东归纳费孝通的学术路径认为就在于其实用性,无论是"学以致用"的传统思想影响还是"洋为中用"的现代主张,其目的不外乎"服务于人民"(这个"人民"的内涵当然有个发展过程),然而,"随着改革开放以后,市场经济的发展,有两种学术研究取向可能会使这种'服务于人民'的社会学打了折扣。一种是成果取向,另一种是交换取向。有些从事社会学研究的人不是从人民大众的需求考虑所要研究的问题,而是先看国际上(主要是欧美)流行研究什么课

---

[1] 费孝通:《迈向人民的人类学》,《费孝通学术精华录》,北京:北京师范学院出版社,1988年,第417—418页。

题,自己也效仿着去做,文章一篇接一篇地发表,所谓的'学术成果'是有了,但对中国本土社会的认识并没有增加什么真知灼见,这是属于前一种取向的人。而后一种取向的研究者喜欢拿着各种各样的调查问卷去让调查者做答,这中间的媒介就是金钱,做一份问卷给多少被试费,如此交易,双方都觉得合算,一方得到实惠——钱,另一方拿到能够编书写论文的资料。先抛开这种问卷调查法本身的弊病不谈,单就这种以纯粹金钱关系为基础所获得的调查资料而言,有多少是可信的呢?而且这样的学术作为在助长着一种什么样的风气呢?这都是值得深思的问题"[①]。人类学的目的既有知识论的,也有价值论的。

实际的问题是,即便在最敏锐的先行者那里已经完成的理论反思,在实际的运作中也会滞后。回到我开头所说的调研之旅,事实上,这个被称作"国情调研"的项目,在国家哲学社会科学的总体规划中涉及人文社科的各个学科,其目的是对国家总体政策规划起到情报、资政和智力的支

---

① 赵旭东:《马林诺夫斯基与费孝通:从异域迈向本土》,原载潘乃谷、马戎主编:《社区研究与社会发展》,天津:天津人民出版社,1996年。见谢立中主编:《从马林诺夫斯基到费孝通:另类的功能主义》,北京:社会科学文献出版社,2010年,第337—338页。

持作用,与20世纪50年代开始的社会历史调查异曲同工,只是社会变迁的情境下,方法几乎还是别无二致,只是在影音图文的技术上进步了而已。在新世纪以来的人类学调查中,普遍存在"成果取向"和"利益取向"的问题。更为需要警惕的是,调查所得出的结果如果在"客观记录"的表象下不加以反思,则往往会陷入将调查对象精致化、抽象化和代言化的境地,从而在生产差异性的道路上越走越远——这种差异性虽然存在,但因为现代交通、人员交往和信息流动的频繁与加剧,显然已经发生了变化,族籍和地域带来的局限很大程度上被突破,而刻意在地方和学者那里被强调的"差异性"话语不过是制造出新型文化生意的依据之一。

  费孝通在其晚年的一篇文章中,强调了"文化自觉"。他认为"这四个字正表达了当前思想界对经济全球化的反应,是世界各地多种文化接触中引起人类心态的迫切要求。人类发展到现在已开始要知道我们各民族的文化是哪里来的、怎样形成的,它的实质是什么,它将把人类带到哪里去"[①]。"其意义在于生活在一定文化中的人对其文化有

---

① 费孝通:《关于文化自觉的一些自白》,见费孝通《论人类学与文化自觉》,北京:华夏出版社,2004年,第184页。

'自知之明',明白它的来历、形成的过程。所具有的特色和它的发展的趋向,自知之明是为了加强对文化转型的自主能力,取得决定适应新环境、新时代文化选择的自主地位。"[1]归根结底,我者和他者生活在同一个时空之中,功能主义强调文化的边界需要被刷新。按照有论者的研究,费孝通尝试以"没有边界的'场'的概念去取代原有的'文化边界'的概念"[2],人类学研究需要在这个时候提醒自己:实践与现实高于理论,文化终归要以其主体——人为本。这个"以人为本"不仅是现实利益上的,也应该是理想主义的。

中国既非纯然的西方式的现代民族国家,也非传统"帝国"或新型的超社会帝国,而是一个各种不同体系在内部沟通、联结、交融和混血的存在,其中的任何一个区域或族群都是"跨体系的社会"。它不仅有着和而不同的文化传统,也有着异中求和、"不同"而"和"的现实政治与社会实践。面对这种情形,承认自我与他者在共通性基础上的

---

[1] 费孝通:《关于文化自觉的一些自白》,见费孝通《论人类学与文化自觉》,北京:华夏出版社,2004年,第188页。

[2] 赵旭东:《在文化对立与文化自觉之间》,见《本土异域间:人类学研究中的自我、文化与他者》,北京:北京大学出版社,2011年,第229页。

差异性,可能才是我们如今反思人类学知识谱系的结论,即自我与他者是具有平等性的人[①],然后再在公正性上做出文化差异的我者与他者的区分。这是一种学术和思想的正义。

---

① 有关复杂的中国"跨社会体系"和"跨体系社会"的平等问题,参见汪晖:《再问"什么是平等"》,《文化纵横》2011年第5、6期。

论改革开放以来少数民族文学的
主体变迁与认同建构

　　某种理念及其规划,在其实施过程中因为内外部条件的变化,往往会发生与其最初预期相偏离的情形——这是观念与实践之间常见的不平衡状况,在文学史上屡见不鲜。作为一种当代政治化与制度化的文学设计,"少数民族文学"的意识形态自觉要早于其学术自觉或批评自觉,在中华人民共和国前三十年的发展中一直保持着与组织制度的紧密关联,但在改革开放以降的四十余年间则出现了新变——其带有理想的"自由人联合体"状态的集体性,伴随着外部语境的整体变化而趋于个体化与私人化,从少数民族文学创作所体现的内在理念上来说,"人民"置换为"公民","群众"转为"族众"。这与最初作为"人民文艺"的设想南辕北辙,关涉当代中国人复杂的身份认同,也意味着有关"少数""民族""中国"的相应认知需要重新进行自我反思。

追溯少数民族文学改革开放以来发展的历史,分期上会与"主流文学"的分期略有不同,其原因在于它的生产、传播、研究同国家文化政策和文学制度建设、文学组织生产及评奖传播机制密切相关。这种紧密关系体现于它在社会主义"十七年"文学时期,与"主流文学"无论题材还是观念上都同声合唱,"新时期"以来也一度与"伤痕文学""反思文学""改革文学""寻根文学"等潮流如影随形。而问题也正在于此:它似乎是合唱者,但总是慢半拍,是一位迟到的模仿者,而从来不是领风气之先的开创者。那种堪称笼罩性的强势国家话语到"后新时期"①发生松动,伴随着官方与民间话语在一定程度上的分离,影响所至,少数民族文学与后来被文学史书写为主潮的那些写作逐渐拉开了距离。这是一个缓慢的过程,在这个过程中少数民族文学逐渐树

---

① "后新时期"一般用来指称 1987 年"新时期文学十年"之后中国文坛产生的变异情况,它在 1992 年成为一个被较为集中讨论的话题。参见陈骏涛:《后新时期,纯文学的命运及其他》,《当代作家评论》1992 年第 6 期;张颐武:《后新时期文学:新的文化空间》,《当代作家评论》1992 年第 6 期;谢冕:《新时期文学的转型——关于"后新时期文学"》,《文学自由谈》1992 年第 4 期。

立自身的"主体性"意识,进而获得多元化的特征。

　　基于这种差异性,我大致将改革开放以来的少数民族文学分为三个阶段:第一阶段是恢复和蓬勃发展期,大致从"文革"结束,十一届三中全会开启的新历史进程至市场经济体制转轨的 70 年代末到 90 年代初。此际少数民族文学承续了从社会主义初期以降对宏大事物的关切,即便在关于族群和地方题材的书写中也并没有纠缠于身份政治、文化差异等问题,其内部生机勃勃而又泥沙俱下,呈现多样性的平衡状态。第二阶段是休整期,大约从 90 年代中期到新世纪第一个十年前半期的十年左右时间。从外部文学生态来看,这是一个精英人文知识分子哀叹"边缘化"、大批文人下海和消费主义兴起的时代;就内部观念转变而言,则是文学不再充当"先锋"的角色,而将日常生活审美化提升为主流;与此同时,少数民族文学发生诸多分化,预示着多元文化主义时代的到来。第三阶段是繁荣期,大约从 2005 年前后到当下。随着中国综合国力的逐年增强,以及非物质文化遗产和文化多样性话语的兴起,少数民族文学不仅从官方得到支持,更有来自民间的自觉表述与商业的符号征用等多种形态。但这几种话语之间表面的联结并不能掩盖其内在的差别。从外延与内涵来看,少数民族文学观念和手法则日益群落化和"内卷化"①。在进入具体讨论之前,需要声明的是,我之所以没有以精确的年份来进行分期,是因为文学固然受外部环境影响,但自身有其作为精神与文化产品在生产、传播与接受中的独特性,并不会因为某个戏剧性的事件或年份而发生陡然的转折或断裂,兴盛期亦有陈旧与过时的理念,休整期也不乏亮眼的作家与作品,所有的变化都在潜移默化中进行,它更像是星系在整体运行,而不是其中某个超新星的爆发或老恒星的氦闪。

一、"文学共和"表征"人民共和"

从发生学上来说,现代以来的文学门类以及相应的文学学科与命名,从一开始就并非某种"自然之物",而是文化政治的显现,"少数民族文学"则更是政策性的结果。这一点较之于其他的文学分类更加明显——"少数民族"首先意味着平权政治下的身份标识,它在起初就携带者群体

---

① "内卷化"这一术语由美国人类学家亚历山大·戈登威泽(Alexander Goldenweise)最早提出,后被格尔茨(Clifford Geertz)研究印度尼西亚农民与农业、杜赞奇(Prasenjit Duara)研究华北农村、黄宗智研究长三角农业的相关著作加以引申,本文借用来说明文学中日益"向内转"的封闭情形,以及量的累积中缺乏质的飞升的现象。

的、"类"的色彩,某个作家作品会作为某个族群的代表,决定了它的合法性建立在集体的、星系式的运行之上,而不是靠某几个著名的、标出性(marked)的作家像路灯一样树立在文学史的道路之上。

激进政治一度中断了从 20 世纪 50 年代中期开始的少数民族文学建构,当激进政治结束之后,改革开放初期的少数民族文学依然由一系列自上而下的文化政策所决定。这些举措大致包括八个重要事件:1979 年,中国少数民族文学学会成立;1980 年,中国社会科学院少数民族文学研究所成立,中国作家协会成立了少数民族文学委员会,第一次全国少数民族文学创作会议召开;1981 年,中国作家协会与国家民委举办了第一届全国少数民族文学骏马奖评奖,国家级文学期刊《民族文学》创刊,中国作家协会文学讲习所(1984 年定名为鲁迅文学院)开设了少数民族作家班;1983 年,中国社会科学院《民族文学研究》杂志创刊。[1] 这中间固然有重要个人所起到的推动作用,比如蒙古族作家玛拉沁夫给中宣部及作协领导的上书与建议,但少数民族

---

[1] 李晓峰:《从"新时期"走向"新时代"——改革开放 40 年少数民族文学回眸》,《中国民族报》2018 年 11 月 11 日。

文学的相关组织、刊物、奖项、作家培养机制和教育、科研机构的设立,根本上来自国家宏观文化规划的统筹安排。它先行决定了少数民族文学并不是少数民族作家自然形成的自发创作(当然也尽力吸纳"自发"的创作),而是有计划地联络、培养和倡导一国内部的多民族文学生产与传播。其目的在于通过"文学共和"表征"人民共和",少数民族作为"人民"的有机组成,其文学书写与形象塑造对内具有统战、团结、凝聚、交流的功能,对外则有形象塑造、宣传与辐射的作用。其目的是营构出多民族统一、多样性文化融合的国家认同与国际形象。

在这个过程中涌现出一些知名的少数民族作家,他们并不构成家族相似的群落,而是各以其自身特质独立地获得区域性、全国性乃至跨国影响力。他们可以粗略分为三种类型。第一类是50年代甚至更早就已经成名的老作家的归来。萧乾"在度过了21年的寒蝉生涯后,于1978年开始写作"[1],30年代就已经凭借《科尔沁旗草原》获得声望

---

[1] 傅光明:《人生采访者·萧乾》,济南:山东画报出版社,1999年,第151页。

的端木蕻良复出后也于同年底开始创作历史小说《曹雪芹》①。50年代发表过有重要影响的《不能走那条路》《李双双》等作品的李准,于1981年从河南调到中国作家协会工作,1982年根据张贤亮短篇小说《灵与肉》改编电影《牧马人》,与李存葆联合将中篇小说《高山下的花环》改编为电影剧本。1985年12月,他以三四十年代黄泛区人民的苦难史为背景创作的长篇小说《黄河东流去》获得第二届茅盾文学奖②。萧乾是蒙古旗人后裔,端木蕻良的母亲是满族,李准是蒙古族,还有土家族和苗族混血的沈从文,尽管有时候他们的"少数民族"身份会被论者提及,但一般不会被当作是"少数民族作家",因为他们的大多数作品并没有太多少数民族题材与内容,也并没有用在后来看来对于"少数民族文学"而言至关重要的民族语写作,但少数民族文学史书写者尤其是族别文学史作者则乐于将他们纳入具体的族别之中以壮声势。这涉及如何认识"少数民族文学"内涵与外延的问题,后文会继续讨论。另外一些在"主

---

① 曹革成:《端木蕻良年谱(下 续完)》,《新文学史料》2014年第2期。
② 方岩:《李準·1985·茅盾文学奖》,《文艺报》2015年6月17日。

流文学"史中不那么出名的作家,如五六十年代陆续出版过《欢乐的金沙江》三部曲(1961年《醒了的土地》、1962年《早来的春天》、1965年《呼啸的山风》)的彝族作家李乔再次提笔创作。1960年发表过《美丽的南国》的壮族作家陆地,也开始重新修改60年代创作的作品《瀑布》初稿,三年后该书获全国少数民族文学创作长篇小说一等奖。其他在"十七年"时期比较有影响的作家,如蒙古族的纳·赛音朝克图、玛拉沁夫,回族的米双耀,维吾尔族的祖农·哈迪尔、克尤木·吐尔,苗族的伍略等,也陆续有新作品出现,他们的风格延续了社会主义现实主义的传统,致力于关涉社会主义建设与少数民族生活变迁的表达。

第二类是知青、农民、工人中的少数民族精英人物在激进政治结束后井喷式地出现,并成为中坚。其中最具代表性的无疑是达斡尔族的李陀、回族的张承志和鄂温克族的乌热尔图。李陀原先是工人,1978年以《愿你听到这支歌》获全国优秀短篇小说奖,剧本《李四光》《沙鸥》分别获1979年、1981年文化部优秀电影奖。他曾任《北京文学》副主编,但1982年以后较多地从事理论批评工作,在关于电影长镜头理论、现代派文学、文化研究的引介、"纯文学"的反思以及新世纪之后对于小资产阶级及文化领导权问题的讨论等方面都有开风气的意义,可以说见证了整个中国文学从"新时期"到"新时代"的历程。但20世纪90年代之后,发生了堪称截然不同的"两个李陀"的观念转变,2018年发表的长篇小说《无名指》引发巨大争议。① 张承志1978年发表处女作《骑手为什么歌唱母亲》,1981年发表《黑骏马》,1984年发表《北方的河》,分别获第一届全国优秀短篇小说奖,第二、第三届全国优秀中篇小说奖。他通汉、蒙、日、阿拉伯文等多种语言。在20世纪90年代他的创作也发生转向,由祖国母亲的讴歌者、中国道路的探索者转而关注边缘群体及其文化,新世纪后又转型为国际主义者(当然,这些只是粗略的概括,其细部又有着一以贯之的革命话语的连续性),直至当下依然是中国文坛一个独特而硕大

---

① 关于李陀较为全面的讨论,参见《民族文学研究》2018年第6期的李陀研究专辑中贺桂梅、李晓峰、石磊、毕海等人的论文,尤其是贺桂梅的《"两个李陀":当代文学的自我批判与超越》。另可参见王东东:《雪崩何处:〈无名指〉中的知识分子问题》,《扬子江评论》2019年第3期。

的存在①。乌热尔图 1980 年以《瞧啊,那片绿叶》获全国少数民族文学创作奖,此后《一个猎人的恳求》《七叉犄角的公鹿》《琥珀色的篝火》连续三年获得全国优秀短篇小说奖。这个曾经做过猎户、工人、民警的作家将森林、猎人和萨满文化带入当代文学的书写之中,1985 年在第四次全国作家代表大会上被推举为中国作家协会书记处书记,几年后又返回呼伦贝尔草原工作,在 20 世纪 90 年代的创作则发生了非虚构的转型。② 这些新崛起的文学精英,除了自身的天赋之外,往往也有外在的便利因素使他们在信息匮乏时代能够较早地接触到前沿思想与西方文学作品,从而因缘际会地领风气之先。所以,他们早期的创作,往往虽然涉及少数民族内容,但并不以强化少数民族文化为主旨,那种思想解放的欣喜、拥抱"世界"的意识、创新的激情落脚在宏大话语层面,思考的是"中国向何处去"以及"中国

---

① 《心灵史》的改写可以视为张承志转型的一个标志,参见姚新勇、林琳:《激情的校正与坚守——新旧版〈心灵史〉的对比分析》,《文艺争鸣》2015 年第 6 期;李松睿:《"自我批评与正义继承的道路"——新旧版〈心灵史〉对读》,《现代中文学刊》2018 年第 3 期。张承志一直以笔为旗,笔耕不辍,最近的作品集是《三十三年行半步》,由青海人民出版社 2018 年出版。
② 刘大先:《重寻集体性与文学共和——为什么要重读乌热尔图》,《暨南学报》(哲学社会科学版)2014 年第 2 期。

青年"之路的问题,可见在长久思想单一与文化匮乏的情形一旦改变后,人们精神上所释放出来的巨大能量。具体的少数民族身份与文化在这种宏大叙事的激情中处于次一级的存在,即便如乌热尔图这样在创作上带有较为纯粹的鄂温克文化色彩的作家,也并不是在谋求鄂温克文学的主体性,而在于通过地域性或族群性书写,丰富并充实中国文学。

第三类是原本在经济、文化等方面后发的民族出现的第一代书面文学作家。许多少数民族原本由于地理环境、历史传承等,直到中华人民共和国成立时还是刀耕火种的较为粗放的生产生活方式,经过数十年发展,到80年代才出现自己的第一代作家,比如傈僳族的密英文、佤族的董秀英、怒族的彭兆清、布朗族的岩兰香等。许多原本有着悠久母语文学传承的民族,在文类与观念方面也发生了现代性转型,出现了此前没有的体裁。比如降边嘉措的《格桑梅朵》创作始于1960年,1963年完成初稿,在人民文学出版社编辑的协助下修改,于1980年正式出版,被认为是当代西藏乃至整个藏族文学的第一部长篇小说。1988年傣族的第一部长篇小说《南国晴天》由方云琴、征鹏完成,人民文学出版社出版,讲述了刀承忠一生及其与丹瑞·埃利的爱情,反映了边境傣族地区20世纪20至40年代末的社会生活。这些"第一部"的情形,一直持续到21世纪初——2002年,龙敏的《黎山魂》成为黎族当代文学史上第一部长篇小说。① 由此可见在幅员辽阔的中国地区性文学发展不均衡的实况,同时可以观察到某种"迟到的现代性"的观念流播——少数民族文学原先自在地与具有族群文化特征的文类与内容发生整合或改变,按照现代性视野中所规定的对"文学"的范式认知与教育而进行学习与仿拟,这也是一种"文类的政治学"②。不能忽视的是,处于先发或者"文化中心"的作家、学者、编辑、出版者的示范、帮扶与改造。

其中颇为值得注意的现象是,母语文学在20世纪80

---

① 这些材料来源于赵志忠主编的《20世纪中国少数民族文学编年》,辽宁民族出版社2004年版。但该书资料因为是多人整理,缺乏统一体例,颇多错讹之处,不可不察。

② Stephen Heath, *The Politics of Genre*, in Christopher Prendergast, ed. *Debating World Literature*, Verso, 2004, pp. 163—74.

年代中后期出现。中国少数民族的原生语言语系种类繁多，[①]而这些文字在历史传承中也遭际各异：有的因为族群本身消失或融入其他新的族群，语言与文字一起消亡，比如契丹文字；有的则在自身发展中语言尚存，但放弃了该文字，比如突厥文、回鹘文、察合台文、于阗文、蒙文八思巴字、西夏文、东马图画文字、东巴象形文字、水书等。在中华人民共和国成立后的民族区域自治政策指导下，中央政府指派专家帮助一些少数民族改进和创制了文字，但因为社会发展和生活实际应用范围等问题，这些文字大多并没有推广开来，越来越多的少数民族年轻一代在非母语环境中成长，或者在母语环境中成长但接受学校教育时学习的是国家通用语言文字——汉语与汉字。语言文字的选择本是民众趋利避害的自然选择，但在一些少数民族作家那里，会被

[①] 关于少数民族语言的概况，参见马寅主编：《中国少数民族常识》（中国青年出版社，1984年）、马学良主编：《语言学概论》（华中工学院出版社，1985年）、中央民族学院少数民族语言研究所编：《中国少数民族语言》（四川民族出版社，1987年）。中国语言生活状况、中国语言政策研究的最新研究，可以参考商务印书馆历年来出版的《中国语言生活状况报告》，中华人民共和国教育部网站可以查看到2005年以来"中国语言生活状况报告、世界语言生活状况报告、中国语言政策研究报告"，http://www.moe.gov.cn/jyb_xxgk/zdgk_sxml/sxml_yywzgz/yywzgz_yywzgl/yywz_xgbg/。

视为文化濒危的表征,也许他们并没有多元文化主义的明确理念,但是本能地出于对本民族语言文化的素朴眷念和责任感——当然,文化差异本身也构成一种文化资本——而从事母语写作。比如1991年四川民族出版社出版的贾瓦盘加的《情系山寨》,是第一部用彝文创作的小说集。同年,莫明·吐尔迪在克孜勒苏柯尔克孜文出版社出版了柯尔克孜族第一部长篇小说《命运之路》。

少数民族母语文学是中国文学中的独特存在,但受众群极为少,就交流与传播而言,其象征意义大于实际意义,但对于文学创作而言仍有其意义:"至少在两个层面上具有补充、充实、创造的功能:其一是它们各自以其具有地方性、族群性的内容,保存了不同文化、习俗、精神遗产的传统……其二是掌握母语同时又掌握第二、第三种书写语言的作家,会将母语思维带入书写语言之中,让传统的母语书写文学、民间口头文学滋养着当代作家作品。"[1]更主要的,语言文字使用权是中国民族政策中文化平等权的表征,也被视为中国文化多样性的实际体现。不过,文化(文学)的语

---

[1] 刘大先《千灯互照:新世纪少数民族文学创作生态与批评话语》,广州:暨南大学出版社,2017年,第180页。

言决定论是语言学上"萨丕尔-沃尔夫"理论和人类学上文化相对主义尤其是博厄斯(Franz Boas)学说影响的结果,属于无法证伪的假说。将某个少数民族与语言捆绑起来属于对"民族"本质化理解的一种,有着早期斯大林关于民族界定留下的痕迹。强化母语文学的独特性,以及在八九十年代之交逐渐出现的对文化差异性和少数民族文学主体性的强调,隐约显示了后革命时代宏大叙事的失效和多元文化主义的兴起,源于文化差异和身份认同这样的"微观政治"在民族解放与独立、革命与改良等"宏大政治"失败后的内转。如果按照公民社会理论的说法,这是"国家"与"社会"之间的分离[1],但"国家"与"社会"不过是后设的理论框架,就现实的情况而言,它们并不可能做到界限明晰的切割。只是,随着解构主义和后殖民主义的传入,少数民族文学话语在未加辨析的挪用中,族群立场被强化,确是少数民族文学批评与研究不得不面对市场经济所带来的既有秩序瓦解后的再出发问题。张承志和乌热尔图都于 1994 年退出了

---

[1] 参见邓正来、J. C. 亚历山大编:《国家与市民社会:一种社会理论的研究路径》,上海人民出版社,2006 年;邓正来:《国家与社会:中国市民社会研究》,中国法制出版社,2018 年;植村邦彦:《何谓"市民社会":基本概念的变迁史》,赵平译,南京大学出版社,2014 年。

虚构写作的行列,开始了以历史、行旅、文化比较等为主题的非虚构写作。这是颇具象征性的事件,原先那些具有国家视野、广阔关怀的写作让位于对宗教、族群、地方性等国家内部次属层面事物的书写;或者绕过"国家",而直接与"世界"接轨:集体性的文化语法从"新时期"以来一直备受来自审美自治、自由主义的多方冲击,终于在90年代初耗尽了所有的能量,一个注重个人主义的差异、消费与欲望的时代来临了。

二、现象与结构的错位

无论从何种意义上来说,世纪之交前后的十年都是中国文学的转折期,它贡献给当代文学史的是新历史小说和重述历史、新写实主义与日常生活、散文的小资式意识形态、口语诗与解构崇高等犬儒与个人化叙事,少数民族文学这种高度依赖于体制庇护和扶持的文学分类陷入休克式的沉寂之中。2000年,阿来的《尘埃落定》获得茅盾文学奖,但与其说那是藏族文学的荣耀,毋宁说是新历史小说在区域性和族群性题材中的胜利。如果我们回首70年代末到90年代初,会发现世纪之交的少数民族文学不过是沿着上一个蓬勃兴盛的文学时代所型构的模式在萧规曹随。

那些模式体现在,少数民族文学创作几乎总是与主流思潮同构,伤痕系(返城知青与归来的右派)、改革系(反思与改革文学)、形式探索系(朦胧诗、先锋小说)风潮的此起彼伏,无一不显示于其中。它们同时也延续着社会主义文学初期的革命历史、英雄传奇与主旋律颂歌的传统。藏族作家益希单增 1981 年出版的《幸存的人》,情节设定在 1936 至 1951 年噶厦政府统治的西藏,表现了农奴对农奴主的反抗,这是"人民性"叙事的产物,它与降边嘉措《格桑梅朵》相似,也是汉族知识分子、作家、编辑帮助修改的结果。汉族知识分子对少数民族文学的发展,在宏观抽象的政治理念与美学风格、具体的结构技术乃至细枝末节的遣词造句上,都起到了打磨与示范作用。其中最为重要的莫过于"导师式"的人物茅盾与冯牧。早在 20 世纪 30 年代,茅盾就对少数民族作家和地区的文学事业比较关注,指导过彝族作家李乔和白族作家马子华等,并且通过批评与评论对数十位少数民族作家给予提携,其中除了蒙古族的玛拉沁夫、敖德斯尔、乌兰巴干、巴·布林贝赫这些知名作家、诗人之外,还有彝族作家普飞、熊正国,白族作家杨苏,藏族诗人绕桑巴阶等。冯牧曾在昆明工作了七年多,20世纪50年代除了发现并扶植了昆明军区的一批部队作家,也影响了地方上许多的少数民族作家,和李乔结下了深厚的友谊,对彝族作家张昆华言传身教,对白族作家晓雪、杨苏、张长、景宜等密切关注,对纳西族、哈尼族、景颇族青年作家也多有奖掖。在老舍和茅盾相继辞世后,冯牧作为分管全国民族文学工作的作协副主席,对民族文学的发展做出了极大贡献。1980年7月和1986年9月,他在第一届和第二届全国少数民族文学创作会议上都做了报告,为当代少数民族文学事业做出了全局性的规划和指导。[1] 回首改革开放以来少数民族文学创作的发展不能割裂社会主义初期的文学实践与举措,正是前期的积累及其政策的连贯性与延续性,才为"新时期"以来的少数民族文学生态奠定了基础,让少数民族作家在创作中不自觉地融入主潮之中。所以,我们同样可以将中国各民族文学这种生态用费孝通的"我中有你、你中有我"的"多元统一体"来进行归纳[2]。

---

[1] 李鸿然:《中国当代少数民族文学史论》,昆明:云南教育出版社,2004年,第82—94、100—108页。

[2] 费孝通:《中华民族的多元一体格局》,《费孝通文集》第11卷,北京:群言出版社,1999年,第381页。

在这种背景下,1986年壮族作家韦一凡的《劫波》、1987年回族作家霍达的《穆斯林的葬礼》(该作于1991年获得茅盾文学奖),可以说是革命历史与地方史、家族史的融合;1987年瑶族作家蓝怀昌的《波努河》、1988年回族作家查舜的《穆斯林的儿女们》则是洋溢着地方民族风味的农村改革叙事;1984年哈萨克族作家艾克拜尔·米吉提的《哦,十五岁的哈丽黛哟……》、1985年藏族作家扎西达娃的《系在皮绳扣上的魂》和《西藏隐秘的岁月》、1986年藏族作家色波的《幻鸣》,这些作品则体现出鲜明的民族文化印记,后二者还被描述为"魔幻现实主义"这一在当时非常时髦的术语。它们呈现出错落有致的文学群落样貌。还原到当时的文学语境,则是日益兴起的以西方"现代派"为代表的现代主义文学观念和技巧逐渐取代革命与阶级的集体性叙事,成为象征着"与世界接轨"的方向。在1980年、1986年召开的两次全国少数民族文学创作会议之间,少数民族文学表现出来的这种"新""旧"杂呈的风貌,正是它的多样性、多层次和多维度的题中应有之义。

但是在一般文学史的叙述中,李陀这样对少数民族题材着墨甚少①,甚至没有涉及的作家往往被"少数民族文学"论者摒除在论列之外,原因在于他的作品缺乏"民族性"或者说"民族特色"。在一些怀揣普适文学观念的人那里,"文学"根本无须加上某个修饰性也即限定性的前缀,因而他们在谈及少数民族文学的时候往往不免带有纡尊降贵的不情不愿,哪怕他(她)本身是少数民族出身。这种观念在80年代已经露出苗头,在90年代及至当下几乎成为一种集体无意识,它关乎"少数民族文学"存在的合法性。当集体性语法失效而"纯文学"理念成为共识之后,少数民族文学必然会面临一个不得不回答的问题:如果在题材、语言、美学风格、思想观念上和主流话语没有什么区分度,那么"少数民族文学"的合法性何在?

这个问题无疑极具挑战性,也不无道理,我们需要历史而辩证地来看待。"少数民族文学"这一学科起步较晚,最初更多地带有整理少数民族文化遗产、扩张少数民族文化

---

① 1983年12月23日,李陀在给乌热尔图的信中写道:"我也应该算作是一个少数民族的作家。然而由于多年来远离故乡,远离达斡尔族的民族生活,我却未能为自己生身的民族,为少数民族文学的事业做出一点点实际的事。这常常使我不安。……或许将来我也要写一些反映少数民族生活的作品。"(李陀、乌热尔图:《创作通信》,《人民文学》1984年第3期)但是,他此后并未再有相关文字。

权力的意味,带有统一战线的共识,民间文学比如"三大史诗"(《格萨尔》《玛纳斯》《江格尔》)一直是其重点所在,各个民族的叙事诗、民歌、童谣、故事、神话等口头文学的整理也是少数民族文学搜集与整理的主要工作,作家文学则是秉持着社会主义现实主义的道路,其主旨在讴歌新社会、塑造社会主义新人、建构社会主义新文化。少数民族作为社会主义新中国的成员内在于这个话语系统之中,革命、阶级与民族国家话语一定程度上会遮蔽少数民族自身的族群性话语。这造成了少数民族作家在创作伊始是有限度地表现民族风情、民族生活,但也可能完全不涉及少数民族题材,或者即便因为内容不得不触及少数民族地区风俗、生活方式、文化心理等内容,也不会有着明确的"少数民族"身份与文化意识——涉及少数民族的内容是风景化的存在。很长时间以来,这种风景化是作为异域风情式的存在而被津津乐道的,少数民族文化资源也被移植到主流艺术之中,比如"十七年"时期大量出现的少数民族题材电影、绘画,以及"新时期"以来在美术、雕塑中出现的少数民族风景与人物形象,①它们与文学共同谱写与描绘着中国的多民族国家形象。

问题的另一面则是,按照最初构筑的"理想类型",少数民族民众与主流民众既然都是"人民"的有机组成,那么除了族别、传统、习俗、信仰、语言、区域等方面的文化差异之外,在政治身份上是别无二致的公民,也同为现实中的"同时代人",必然要面对的是同样的生存与生活语境及其所生发的认知和情感结构等诸多问题。那么这样一来,任何题材都是合理的,少数民族作家完全可以书写或者不书写民族题材,也无须一定要呈现出某种"民族特色"去迎合某些流行的刻板印象。将少数民族文化视为保留淳朴单纯调性的文化"活化石",或者将其视为城市文明、工业文明救弊之器,都是一种缺乏现实感的简化乃至贬低,因为它们

---

① "十七年"时期少数民族题材电影是中国电影史上的一个突出亮点,同时少数民族文学的跨学科研究也很多,兹不赘述。当代艺术史与少数民族文学的交叉研究则尚少,一些重要作品如叶浅予《中华民族大团结》(1953)、董希文《春到西藏》(1954)、周昌谷《两个羊羔》(1954)、黄永玉《阿诗玛》(1954)、李焕民《初踏黄金路》(1963)、朱乃正《五月的星光下》(1963)、阿鸽《彝寨喜迎新社员》(1975)、马振声《凉山需要你们》(1976)、袁运生《泼水节,生命的赞歌》(1979)、朱理存《姑娘们的节日》(1980)、韩书力《邦锦美朵》(1981)、靳尚谊《塔吉克新娘》(1983)、鄂圭俊《春的脚步》(1984)等,就形象与意涵而言,值得深入讨论。

拒绝了边地、边缘、边民文学书写中思考重大时代与社会问题的可能性,而将其局限甚至禁锢在某种狭窄而静止的"文化"与"传统"之中。

"少数民族文学"只是一个词语,它的内涵应该是敞开的。一直以来在研究界关于如何界定"少数民族文学"就争论不已,但是这种思路本身就走偏了,因为对于一种动态的群体性系统,不可能用某个决定论式的定义去框定其"本质"——无论这种"本质"是语言还是题材,甚或更加奥妙难测的"美学风格"或"民族心理"——而只能在其自身的运行中描述其话语运行的轨迹。所以,最终少数民族文学研究界选择采取的一个约定俗成的做法是,仅以作家的族别进行确认是否纳入"少数民族文学"进行讨论。这种办法看似粗暴简单,却最合乎现实与逻辑,因为原本"少数民族文学"就是以身份划分的,而不是语言、题材或者诸如此类的本质论和决定论。但在 90 年代以来,少数民族文学的主体性以及随之相关的身份认同、主位(emic)与客位(etic)问题日益成为焦点,反向导致了"少数民族文学"与"主流文学"成为二元对立式的结构。

最典型的例子莫过于乌热尔图在 1996 年、1997 年陆续发表的《声音的替代》《不可剥夺的自我阐释权》等文章,所采取的思路是将少数民族类比为北美的印第安人[1],采用人类学与后殖民的理论与方法用以描述与解释少数民族及其文化的命运。在那种认识框架中,少数民族被视作无法自我表述的群体,原因在于他们的声音被他者所代表了。从表面上来看,似乎确有相似之处,然而问题在于中国的少数民族与北美如美国、加拿大的"少数族裔"(包括原住民、黑人与其他非盎格鲁-撒克逊裔移民)很难进行简单的比附。中国的各民族关系涉及复杂的历史、政治与现实,是经过了长时间交流与融合的"命运共同体",关于此点,费孝通已有详尽论述。即便从"内/外""我/他"的关系而论,诚如许倬云所言,"中国的历史,不是一个主权国家的历史而已,中国文化系统也不是单一文化系统的观念足以涵盖。不论是作为政治性的共同体,抑或文化性的综合体,'中国'是不断变化的系统,不断发展的秩序","经历了迂回曲折,其实连续而一体"[2],因而不能简单套用现代民族国家

---

[1] 乌热尔图:《声音的替代》,《读书》1996年第5期。《不可剥夺的自我阐释权》,《读书》1997年第2期。

[2] 许倬云:《我者与他者:中国历史上的内外分际》,北京:北京三联书店,2010年,第2、137页。

理论中排他式的族群关系进行分析。如果上升到存在论的层面,任何一个"我者"都与"他者"共同生存在世界之中,这个结构,海德格尔表述为"共同存在与共同此在",实体性的、给定性的现成"我者"可以用"自我""主体"进行表述,但无世界的单纯主体并不存在,无他人的绝缘自我归根结底也不存在。"我者"的意义必须从存在论的角度加以解释,筑基于"共在"之中,它必然是开放性的,而非僵硬凝固的,"他者"与"我者"本身没有区别,都是其"所从事的东西"①。只有在关系性、实践性中,才能对中国各民族及少数民族文学有贴近历史与现实的理解。

之所以出现上述问题,原因在于现象已经发生了新变,但是原先的"结构"仍然在惯性地运行着。主/客、自/他的二分观念以及由此生发出的对"少数民族文学"学科存在合法性的质疑,与 90 年代以来中国日益卷入全球化的背景有关,它带来的是"民族/国家"话语向"后民族结构"的转变。人口、资本、物质与信息的全球化使得既有的界限出现松动与缝隙,不确定性与流动性增加突破了主权国家的疆

---

① 马丁·海德格尔:《存在与时间》,陈嘉映、王庆节合译,北京:三联书店,1987 年,第 140、155 页。

域界限和原生族群的共同体界限,产生了一个已经无法忽略的矛盾:"它在国家之中并通过国家得以运行,并且在一些关键问题上仰仗国家的支持,同时,它又抵制国家对其产品的调控并总是力图扩大它的市场。这一点对文化产品来说也和对其他任何产品来说一样真实。"①这样一来,原先那种试图对某种特定文化加以界定并将其纳入一个与社会结构相衔接的话语就逐渐失去了其确定不移的有效性,"民族/国家"陷入认同的危机,有时候"国家"甚至要同"社会"竞争人们的归属感与忠诚感,也即哈贝马斯所说的"在人民民族(volksnation)的想象的自发性与公民民族的合法结构之间摇摆不定"②。

中国当然并非典型意义上的"民族/国家",但是它在近现代以来的反殖民与反封建、争取民族独立与民族解放的过程中,将一个"文明体"国家塑造成了"民族/国家"的样貌,以应对国际关系的规则与实践。因而,它同样在"全球时代"中遭遇了类似的矛盾,有学者将其归结为"族性张

---

① 马丁·阿尔布劳:《全球时代:超越现代性之外的国家与社会》,高湘泽、冯玲译,北京:商务印书馆,2004年,第226页。
② 哈贝马斯:《后民族结构》,曹卫东译,上海:上海人民出版社,2002年,第114页。

扬"的问题:被阶级政治改造了的"人民"话语向新兴文化政治的"族性"话语转型。从宏观层面的历史来看,民族意识的自觉与资本主义的发生处于同一个起始点,经历了从西欧、北美到中南欧和拉美,再到亚洲和非洲的民族主义传播与扩散的过程。[①] 中华人民共和国正是在第二轮民族自觉的浪潮中冲决了殖民网络,获得重构,成为一个主权政体参与到以"民族/国家"为主要单元的国际新格局之中。但是,"在民族自觉引发的前两轮民族运动中,面对外来的敌人和民族独立的共同目标,参与者较少表现出基本民族层次的利益追求;然而,在解放和独立的共同目标实现之后,基本民族层次的自觉(第三轮民族自觉)便或早或晚地在民族国家内部生发开来……当代的族性张扬主要是在弱势民族和国家层次之外发生"[②]。90年代以来中国少数民族文学中所出现的对民族性以及民族主体性的强调只有在这个语境中才能得到完整而清晰的判断——"族众主体"其

[①] 本尼迪克特·安德森在《想象的共同体:民族主义的起源与散布》(吴叡人译,上海人民出版社2005年版)一书中曾经深入地描述过这个过程。

[②] 王希恩:《族性及族性张扬——当代世界民族现象和民族过程试解》,见陈建樾、周竞红主编:《族际政治在多民族国家的理论与实践》,北京:社会科学文献出版社,2010年,第171—172页。

实是一种"后民族/国家"话语。

三、"单向度的多元"问题

然而,当代中国的复杂性与丰富性就在于,尽管在观念的地平线上已经隐然出现了"帝国"与"诸众"的新态势[①],来自边缘话语的"族众"试图取代官方理念中的"人民",现实的文学机制和生态现场却依然有着对"国家"话语的坚持——这当然也是世界上其他多民族/族群国家政府的通行做法,因为国家仍然是现实国际交往中最为重要的装置,同时现实世界的政治经济信息博弈也倒逼着保守主义的复归和民族国家话语的自我强化[②]。官方的文学组织与生产机制试图通过对革命中国遗产的继承,来建构出具有中国

[①] 麦克尔·哈特、安东尼奥·奈格里:《帝国——全球化的政治秩序》,杨建国、范一亭译,南京:江苏人民出版社,2003年。Michael Hardt, Antonio Negri. Multitude: War and Democracy in the Age of Empire, Penguin, 2004. 保罗·维尔诺:《诸众的语法:当代生活方式的分析》,董必成译,北京:商务印书馆,2017年。安东尼奥·内格里:《超越帝国》,李琨、陆汉臻译,北京:北京大学出版社,2016年。哈特、奈格里:《大同世界》,王行坤译,北京:中国人民大学出版社,2015年。

[②] 典型的例子莫过于曾经在《文明的冲突与世界秩序的重建》(周琪、刘绯、张立平、王圆译,新华出版社,2002年)中做出精彩预判的塞缪尔·亨廷顿,在《我们是谁:美国国家特性面临的挑战》(程克雄译,新华出版社,2005年)中所显示出来的民族主义关切。

特色的"少数民族文学",以区别于来自西方的"少数族裔文学"(ethnic minority literature)、"离散文学"(diaspora literature)或"移民文学"(migrant literature)。

在1998年和2003年两次全国少数民族文学创作会议(第三届南宁会议和第四届昆明会议)召开的前后,我们仍然可以从大量少数民族文学作品中看到从80年代延续下来的多样性中的共识结构。"现实主义冲击波"中的关仁山不会让人想起他的满族身份,而更多被工厂、农民的困境与挣扎所打动;鬼子(廖润柏)并不标榜甚至刻意回避仫佬族的身份,他的《被雨淋湿的河》《上午打瞌睡的女孩》等以罗城的底层苦难叙事为主,剧本《幸福时光》和《上午打瞌睡的女孩》(分别由张艺谋、陈凯歌导演上映)也在底层文学的意义上被人认知;以《一个人张灯结彩》出名的土家族作家田耳擅长在巧妙的故事讲述中传递人性的幽微曲折……现实主义、先锋小说、日常生活审美化的复合遗产凝聚在这些作家作品之中。娜夜(满族)《娜夜诗选》侧重性别书写,吉狄马加(彝族)的诗则富含世界主义的元素。与此同时,石舒清(回族)《清水里的刀子》、叶广芩(满族)《梦也何曾到谢桥》等作家作品则在乡土怀旧或家族史书写中突出了特定民族的宗教信仰与文化传承的内容。来自意识形态主管部门的召唤——"深入生活""理论学习""精品意识"[1]"以'三个代表'重要思想统领社会主义文学进一步繁荣发展少数民族文学事业"[2],"用澎湃的激情,生动的笔触,努力反映改革开放和社会主义现代化建设的火热生活"[3]——与来自民间创作现场的多样性之间形成了一种彼此时有交织且并行不悖的样态。

在这个过渡与转型年代之后,到了2005年左右,主位的自我表述和文化多样性话语已经成为少数民族文学创作的主流,在少数民族文学研究领域则是"多民族文学"观念

---

[1] 翟泰丰:《迎接少数民族文学大发展大繁荣的新世纪——在全国第三届少数民族文学创作会议上的讲话(1998年12月21日)》,《民族文学》1999年第1期。

[2] 金炳华:《以"三个代表"重要思想统领社会主义文学进一步繁荣发展少数民族文学事业——在全国第四届少数民族文学创作会议上的讲话》,《民族文学》2003年第10期。

[3] 吉狄马加:《用澎湃的激情,生动的笔触,努力反映改革开放和社会主义现代化建设的火热生活——在全国第四届少数民族文学创作会议上的总结讲话》,《民族文学》2003年第10期。

的建构①,它们试图合力营造出一种多元共生的中国文学总体性图景。从表象上来说,从"少数民族文学"到"多民族文学",确实显示了"多元共生"的图景。2009年9月,以"民族风格、中华气派、世界眼光、百姓情怀"为宗旨的《民族文学》多种少数民族文字版(蒙古文版、藏文版、维吾尔文版)的创刊可以被视为一个节点,是中国综合国力增强后,发展文化软实力的自觉在少数民族文学领域里的表现。2012年,第五届全国少数民族文学创作会议召开,第十届少数民族文学创作"骏马奖"颁奖,《民族文学》杂志在已有的汉、蒙古、藏、维吾尔语文刊本的情况下,实现了哈、朝两种语文刊本创办,使之成为国内刊本最多的文学刊物。2013年,中国作协开始实施"少数民族文学发展工程",就少数民族文学培养人才、鼓励创作、加强译介、扶持出版、理论批评建设等方面给予政策支持和经费投入。少数民族作家重点作品扶持、少数民族文学人才培训、少数民族文学优

---

① "多民族文学"作为一个词语固然很早就出现在壮族学者邓敏文的著作中(邓敏文:《中国多民族文学史论》,北京:社会科学文献出版社,1995年),但作为一种明确的文学观念则起于《民族文学研究》编辑部从2004年开始创办的"中国多民族文学论坛"。参见汤晓青主编:《全球语境与本土话语:中国多民族文学论坛十年精选集》,北京:社会科学文献出版社,2014年。

秀作品翻译出版扶持项目、《新时期少数民族文学作品选集》丛书编辑出版项目等,陆续取得了可见的成果。以2013年少数民族文学重点作品扶持为例,论证通过的91个选题的作者,来自全国各地27个民族,包括赵玫(满族)、阿拉提·阿斯木(维吾尔族)、夏木斯·胡玛尔(哈萨克族)、布仁巴雅尔(蒙古族)、许顺莲(朝鲜族)、平措扎西(藏族)、格致(满族)、马笑泉(回族)、存文学(哈尼族)、铁穆尔(裕固族)、居·格桑(藏族)、满全(蒙古族)、苦金(土家族)、严英秀(藏族)、和晓梅(纳西族)、热孜玩古丽·于苏普(维吾尔族)、娜恩达拉(达斡尔族)、纳张元(彝族)等。[①]他们中既有鲁迅文学奖、全国少数民族文学创作"骏马奖"的获得者,也有鲁迅文学院高研班的学员,更有来自大山、牧区的基层作者,这种构成基本上体现了中国多民族文学作家群体的梯队与结构。

就创作现场而言,21世纪以来各个民族都涌现出来一批新锐作家。这个名单可以列得很长:次仁罗布(藏族)、刘荣书(满族)、金仁顺(朝鲜族)、黑鹤(蒙古族)、李约热

[①] 白庚胜:《民族文学新声》,北京:作家出版社,2018年,第47页。

(壮族)、阿舍(维吾尔族)、肖勤(仡佬族)、聂勒(佤族)、纪尘(瑶族)、马金莲(回族)、雷子(羌族)、李贵明(傈僳族)、杨仕芳(侗族)、山哈(畲族)、向迅(土家族)、田冯太(土家族)、鲍尔金娜(蒙古族)……他们的写作在观照历史与现实时,往往形成吊诡的形态:强化"多元"的同时反倒同质化了。这种同质化并非在题材上的(在故事、地域、族群、文化与信仰等方面确实非常多元),而是在关于"民族""文化""传统"等命题的观念上,以及表现在叙述语法和美学风格上的日趋单一。"民族""文化""传统"逐渐被赋予了日益静态乃至凝滞的内涵,而那种内涵本身也是晚近想象与叙述中的创造物。以诗歌为例,这种原本最具语言与观念创新潜能的体裁在很多时候却表现出词语与意象的固化,比如蒙古族的"草原"与"马"、藏族的"高原"与"经幡"、彝族的"毕摩"与"火塘"……纷繁复杂的历史与现实被抽绎为高度化约和符号性的地景与物象;抒情方式陈陈相因,摇摆在怀旧/感伤与歌颂/狂喜的两极;思想观念难以突破狭窄的乡土、血缘、宗教所形成的局限[①];在秉持多元文化主义观念的时候,对"民族性"的认知显得窄化和僵化,而缺乏国家内部及全球的关系性眼界与意识。

这必然会带来主题的套路化、形象的模式化、情感的单一。我曾经将新世纪以来少数民族文学的叙述模式归纳为:"传统与现代的冲突/和解""地方与全球/民族与世界""封闭的神话的重述历史";人物形象的塑造上也出现几种类型化的形象:"衰弱的老人"的缅怀与伤逝、"外来者"的猎奇之眼、"出走者"的逃离与失败;所包含的情感结构是现代性的怨恨、羡慕、忧郁与丧失;艺术形式上则多侧重非理性、意识流、魔幻现实主义之类手法。[②] 从技术上来说,这些作家与作品普遍具有一定的水准,甚至超越了他们的前辈作家,但是在思想和观念层面并没有令人耳目一新的创造,甚至出现退化——在关涉历史与现实的书写中,无意间使得共享的记忆与经验转为一种简单而粗暴的表述。如

---

① 纵观中国作家协会编:《新中国成立 60 周年少数民族文学作品选·诗歌卷》(作家出版社,2009 年)所选的六百多首各民族作家的诗歌,这种印象尤为深刻,这与选本组织者与编选者的思想认知有关(强调"民族特色"),也正代表了少数民族诗歌的一般状况。

② 刘大先:《新世纪少数民族文学的叙事模式、情感结构与价值诉求》,《文艺研究》2016 年第 4 期。

此一来,它们实际上形成了一种悖反的存在:"单向度的多元"或者说"多元的单向度"。

与此同时,"单向度的多元"也不再限于人们惯性认知中的"严肃文学"或者"纯文学",在官方话语和纯文学话语之外崛起的商业化写作已经不能无视。最为突出的无疑是网络文学的资本化,少数民族也涌现出许多网络写手乃至大神,如以玄幻著称的血红(苗族)、擅长惊悚恐怖的红娘子(苗族)、利用巫蛊文化辅之诡异想象的南无袈裟理科佛(侗族)等。他们极大地冲击了原有的文学场域,但更多是在文学生产、消费乃至接受层面,在形式和内容上却较少提供消遣娱乐之外更多的东西。如上情形,正应和了一个带有整体性的直观判断:有数量缺质量、有"高原"缺"高峰",存在着粗陋模仿、千篇一律和机械化生产、快餐式消费的现象。

究其实质,改革开放以来中国少数民族文学的发展有一个从政治一体化到文化多样性、从文艺的"二为"方针到审美自足论、从集体共识到个人化叙事、从开放的多元到差异化的多元的逐渐内倾化的趋势。其背后的思想转型是后结构主义、后现代主义、后殖民主义的话语逐渐取代了革命、解放和崇高话语,并且日益与消费主义相结合,进而造成了少数民族文学的书写中符号化、审美化和自我封闭化占据了主流。结果是"单向度的多元"中对少数民族族众主体性及其文化差异性的强化与固化。但我们必须意识到,追求身份与文化的独特性是一个没有终点的旅行,因为差异可以无限细分,复制民族主义的思维必然导致对近代以来艰难形成的中华民族共同体的疏离。

"中华民族"建基于生死攸关的反帝斗争与现代政治实践,并与共有历史、族群特征、语言文化、信仰与生活等多种因素相结合,最终形成了一套对共享利益、共同理想的追求。从历史渊源上来看,中华民族多元一体格局被证明是"大一统"与"因地制宜"相结合的辩证产物,不同民族或群居或杂居混融在一起,文化的观念大于种族的观念,彼此之间常有"夷夏变态"的身份互化与认同流动,属于共同生活在中国"大园圃"中的百花齐放。就中国多民族的历史与现实而言,身份可以多重,认同也并不一定是排他的,协商共识所型构的"中华民族共同体"意识是珍贵的遗产。在当下的少数民族文学主体想象偏向强化差异的语境中,打捞新中国初期对于共同理想与共同利益的塑造可能会为交流与认同提供公约的基础。面对后民族结构的现实,诚如有论者所说:"'差异'是否重要在很大程度上取决于'界限'如何被看待。尽管多民族国家在高度异质性的社会基础上塑造身份认同是非常艰巨的任务,其中不乏难解的悖论,但是,鼓励和促进身份的流动能有效克服'差异'的固化和政治化。唯有可流动的异质性才不至于导致多民族国家的政治统一受到随时随地的挑战。"[①]历史并没有终结,"民族"与"文化"也总是在实践中前行,在意识到晚近四十年来少数民族文学成绩与不足的时候,重新复活文学对最基本的真、善、美的追求,进而努力在不同民族的书写中建构一种重叠的、通约的价值观,从生活出发依然是不会过时的方法论。因而,少数民族文学在未来需要面对现实的语境,将自身的创造建立在辩证的历史观、清醒的现实感与理想主义的蓝图中,想象并书写对自由的向往、对公正的追求与对乌托邦的愿景,增进"我者"与"他者"共在的认识、沟通与协作,才是铸牢中华民族共同体意识的根本途径。这就是

---

① 梁雪村:《民族国家的"错觉":差异与认同》,《中央社会主义学院学报》2019年第2期。

我在2019年10月14日第六届全国少数民族文学创作会议的主旨演讲中所勾勒的多民族文学的理想图景:千灯互照,万象共天,自他不二,相依共进。

声光影隙

李安与中产阶级美学修辞术

1972年,十八岁的李安第二次联考[①]落榜,学业上的失意使他只能退而求其次,考入台湾艺专影剧科导演组学习。这个无心插柳的选择改变了他日后的命运,在从台湾省到美国求学的起承转合中,李安日益显示出在影像艺术上的热情与天分。1985年,从纽约大学电影系毕业获得电影硕士学位的作品《分界线》(*Fine Line*),获该校影展最佳影片和最佳导演两项奖。[②] 又十五年后,李安这个名字已经成

[①] 台湾省的联考制度始于1954年,类似于大陆地区的高考,大学校系用一种统一的考试方式招生,考生们都是在成绩张榜后填报志愿,各校再择优录取。2002年开始实施的"大学多元入学新方案",将实行招、考分离,考试种类更加复杂,强化了自选的特色,联考制度结束。

[②] 有关李安的个人资料,均出自张靓蓓编著《十年一觉电影梦——李安传》,北京:人民文学出版社,2007年。作为李安本人承认的"口述实录",这本传记至少是李安希望别人看到的和理解的他的自我形象塑造。

为"华人之光",在世界范围的电影圈内几乎没有一个华人能出其右。

这个丑小鸭与白天鹅、灰姑娘与公主的成长辩证法,颇有励志色彩,加上诸如校长父亲望子成龙,留美六年无戏可拍、生活一度困窘得靠妻子维持这样的细节,给故事添上了尤具传奇意味的元素。李安本人公众形象的温文尔雅,与其电影在某种程度上又达成了一种互文性关系,从而在大众媒体乃至批评界中形成了一种集体无意识。在全球化、文化工业、东方与西方、边陲与中心、冲突与交流、归化与挪用等话语勾勒中,他成了沟通中西文化的一个代表。这种大众文化的神话构成,由必要的商业成功作为保证,进一步证实了一个东西融合的成功案例。

李安从影以来不包括广告、短片的十部重要作品按照年代顺序分别是《推手》(*Pushing Hands*,1991)、《喜宴》(*The Wedding Banquet*,1993)、《饮食男女》(*Eat Drink Man Woman*,1994)、《理智与情感》(*Sense and Sensibility*,1995)、《冰风暴》(*The Ice Storm*,1997)、《与魔鬼共骑》(*Ride With the Devil*,1999)、《卧虎藏龙》(*Crouching Tiger, Hidden Dragon*,2000)、《绿巨人》(*Hulk*,2003)、《断背山》(*Brokeback Mountain, 2005)、《色·戒》(Lust Caution, 2007)[①]。除了《与魔鬼共骑》《绿巨人》之外,几乎都获得了利润上的强有力回报。《喜宴》在台湾的票房超过一亿台币,并成为第一部在美国商业放映的台湾电影,同时也是当年全世界投资报酬率最高的电影;《理性与感性》光美国本地票房就有四千三百万美金;《卧虎藏龙》风靡全球,全世界票房加起来超过二亿美金,这尚且不包括电影原声带与发行光盘的后续收入;《断背山》和《色·戒》几乎是低成本片的楷模,由此引发的社会性的公众话题与影响超出了绝大多数电影所能产生的能量。

然而,所有的解释与评论,即使不是仅仅停留于类似温厚谦和、圆融细致、幽默通俗等感性体验层面之外,也很少涉及有关影像技术与东西文化二元分立与和解的诠释框架。在公共话语将李安电影作为华语电影崛起和表率的无意识之中,在有关父子情结、阉割焦虑、阳具象征、情欲宣泄、真爱回归以及诸如此类的阐读之中,都有意无意地忽略

[①] 本文写于2007年,讨论的李安作品不包括《制造伍德斯托克音乐节》(Taking Woodstock, 2009)、《少年派的奇幻漂流》(Life of Pi, 2012)、《比利·林恩的中场战事》(Billy Lynn's Long Halftime Walk, 2016)、《双子杀手》(Gemini Man, 2019)等,不过并不妨碍本文的议题。

了意识形态上的冷静剖析——即使有,那也是从俗的、缺乏反思精神和批判洞察力的。在我看来,李安的成功隐藏着一个中产阶级美学的秘密,而这个秘密之所以被遮掩,除了大众文化的诡计之外,客观地映衬了我们时代的主流美学趣味走向,是李安、李安的电影文本、观影人群、社会主导性意识形态合力打造了一个罗兰·巴特意义上的"神话"。

一、个人、家庭与欲望

从出身、社会背景、教育根基、人生轨迹来看,李安无疑是个台湾中产阶级子弟,而后又跻身于美国主流社会的中产阶级之中,在以中产阶级口味主导的好莱坞拍片(当其声名鹊起时,无疑称得上是上流社会一分子了,但他的受众则是中产阶级主流群体)。按照知人论世之说进行某种阶层区分当然会冒着庸俗社会学的危险,在时髦的批评家那里,这套古老的外部研究似乎已经失去了它的效用,然而谁能够真正否认一个人能超越他的局限(包括教养以及由之导致的精神限度),如同超越他的皮肤?

当然,中产阶级是个外延模糊、内涵杂乱的词语,其他与之相似的词有"白领阶层""中等收入者""中间阶级"

"中等阶级""中等收入者"等,在不同的上下文、文体和表述体系中往往互换或者替代使用。美国是公认最典型的中产阶级社会,并且在它的强势文化推进下,这种意识形态日益向全世界蔓延。好莱坞电影则是生产此种意识形态影响最广泛的机制之一,李安能够跨出影展,进入好莱坞片厂的生产体系,进入全球的商业主流院线,从准艺术的独立电影进入主流文化工业之中,仅仅归之于其通俗剧的形式与超越个人与文化藩篱的内容,显然是皮相之见,这种无视作者、文本、社会作为一个意义相关、错综复杂的结构体系的看法,只是个海市蜃楼般的幻觉。

我无意把李安作为一个电影作者,固然他很会编故事且善于讲故事,在手法与形式、镜位与剪辑上事实上也形成了自己的特色。他更是那种戏剧型的导演,他的镜头与场面调度都是为戏剧冲突服务,如果对其进行逐个研究,结果会显得颇为平庸。也就是说,至少在《少年派的奇幻漂流》之前,李安没有进行形式创造、技术突破或者理念更新,他的故事、主题、情节、冲突、人物、叙事、构图、光影、色彩……一切都源自主流商业电影美学教条并且竭力在后来的创作中将之完善,从而完成了一个个美轮美奂、精致技巧的作品,一个个资本主义文化工业几乎没有瑕疵的商品,这是一种中产阶级美学修辞术的完美制成品。

李安早期的所谓"父亲三部曲"几乎都可以归结为家庭代际冲突故事,尤其集中到父子(女)冲突的焦点上来——这一点颇类似于大致稍早时期的亚裔文学作品,比如谭恩美(Amy Tan)的《喜福会》(*The Joy Luck Club*, 1989)。《理智与情感》和《与魔鬼共骑》都属年代剧。前者与其说是通过埃莉诺和玛利安的婚恋,对理性与感性进行中性剖析,毋宁说更注目于中产阶级家庭的伦理规范与经济意识的讽刺与包容;后者则在长盛不衰的南北战争题材中独出机杼,将宏大历史化解为人生道路的选择,德国移民后裔杰格和黑人霍特身份不同,在个人选择中都走上了反抗北军的游击队道路。《冰风暴》中1973年的美国康涅狄克州两个中产阶级家庭的命运纠葛,在"水门事件"和性解放的背景下展开,宏大语境中道德崩解之时的享乐与天谴、放纵与回归,也是通过父母与子女两代人所维系的家庭内核为向心。《卧虎藏龙》《绿巨人》尽管都改编自大众文化产品(武侠小说、卡通画),但是经过转换之后,前者成为欲望的压抑、冲决与消释,后者成为"科学怪人"的父子版。

《断背山》与《色·戒》,一个在另类题材的外壳下包裹着最传统与淳朴的感情,一个在间谍亚文化的情节逆转中展现最原初的"爱欲"与"死欲"。如果再联想起《喜宴》中高伟同的婚礼上,李安自己客串了一个宾客,向外国来宾说了句"你正见识中国五千年性压抑的结果";而在传记中他也提到《卧虎藏龙》的构想,"龙虎"的隐喻原本就是中国传统道家文化中的爱欲,在玉娇龙与罗小虎、李慕白与俞秀莲、江南鹤与碧眼狐的情欲之外,甚至设计了玉娇龙与李慕白、碧眼狐之间的暧昧情结。按照这种题材历史的轨迹和主旨寄托的演变,我们可以很安全地说,李安从来关注的都是个人、家庭与欲望。

个人、家庭与欲望通过种种冲突与对抗(代际、父子、东西、理性与感性、正义与邪恶……)体现出来,到最后总是得以安稳地协调与媾和,那些光明的结尾源自对父权文化的妥协。父亲形象是父权的象征,父权带来压力,压力引发一连串的对抗与挑战,最后导致反抗与失控。父权在李安电影中无所不在,它可以是传统文化(《喜宴》《饮食男女》),可以是国家体制(《与魔鬼共骑》),可以是礼教和江湖规矩(《卧虎藏龙》),也可以是军方与政府高层(《绿巨人》),可以是民族国家大义(《色·戒》)……它们在电影中都是需要解构的对象。从李安电影一系列父亲形象的嬗变可以看得出来父权的失落:《推手》中朱师傅可以在餐厅中以激越的形式与美国警察大打出手;《绿巨人》中父亲干脆就是个新弗兰根斯坦,经过一个弑父的仪式,浩克最后释放出内心的恐惧与愤怒;《断背山》里恩尼斯的父亲也是一个打杀同性恋的压迫性形象;《色·戒》里父亲是无情无义的匿名威权;《理智与情感》《卧虎藏龙》里父亲是缺席的或者只是一种无用的装置。《与魔鬼共骑》和《色·戒》干脆就逃避了父权文化的要求,躲进一己家庭、情感和欲望的温室。意味深长的是,在《喜宴》结尾,高师长在机场向安检人员举起了双手,这个投降的姿态与对美国认同之间的关系耐人寻味。

母亲的形象在李安的电影中似乎总是受到不公正的待遇,《推手》中老朱是牺牲了妻子来保全儿子的,《饮食男女》里对锦荣母亲进行的是妖魔化处理,《喜宴》中刻意强调儿子对父亲的隐瞒真相,却独自让母亲承受压力,而到影片最后事实上只有母亲一个人是被蒙在鼓里的。不过,深入一点观察会发现,李安电影中的父亲都是外强中干、不堪一击,遭遇反叛的时候最终总是偃旗息鼓、土崩瓦解;而母亲则貌似弱小、实则强大。《断背山》里杰克的妈妈显然比他的父亲更为宽容,《理智与情感》中的母亲则是女儿们无条件的后盾。母亲的缺席并不代表她不重要,而是说明李安的电影从来都是倾向于女性化的。母亲形象意味着包容、温和、通融,较之于父亲形象带有的文化重负和意识形态色彩,母亲更多投射出个人、家庭、欲望的影子。也就是说,李安的电影不关心世界和精神,只关心个体和肉身,这使他的电影带有浓厚的女性化色彩和柔性气质。他驾驭带有雄性意味和宏大题材的时候就显得有些力不从心,两部"类宏大叙事"的作品——《与魔鬼共骑》和《绿巨人》恰恰是李安迄今为止投资最大也是相应票房最差的作品,他最擅长驾驭的还是后来迅速回归到的个体化的琐屑叙事,这是其难以逾越的天花板。

这种情形正是应和了20世纪60年代以后从美国蔓延至全球的个人主义思潮的现世反响。作为一种中产阶级的意识形态反应,是鸡尾酒的哲学和奶茶杯里的风暴,是因为左派力量的式微而引发的从外部革命转向内在自我革命的闪现,最终将颠覆与反叛的因子消弭在家庭伦理、代际关系、道德礼教、情感生活以及处世之道这些文化主题之中。至于细致入微地刻画现代工业文明与社会思潮同这些主题之间的矛盾与冲突、挑战与应对等等,不过是一种修辞学的技巧,副作用倒是给学院派的阐释提供了广阔的空间,使形形色色的理论得以粉墨登场、大展拳脚。

于是出现了一个吊诡现象:在关注个体的时候却恰恰没有个性出现。统观李安所有的电影,角色基本上都可以划归为某种扁平人物,情感总是压抑的,从来没有激烈地爆发。朱晓生、高伟同、李慕白、布兰登、恩尼斯,除了外在社会因素的差别之外,他们的性格简直如出一辙。除了玉娇龙之外,几乎找不到任何一个带有鲜明个性并且性格上进行过猛烈转化的人物。当然,从戏剧学上来说,人物形象的性格需要有一致性,问题在于如果缺乏变化,那显然不符合现实,而更容易成为某种理念的象征或者浪漫主义式的表征。罗伯特·穆齐尔(Robert Musil)借乌尔里希之口写道,"今天已经产生了一个无人的个性的世界,一个无经历者的经历的世界",是一种"崭新的、集体的、似蚁类的英雄主义"大行其道的市侩世界,①这种世界就是个以物品为中心的世界,文艺复兴以来的大写的"人"如同福柯断言的那样,已经死了,只剩下无个性的人。他们其实就是马尔库塞所说的"单向度的人",是中产阶级社会中谨小慎微又扬扬得意的人——他们自以为个性十足、内涵充分,实则被套进商业逻辑和工具理性规划好了的模型中而不自知。

中产阶级文化趣味可以在内部无限开辟新的空间,但是绝不刺激敏感、矛盾的社会语境,也不容许另类的"疯人"或"狂人"出现——如果有,那么其结果无外乎是像尼采那样真的疯掉,或者像《飞越疯人院》中的正常人那样被关进规训与惩罚的牢笼。而自由游弋在中产阶级私人领地平滑表面上的,则是那些表面光鲜、魅力十足的无个性先生与女士,就像《冰风暴》中的本夫妇和卡弗夫妇。卡弗的儿子在冰风暴的夜晚被断了的电线打死,这是片中带有强烈"恐惧"与"悲悯"效果的戏剧场景,就如同《雷雨》中四凤那样无辜的死,不过这两对中产阶级气质的父母反应出乎意料地一致:他们感到了恐惧,然后开始怜悯自己。他们高

---

① 罗伯特·穆齐尔:《没有个性的人》,张荣昌译,北京:作家出版社,2000年,第3、8页。

雅、体面、冷漠,似乎关心别人也只是为了关心自己。

二、恋物与冷漠

无个性的人没有精神探索和思想境界的展开,与琐屑叙事是同构的齐头并进,然而这种琐碎叙事却又有着区别于日常生活的一面。这是由中产阶级的"阴郁沉闷、眼界狭隘的生活"[①]天然决定的。精神空间的平板狭隘,使得影像所呈现的世界是高度封闭的,与乱糟糟、闹哄哄、潜藏无限可能的日常生活绝缘。"父亲三部曲"的家庭题材性质本来就决定了其涉及日常生活的必然,然而,影片的绝大部分场景都是室内,即使是外景也几乎不涉及生计与凡庸的切实生活。室内的场景也通过精妙的电影语法进行空间分割,在中景的镜头中,紧密排列的蒙太奇双人镜头和反打镜头流畅地组接,人物保持着彬彬有礼的距离感,而特写以及伴随着的紧张情绪和感情一起隐匿不见。

李安的大多数电影即使是开阔场景也很少空镜头,而更多是主观镜头,让人印象深刻并且津津乐道的是《断背

---

① 马修·阿诺德(Matthew Arnold):《文化与无政府主义》,北京:三联书店,2002年,第77页。

山》中恩尼斯朝山谷那边远眺放牧的杰克的远景:"一个小点在高原上移动,就好像一只昆虫爬过一块桌布。"很大部分空镜头远景比如《绿巨人》中美国西部石林的鬼斧神工、《理智与情感》中伦敦郊区庄园的宁静和谐、《卧虎藏龙》里江南竹林溪流的诗情画意……更多起到的是装饰性效果,满足的是形式主义的奇观需要。这些画面无疑是经过精心处理的,安静、移动、伸展,充满细节,颜色的运用是不着痕迹的过渡,节奏隐忍平缓,又透露着几许压抑着的暗涌和躁动。从而形成了其风格化特征:圆润、优雅、别致、纤巧、精细、虚拟、遥远,与甜软、感伤、谐谑、微讽、暖洋洋气息的叙事氛围相得益彰。山水情怀、田园梦想、人文气息,其实就是工业社会、商品社会中的乡愁记忆。

精美的制片效果加上珍奇的异国情调,顺滑、轻逸、流畅、华丽的视觉享受,是使得影片具有流通性的拍门砖,是拥抱冷漠的资本市场时必要的包装。如同黑格尔所说的"散文时代"的美学氛围具有一种华丽掩盖不住的空虚,诗性维度、价值立场、精神支点都隐匿起来,充溢在电影文本中的是散文性的柔媚气息。柔化或精细化的修辞手段连着心灵空间、精神格局、思想界域,物的平滑的空间凸现出来,而遮蔽了人物心灵与性格的挣扎。《色·戒》最后的高潮来自王佳芝在面对钻石时候的抉择,这是个经历了复杂内心冲突的过程,但是璀璨耀眼的钻石在一瞬间击溃了原本就暧昧模糊的民族正义信念,情爱与信念、体验与现实、爱与恨、情与仇、私人价值与民族大义等因素,在被放大的物面前不堪一击。具有浪漫主义反讽意味的是,钻石在此处被王佳芝作为了情感的象征和替代品,另一方面,她的冷酷而决断的情人毫不犹豫地下命令将她和她不明就里的伙伴一并处死。

这里的问题不仅仅是在精巧的艺术置换过程中将意识形态问题中立化,从而将极端的个人主义肉身与情感(也许只是情绪)无限放大,也在于恋物癖式的刻画场景中显示的中产阶级式的精神空虚。类似的情景比比皆是,《饮食男女》一开始就是对精雕细琢的食品从制作程序到铺陈摆设所进行的不厌其烦的刻绘,《色·戒》中麻将桌边的太太们关心化妆品与金钱显然要高出关心她们的丈夫与情人……《冰风暴》里的本、他的情人以及各自孩子的身体的客体化呈现,即使在爱抚的时候也是没有温度的,仿佛一个无关紧要、没有内在生命的物体。而让无数窥淫癖患者乐不可支的《色·戒》床戏也并没有呈现出必要的逻辑和种种微言大义的隐喻(这倒不影响微言大义的精神分析式解读),易先生冷静的鉴赏与王佳芝的逆来顺受,倒有些施虐与受虐的双向互动,至于绝望和温情如果不是一厢情愿的幻觉,那肯定是投射了意淫者的沾沾自喜。米兰·昆德拉(Milan Kundera)通过对布洛赫(Ernst Bloch)的回顾时说:"'媚俗'并非仅仅是一种品位差的作品。有媚俗的态度,媚俗的行为。媚俗者(kitschmensch)的媚俗需求,就在美化的谎言之镜中照自己,并带着一种激动的满足感从镜中认出自己。"[1]"媚雅"在这里是"媚俗"的另一张面孔。

除了早期的三部,李安此后的电影全部是改编作品,这并不能一定证明他原创故事的孱弱,但是从其改编内容的选定和改编策略的运用,可以窥见发挥自身优长的精明和迎合好莱坞中产阶级文化需求的世故。《理智与情感》《卧虎藏龙》可以说是歪打正着,前者是无心插柳的迎合,后者则是明确的自我东方化,中间分别穿插了《与魔鬼共骑》和《绿巨人》有心栽花的失败(未必是影片本身,更多是商业

---

[1] 米兰·昆德拉:《小说的艺术》,董强译,上海:上海译文出版社,2004年,第167页。

上的,但这对李安而言恰是致命的地方),在《断背山》和《色·戒》的改编上,李安分明从选材到修改,都处处显示了一个具有商业头脑的好莱坞导演的才华。

安妮·普劳克丝(Annie Proulx)的原著《断背山》讲的是个西部故事①,小说本身颇有粗砺、简约的风格,极少柔软、细腻的段落都被李安的锐眼抓住了,比如影片中回忆恩尼斯从后面抱住杰克的镜头,就是源出小说中唯一的抒情段落:"这个慵懒的拥抱凝固为他们分离岁月中的甜蜜回忆,定格为他们艰难生活中的永恒一刻,朴实无华,由衷喜悦。即使后来,他意识到,恩尼斯不再因为他是杰克就与他深深相拥,这段回忆、这一刻仍然无法抹去。又或许,他是明白了他们之间不可能走得更远……无所谓了,都无所谓了。"而恩尼斯的衬衫被杰克收藏,在小说中显然没有电影中那么被强调。李安用其细腻、含蓄和执着,将精练、沉郁、冷静的原著稀释成了缠绵、温和、柔情的抒情散文。普罗克斯的小说中真实的怀俄明州的山峦,严酷、寒冷,有一种倔强的沉重和苍凉,而李安却将残酷的自然环境演绎成了明

---

① Annie Proulx, *Brokeback Mountain*, NY: Harper Collins Publishers Ltd, 2005. 英文在互联网上可以很容易找到,中文译文至少已有三个不同版本。

信片上亮丽华美的风景;原著中满口脏话、粗俗鄙陋的牛仔,恩尼斯两手粗糙不堪,杰克还长着突出虎牙,但是在电影中都成了温文尔雅、衣服干净整洁的帅哥,更像是中产阶级子弟。更有意思的是,李安将这个看上去带有反主流意味的同性恋题材,逆转成了最符合中产阶级保守趣味的爱情故事,表现的是那份罗曼蒂克式的纯真和情感实现,与十年前的《廊桥遗梦》遥相呼应。在精英话语中的"政治正确"与在通俗大众那里的"伦理正确",两者共同促成了李安的双赢局面,不可谓不得力于近乎完美的电影修辞。其结果是,同性恋等这类亚文化表达的空间与形式,反而被进一步恶化了,丧失了其革命性和创造性的生长性。

《色·戒》的故事更具有现实与文本间相互生成的意义,最初的原型据说来自1939年,国民党中统女间谍郑平卢(郑苹如)引诱暗杀汪伪政府特务首领丁默村失败的故事。郑振铎的散文《一个女间谍》、高阳的小说《红粉金戈》写的都是这个历史事件,张爱玲在1978年创作《色·戒》时,这个历史原型的影子已经渐行渐远。再到李安的改编,我们会赫然发现李安甚至创造出了一个"迷人的特务"①,即通过明星梁朝伟固有的中产阶级喜欢的忧郁与冷漠形象,无意识中改写了一个特工头目的阴冷与无情。

张爱玲的小说曾经被批评为以女性的视角轻松地解构了民族意识的崇高,李安顺着这条线走到了极致,以人性作为幌子放大了欲望的视角。本来有关"色"和"戒"在传统文化的语境中可以有多种解读:除了色欲之外,色相也即是空,而"戒"也肯定不仅指一个戒指,也指向戒律和道德,2001 年意大利、印度、德国合拍的《色戒》(Samsara 轮回,Nalin Pan 导演)就是围绕这一主题展开。李安的《色·戒》出乎意料地完全放弃了"色""戒"所具有的这些背景性文化底蕴,直接导向消费性的身体和欲望:本来这是一个具有多重阐释空间的故事,王佳芝是个从舞台到现实弄假成真的人物,也是一个间谍爱上敌人忠奸倒错的故事,是一个纠缠于革命大义与情感小节的故事,是一个可以从弗洛伊德和拉康理论分析的爱与死的原欲故事,也是一个斯德哥尔摩综合征(Stockholm syndrome)的革命版故事……但是在

---

① 此处化用苏珊·桑塔格(Susan Sontag)批评里芬斯塔尔(Leni Riefenstahl)的标题《"迷人"的法西斯》。见罗岗、顾铮编:《视觉文化读本》,桂林:广西师范大学出版社,2004 年。

李安的电影中它无视了高尚所指的可能性,将革命志士引发的牺牲事迹转化成一枚钻石引发的血案。这样的改编是将意义丰富性抽离,颠覆具有革命性质的内涵,回复到一己的抚摸之中,意味着形而上情思的枯竭、人生深层次关怀的丧失和精神探索之路的断绝——这个影片的"政治不正确"也同样是为了生产成功的具有商业卖点、消费价值和抚慰功能的商品。

这是一种典型的中产阶级气质:政治冷漠症。在《与魔鬼共骑》中就可以感受得到,有关历史、身份、自由、战争等等,被变换成友谊、爱情和个人的家庭幸福。这种对宏大命题的反拨,暗合了后现代时期的时尚社会风潮,想要在好莱坞的大众流行文化中打上个人特色的印记,却恰恰暴露出丹尼尔·贝尔(Danniel Bell)引麦克唐纳(Dwight MacDonald)的话所讥讽的:"中产崇拜或中产阶级文化却有自己的两面招数:它假装尊敬高雅文化的标准,而实际上却努力使其溶解并庸俗化"[①]——毕竟人类有些共通的主流价值是无论如何也解构不了的。批评者常常会用现代社会的

---

① 丹尼尔·贝尔:《资本主义的文化矛盾》,北京:三联书店,1989年,第91页。

忙碌紧张、人际关系相对疏离、崇尚自由与个性解放等来说明中产阶级享乐文化产生的根源,然而那种自由与解放到最后却沦为了人性的降解,缺乏承担责任的道德勇气和犀利敏锐的探索力度,其结果就是形成了一个极端个人主义的"空虚时代"[①]。

任何时代本身无所谓好或者坏、光明或者黑暗、前进或者倒退,但是对其自身处境的不明或有意遮盖才是其危险之处——某种程度上,李安就是扮演了这种角色——以其精湛的影像技术、美学修辞为时代的贫乏作辩护。他的电影从不关心社会,只关心肉身和欲望,社会文化在其中退化成一种符号式的存在,是被商业逻辑简约化的结果,如同肯德基、麦当劳一样具有便利的可传递性。而在意识形态上最恶劣的结果则是无可无不可的极端文化相对主义,即以其一以贯之的"情欲"主题言之,通过一系列的影像表达,他传递出一种信息:"爱情/欲望"可以不用顾忌传统伦理、婚姻状况、年龄、阅历、国别、种族、性别、意识形态的束缚与偏见。在这里批判性的匮乏可以说是李安电影的软肋,却

[①] 【法】吉尔·利波维茨基(Gilles Lipovetsky):《空虚时代:论当代个人主义》,方仁杰、倪复生译,北京:中国人民大学出版社,2007年。

被视为显示出了极大的开放性和包容性。

换个角度看,这其实就是没有确定的立场与标准的犬儒主义,与他自己所标榜的儒道互补的行云流水、随物赋形是差之毫厘、谬以千里。批判是对更美好、更扎实、更强有力的人生态度的向往,是对事物的阴暗面的透视和剖析,是瞩望理想的强烈意愿和对有违高标的世俗流弊的冲击。所以,相对于松弛的宽容来说,批判总更有前瞻的、导引的意义。在批判者不具备任何干涉他人实际生活的权力时,宽容永远有软弱的阴影,而批判则昭示着某种顽强。一言以蔽之,现世安稳、岁月静好以及对之追求与渴望,可以用来归结李安电影的所有主旨和修辞的密码,而他能够取得全球性的成功也恰恰折射出我们这个时代的文化形态症候。

三、中产阶级神话学

不讨论李连杰、成龙或者后来的贾樟柯、娄烨等人,就大致相似代际的华人电影导演而言,真正能称得上"走向国际"的,大概只有张艺谋、陈凯歌、侯孝贤和李安。张艺谋、陈凯歌作为进入电影史的"第五代"导演代表,以民俗展示、文化寻根和历史反思起家,却在对好莱坞式商业电影的追逐中逐渐丧失原本具有的优势，在 21 世纪之后进入创作上的"更年期"状态，陷入了一种狂欢性的状态中，放弃他们曾经得心应手的手段，进入寻求突破的迷宫中难以自拔，某些时候滥用以前积累起来的社会、金钱、名望资本，以极度自我膨胀、拒绝批评、华丽的外壳与空洞的内涵、滑稽的形式效应与失去控制的浮华追求，展示了狂飙突进的病症。对于同属于台湾出身的导演来说，侯孝贤、李安在风格技巧、情感关怀上有明显的不同，侯孝贤是乡土韵味、历史沉积、悠远散淡、哀而不伤，李安是美式思维、现代商业化、平实通俗、轻松愉悦。

比较起来，同时注重娱乐价值的李安电影接受程度显然要比前三者广阔得多，而且身处资本与流行文化的中心，在把握文化时尚的风向标时要便利得多。同样是反应中西文化冲突，《推手》比《刮痧》(2001，郑晓龙)、《二弟》(2003，王小帅)就早了十余年，但同样的主题桥段在前二十年的《猛龙过江》(1972，李小龙)中就有很幽默与精彩的表现——李安从来不是一个先锋人物，当然也不甘做后卫，他正是个迎头赶上的"社会水泥"的弄潮儿。比如《卧虎藏龙》的成功，在大陆很快掀起了古装动作商业大戏的高潮。

如果仅从票房来看,李安电影的大陆受众基本上都是所谓的新中产阶层(中国当下影院消费的特点),加上电视与网络新媒体,这个范围会向上向下浮动扩大。具体的观众都是匿名的,其实无关紧要,值得注意的是李安在大陆各种大众媒体上所受到的礼遇和态度——无一例外的交口称赞,即使有来自网络少数批评的声音,也被淹没在铺天盖地的话语洪流和权力机关之中。这里透露出一个信息,中国大陆是认同李安电影的,而这种张扬显然不可能仅仅是来自李安的华人身份,而更多的是对其电影美学趣味的认同。换句话说,李安电影以其中产阶级美学修辞不光在美国,而且在中国赢得了广泛的认可:从电影题材的跨文化探索,到其本人从华人世界跨进好莱坞的成功故事,都是那么地具有典范效应和美学晕轮。这种认同于是就潜在地埋伏了一种向往和仿效的社会欲望,而李安的中国知音于此可以得到理论上的解释。

就中国大陆的社会情形来看,已经有权威的社会学家言之凿凿地宣称已经进入中产阶层社会,社会结构已经由

"金字塔"向"橄榄型"转变①。当然,也不乏另外的人确认中国的中产阶级可能只是个幻象,社会结构至今只是一个中间略大、底部更大的"洋葱头"②。不过,毫无疑问中国本土社会系统当下正进行着剧烈的结构性转型,中国中产阶层正在以"小资""白领"等形象进入社会认知体系中来,他们是一个在特定的时期(多种经济社会发展阶段浓缩期)和混合制度(市场与计划)下快速衍生的多元群体,不同的群体的文化、品位、价值观念有很大的差异,生活方式处于一个学习与形成时期,而文化消费则是处于模仿甚至拙劣模仿的阶段。

独特的社会结构和制度背景导致中国中产群体也带有某些共有特征:以三十岁左右的年轻群体为主,对政治的参与缺乏热情,有较强烈的经济、地位与前景忧患意识,缺乏资本主义社会普遍存在的代际继承特征,"精英循环"特征不明显,但存在总体性精英资本的"圈内转换"。中国中产阶层的经济成本较低,而在文化成本上往往很高。同时,正

---

① 陆学艺主编:《当代中国社会阶层研究报告》,北京:社会科学文献出版社,2002年。
② 周晓虹:《中国中产阶级:现实抑或幻象》,《天津社会科学》2006年第2期。转载自周晓虹主编:《中国中产阶层调查》,北京:社会科学文献出版社,2005年。

在成长中的中国中产阶层从文化的认同与兼容角度看,是受外来文化尤其是以美国为代表的中产阶级文化影响最深的群体。他们借工作场域(都市白领、金融与媒体等)、直接感受(旅游)、视觉碰撞(电影、电视、杂志、网络等)、移民(城市之间、城乡之间、国家之间)等方式,对外来消费文化的感受与接纳度最大。种种迹象表明,中产阶层将是中国社会主流文化,特别是消费文化构建的重要角色,并由此而引导着中国社会消费文化的走向。①

中产阶层在美国最早被命名,其形象实在没有令人喜爱的地方,就像米尔斯(Charles Wright Mills)挖苦的,文化断根造就了这批无信仰、无历史的非英雄。私有财产与地位的脱节,又促进了他们有关个人与社会关系的"虚假意识"。与以往的阶层不同,新中产白领以没有统一方向和"政治冷漠",自成一类:他们从旧的社会组织和思维模式中游离出来,被抛入新的存在形式,却找不到思想归宿,只能将就地"在失去意义的世界里不带信仰地生活"(韦伯语)——专注于技术完善、个人升迁和业余消遣,以此补偿

---

① 郁方:《中产阶级消费文化特征》,《新经济杂志》2005 年第 3 期;《19 世纪末以来中国中产阶层的消费文化变迁与特征》,《学术研究》2005 年第 7 期。

精神懈怠与政治消极,犹如徘徊于美梦与梦魇之间的梦游人①。

伴随着全球化和经济的狂潮,"中产阶级神话"以贵族式的华美和西方异域的风情在中国本土亮相,带来的更多是由消费主义支撑起来的意识形态。这由资本主义的本质所决定,就像莱斯利·斯克莱尔(Leslie Sklair)指出的,资本主义现代化所需要的价值系统就是消费主义的文化霸权,全球资本主义体系在第三世界以向人们推销消费主义为己任。② 中产阶层在美国语境中可能更多职业化色彩,是旧资产阶级(业主)分化蜕变后的产物,而在中国语境中,则不光是职业化上的经济因素,文化资本在其中占据了很大比例,而文化消费尤其充当了阶层区隔的工具。中产阶层的生活方式在媒体、商业机构、广告、时尚杂志等的推波助澜下,正在以舒适、优雅、品位与个性等特征呈现在大众面前。李安及其电影正以其中产阶层气质,加上天然的文化亲近性和接受上的容易,成为中国中产阶层文化消费

---

① C.莱特·米尔斯:《白领:美国的中产阶级》,周晓虹译,南京:南京大学出版社,2006年。

② Leslie Sklair. *Sociology of Global System*, Johns Hopins University Press, Baltimore, Maryland, 1995.

的佳品。

历史价值和道德责任的缺失一直是中产阶层与生俱来的天性。无论在西方还是在中国,它们都存在着人格分裂的现象。在西方可能表现为既有对贵族文化的向往,又留有草根文化的遗迹。中国中产阶层的两面性分别是:一方面更多表现在他们为了生存,必须在强大的竞争中努力工作,形成工作上的过分内卷与压抑;另一方面则是借助大众传媒,诸如电影、电视、网络等工具,纵情释放自己的感情,将生存压力变相转移。由中产阶层的人格分裂所导致的结果,不仅带来了历史价值与人文价值的缺失,还带来了道德规范的缺失:他们基本上是以自我利益作为处理公众事务和社会问题的出发点和参照系,自我利益高于一切。这个阶层缺少对自我利益的超越性和更加广阔的现实关怀,对社会公平和正义问题也缺少道德理想和人文情怀,不少中产人士还有一种忽视乃至歧视底层弱势人群的心理意识,从而造成了人格自恋、关注自我而忽视他人。[1]

李安的电影毫无疑问提供了一个让中国中产阶层相见

---

[1] 段运冬:《中产阶级的审美想象与中国主流电影的文化生态》,《当代电影》2007年第6期。

恨晚的人格投射对象,它给人们带来了无穷无尽的想象空间,并在其现实的对照想象中,在西方与东方的暧昧眼神中,让他们忘记带着痛苦记忆的历史,在丧失了政治记忆的纵向时间坐标中惆怅和梦呓。李安电影的传统文化符号只是他的表述策略,西方电影技术的景观化又在模仿的表浅追求中不动声色地融合无迹,而最终与绚烂的符号与奇幻的模仿相连的是中产阶层对压力的逃逸、对情感体验的转换。与此同时,对神圣性追求的疏远,对批判功能的忽略,正好从反面暴露出李安电影与它们的中国受众之间精神上的关联。

阿诺德·豪泽尔(Arnold Hauser)在20世纪70年代论述的社会阶层与文化分层的判断虽然显得有些僵硬,但仍然不失为考察社会文化的一种有用的视角。[1] 在20世纪末已经在中国社会出现一个面目和边界模糊但是已经颇具轮廓的中产阶层群体,当然他们有个本土的名字叫作小资。在一本描述这个社会群体的文化品位和美学趣味的书《小资情调:一个逐渐形成的阶层及其生活品位》中,将之归结

---

[1] 阿诺德·豪泽尔:《艺术社会学》,居延安译编,上海:学林出版社,1987年。

为一种生活态度。① 实质上,此种中产阶层生活方式的定位是通过具体的物象与消费中的符号因素来形成的,因而是非个性、物质性、非精神性的。

因缘际会、恰逢其时的李安电影不过是形形色色文化的全球化的中产阶层文化趣味消费品中的一员,供应了必要的视觉按摩、心灵洗澡、精神抚慰。用博德里亚尔(Jean Baudrillard)的话来说就是,李安实施了一项"完美的罪行":"创造一个无缺陷的世界并不留痕迹地离开这个世界的罪行"②。他的电影可以说是资本主义文化工业流水线上的精致成品,其中夹杂的诸如太极拳、传统中国饮食、道家玄学、功夫这类东方文化都被符号化为一目了然的标签,最大限度地满足了消费者观赏、解释时候的舒适感,不具有智力上的难度和精神上的障碍。作为一个消费者,我也颇为喜爱它们所带来的愉悦的观影经验,但是作为一个文化批评者,则有义务指出它们的美学幻术和修辞巫术。

---

① 包晓光编著:《小资情调:一个逐渐形成的阶层及其生活品位》,长春:吉林摄影出版社,2002年。
② 让·博德里亚尔:《完美的罪行》,北京:商务印书馆,2002年,第43页。

王家卫与新美学趣味的歧途

2009年3月,王家卫将十五年前的旧片《东邪西毒》(*Ashes of Time*,1994)"重新剪辑修复",又一次搬到了银幕上,除了在技术上做了一些边角细微的改变之外,整个影片大的基调没有变动太多。重复自我,莫此为甚,这个带有标志性色彩的事情也许显示了江郎才尽的迹象。也许更早时候的《2046》(2004)中,王家卫就开始无所作为——当一个导演像步入暮年的学者一样开始编辑、修缮、总结自己所有作品的时候,他大约已经缺乏创新的企图了[①]。

从20世纪90年代后期到21世纪初,王家卫的电影无疑成为华语电影一个不能忽视的现象,甚至可以说是整个

[①] 本文写于2009年4月,彼时尚没有《一代宗师》(2013),当然,即便该片后来获得各种褒奖,本文的分析和判断也并没有因此而过时。

世纪末转型时代文化的晴雨表。某种意义上,王家卫的电影在无意中充当了历史的代言人,让人得以窥见一种新的文化感受方式,如何不动声色地占据中国文化市场比例极大的空间,这进一步又让人认识到文化格局变迁与整个社会体制割舍不掉的牵连。

作为外在风格非常鲜明的导演,王家卫的电影具有非常适宜于解读的外壳,观众完全可以毫不费力地归纳出电影的种种特点,诸如怀旧、小资、洛可可与现代主义交错的风格、感伤主义和都市的疏离感等等。这些直观感受与体验无疑是准确的,可能也是王家卫本身想要传达给受众的东西,然而在较为幽微的层面,这些特色所显示的更深层因素是什么呢?如果我们将其人其片作为一个个案来透视转型社会的审美文化,那就会发现思想认知氛围整体上都有一个递生和萌蘖。一种源于世纪末的情绪并非无端而来,并且从小众的层面洇染泛滥到城市大众人群之中,从而抚育了新一代人的感受能力,而这种趣味的聚集和发散,促使一种美学范式诞生。

一、情绪与城市

除了《东邪西毒》的无名时空,王家卫几乎所有的作品都与城市有关。《旺角卡门》(As Tears Go By,1989)的落魄江湖义气、《阿飞正传》(Days of Being Wild,1990)的浪荡子寻觅与虚耗、《重庆森林》(Chungking Express,1995)的都市寂寞、《堕落天使》(Fallen Angels,1996)的疏离自恋的人们、《春光乍泄》(Happy Together,1997)的漂泊与异端生活经验、《花样年华》(In the Mood for Love, 2000)的欲望和压抑、《爱神·手》(Eros,The Hand,2006;与安东尼奥尼[Michelangelo Antonioni]、索德伯格[Steven Soderbergh]各自执导的三段式电影)的情爱与控制、《蓝莓之夜》(My Blueberry Nights,2007)的念旧情怀……王家卫电影中的多城记,无论是已经被无数评论者认定的作为香港的前生旧世的上海,还是异地的双生花布宜诺斯艾利斯、纽约,或者延伸开来的东京与台北,都指向香港及其镜像。

香港实在是个未名之城,难以明确定义:殖民统治的遗风留存,内地中原的向往依然,古今中西杂糅,重情与言利并存,兼容并蓄却又偏执冷漠,有着璀璨奢华的光怪陆离,又不乏简单朴实的时光不惊。在全球经济体中,香港示人以国际自由港的面目,这个弹丸之地奇迹般地是亚太地区的交通、旅游中心之一,国际金融中心之一,全球第十一大贸易经济体系,第六大外汇市场及第十五大银行中心。成就如今不夜城的面貌,也不过一百五十年的历史——一段帝国主义入侵、殖民统治、规划、开发的现代性过程。

不过,它在整个中国文化中的位置却是边缘、海岛、天高地远的所在。较少受到中原主流文化濡染的世俗性与现代性不谋而合的结果是交错混成的城市面貌:既有中环兰桂坊、铜锣湾和尖沙咀的奢华,也有屯门、庙街和天水围的素朴,就如同这个城市冷静世故的头脑和温和的脾胃。它们和由天然的、支离区隔的地理同现代化发展之间的紧张所产生的城市静脉和动脉——公路、地铁、隧道、航道——一起,型塑了香港的城、人和文。

王家卫着力处多在城市的边缘,古惑仔、杀手、警察、妓女、毒贩、赌徒、嫖客、底层文人、游手好闲者……这些人物角色与主流社会的价值显然无法同步,甚至不发生纠葛;如果要寻找写实主义的现实描摹,自然也不可得;或者可以说,情绪与城市之间的同构与异形,可能才是他的电影无意中形成的面目。这里有香港及其文化本身深刻的历史与社会背景。当边陲小岛被改造为全球性的国际港口之时,香港作为城市面临的是三方面转型:一是现代城市规划,二是作为被强占者对强占者的职责和权利,三是与内地的定位、联系和交往。

这些都促成了后来香港文化心态的形成,王家卫的电影也可以从中得到解释——它不过是香港的符号和能指,将城市当下构成的现实性摒弃,以怀旧叙事完成对都市形象进行修辞叠加。香港这块资本主义与社会主义夹缝中的飞地,以怪异的形象、颓靡的音乐、暧昧的边缘、自恋的个人、东方主义视野下的生活情调、西方风格的意象,羼杂在一起,现实与历史被抽离出来。对于这个无根的岛屿来说,文化与传承是虚无的所在,不能提供精神滋养的功能。我们甚至可以将 1990 年这个特别的年份产生的"阿飞"和"无脚鸟"的传说当作一个隐喻,是香港的无根性、漂泊感的具体体现。这种情绪在《阿飞正传》中一直都存在着:旭仔是香港,生母和养母是两个国家,爱自己的那个生母却无法认同,自己想见到的养母却避而不见——在 2012 年严浩的电影《浮城》(*Floating City*)中,身份认同的焦虑通过回顾"洋杂"的个人生命史,构成了更为鲜明的城市寓言。

在伯纳德·曼德维尔(Bernard Mandwille)式的资本主义工具理性思维模式下,各行其是的个人主义得到伸张,而民主主义也在驯化着香港的城市人:"民主主义不但使每个人忘记了祖先,而且使个人不顾后代,并与同时代人疏远。它使每个人遇事总是只想到自己,而最后完全陷入内心的孤寂。"①从实际的城市地理而言,如同桑内特(Richard Sennet)准确指出的,"19世纪的城市规划目标是创造一群能自由移动的个人,并且让那些有组织的团体在城市里移动时遭受挫折。个人的身体在都市空间移动时,逐渐与他所赖以移动的空间脱离,同时也与在同一空间的其他人群分离。移动时,空间价值被贬低了,个人命运逐渐与人群不相干了"。现代城市将各式各样的人结合在一起,它加深了社会生活,也让人与人相处宛如陌路。都市经验所带来的各个方面——差异、复杂和疏离,造成了支配与交流两方面的困难。其结果就是空间与人群的区隔,通过廉价公共交通,"现代都市空间的时间地理于焉成形:白天人群密集并多样化,晚上则稀疏而同质——白天的混合并没有造成阶级之间的广泛接触。人们只是去工作、购物,然后回

---

① 托克维尔:《论美国的民主》,北京:商务印书馆,1995年,第124页。

家"①。这就是王家卫的香港背景,从而使自恋、偏执、怀旧、恋物癖、失语症、精神分裂、性幻想与性冷淡、抑郁症和歇斯底里,得以顺理成章。

个人主义是自恋与冷漠的渊薮,在机构与关系越来越复杂的社会里,没有谁会认真倾听对方,关系生计与提升的鞭子在背后飞舞甩响,梦想的堤防土壅川决,个体唯有自己诉说与倾听内心的疼痛和爱恨。王家卫在创造一个独立于外在的"小世界",虽然小,但是完整而有延续性:作为一个普通人,我们无力对外部的世界施加什么影响,而外部的世界却时不时会伤害我们。但是对在城市中无力应对工业化、科技化、商业化急剧扩张的渺小个人而言,内心世界其实有时候承担了现实缺陷的弥补缝合功能。王家卫的电影里的人物大多专注于自己的内心,并且拒绝与外界有很多联系。这种态度实际上形成了一个保护自己的壳。充满疼痛与欢愉的肉体退位,只有难以尽言的情绪游荡在城市的上空。

《阿飞正传》开始引入王家卫电影中最大的一个母

---

① 桑内特:《肉体与石头——西方文明中的身体与城市》,上海:上海译文出版社,2006年,第325、340页。

题——拒绝与被拒绝。这一主题的本质是现代人畏惧被伤害的情结。旭仔在某种程度上拒绝苏丽珍和露露,露露拒绝了旭仔的死党,警察超仔隐隐地以跑船来拒绝苏丽珍,旭仔的生母拒绝见旭仔。阿飞在真爱的面前很恐惧——他拒绝她们,其实是在否定自己,因为他清楚自己是个没有能力承担的人,所以他不断去追求其他女人的爱来维持个体存在的尊严,这是一种弗洛伊德式的抵消的心理。《东邪西毒》中直接将其登峰造极地表述为:"要不被别人拒绝,就要先拒绝别人。"

拒绝交流的结果是,或者失语,或者只能同自己交流。前者导致寂寞孤独的抑郁症,后者则形成恋物癖和歇斯底里,更多的时候它们同时出现。《重庆森林》中警察 223 用英语、日语和粤语,寻找一个叫阿美的女孩子,却没有一种语言可以让他找到自己在别人心中的位置。警察 663 对着毛巾、肥皂、衬衫说话,仿佛它们是更能与自己相互理解的听众。《堕落天使》中,天使 3 号直接变成了哑巴,他可以认真地给一头死猪做按摩,却只能用一枚点唱币来抒发自己的情绪。如果说他的失语是寂寞的一面,那么杨采妮与莫文蔚扮演的街女的歇斯底里便是寂寞的另一面,她们用一刻不停的聒噪与癫狂来忘却内心的迷惘和脆弱。与她们相比,杀手天使1号和2号因为工作,不得不用冷酷的外表来掩盖自己的内心世界,当回归孤独,卸下防备后,两人举手投足尽显颓废。天使1号在公交车上遇到小学同学,杀手与同学构成了洁净自我与庸俗世故的两极,所以他很快逃离开了。

19世纪以来的科技和规划,逐渐让城市中的人的运动变成了一种被动的身体经验。移动的身体越舒适,在社交场合就会越退缩,便会独自沉默地旅行。而速度在想让身体不受阻挡的渴望时,还伴随着一种对接触的恐惧。天使3号一直希望通过摩擦与别人产生联系,却只带来了伤害,而世界喧嚣静默如故。《堕落天使》中对于距离有着明确的空间意识。在王家卫的作品中,本片是运用近景镜头最多的一部。一般说来,镜头离演员越近,观众便愈接近角色的内心世界。片中人物的脸或身体经常会占据银幕的多半空间,但在夸张变形的超广角镜头下,形成意外的效果,显出人物陌生疏离的感觉。双人镜头亦是如此,以杀手偶遇老同学与杀手和吧女的感情戏为例,广角镜头出色的空间纵深感,让人物即使同处一室却也恍如隔世。摇晃的镜头和迷离的打光,加上梦呓般的配乐,增添了时空倒错的迷幻味道。用记忆的鲜活对比生命的无常,用世道的拥挤反衬人心的疏离。硕大的麦当劳标志、酒吧里的乐事薯片、树大招风的可口可乐、Heineken 啤酒、高架列车、电视机、家庭录像机、点唱机、松下传真机、囚笼一般的住所……愈加丰富的物品在人们中间阻碍了沟通,扩大了肉身的距离。《重庆森林》中的毛巾、《东邪西毒》中的鸟笼、《花样年华》中的香烟等,都寄托了患上恋物癖的人们难以言说的感情。

这是一种情绪政治学,观者会恍然发现,政府机构、商业公司这些代表了城市理性的设施和建筑隐匿无踪,出现更多的是杀手的小屋、咖啡馆、酒店、饭店这样的情感载体,菜市场、超市、厨房这些体现亲情的地方,而高速公路、地铁和铁轨则给意识的流动提供了徜徉的空间。

对照同一时期内地城市文学文本(比如卫慧、棉棉这些流行一时的"美女作家"的作品)中的酒吧形象,会发现王家卫惯于表现的酒吧与之有着鲜明的区别:在前者,酒吧里欲望流动、危险与刺激并存,并且洋溢着异国情调的狂欢与颓靡;而王家卫的酒吧则提供了一个避难所,让人在一个游离于日常的空间中做个旁观者。在电梯这种被动移动空间中,身体失去了与外界实在的实际接触。即使在《东邪西毒》那样立足于自然景物的场景中,大漠、酒肆、湖泊、风雨其实也是脱离现实的,是一种城市的代偿、心理的风景。

当都市空间的功能变成了纯粹用来获取身体之外的物质和移动的时候,都市空间本身也就失去了吸引力,人们只想穿过这块空间,而不想注意这块空间。另一方面,将被动与个人融为一体的舒适空间中,人开始向内发展,孤立于都市环境之外。速度地理学以及对舒适优雅的追求,让人物处于孤立状态。《堕落天使》的结尾,天使3号骑着摩托带着天使2号奔驰在城市冰冷的高速公路上:公共领域充满了移动与注视的个人,他们只有在这样绵延无尽的道路上运行才能感受到肉身的温暖。

对现实的感受力以及身体的活动能力一直在减弱,现代社会似乎变成了一个独特的历史现象。个人主义与速度联手麻木了现代身体,让它们无法相互联结。个人的身体只有在经历变故和挫折时才能重新获得感觉。只有移动和变换位置,使人们处于颠沛流离、动荡不安的飞散状态之中,他们才彼此照顾对方,并且对所处的环境有着敏感。超仔要去跑船,阿飞则到菲律宾寻找生母,都必须离开原先的固有地方。《春光乍泄》里,黎耀辉、何宝荣这对同性恋"走啊走啊",从香港来到阿根廷,异乡布宜诺斯艾利斯最终让他们真正体验到了爱与虐的痛苦。

速度成为现代生活的核心,速度的逻辑让身体脱离了自身所借以展开和活动的空间。王家卫是刻意反速度,以一种颓丧和缓慢来彰显脱序(anomie)、被动、迷失和彷徨,构成了一种情绪政治学。小张因为想不通一些事情,周游世界,在世界尽头的美丽仙境终于释放了自己。黎耀辉在回港之前,特意到台北的辽宁街看到了小张的家人,他明白了家才是最终的港湾,这里似乎同样漂浮着一丝家国情怀:这是1997年,香港回归在即,自我放逐还是返回故乡,在这中间如何找到心里的平静?当辽宁街世俗的纷扰和温馨镜头一转,就是无人性的流光溢彩、飞速流转的都市,不停向前奔驰的快轨列车,结尾定格在一条无尽延伸的铁路上。

这些影片中的人物都是无名的大众,有时候是信手拈来的极普通的名字,有时候就用个代号,更多的时候他们根本没有名字。人物的名字都被剥夺,甚至连代号都没有,凸显了城市的陌生感和主体的瓦解。这些匿名者无以名状的情绪,就是香港的情绪。然而,到最后回看香港岛,却不知何处,幽玄城堡,轮廓历历,却不辨真相。情绪也仅能如此,王家卫也看不分明。

二、感伤、浮艳与世纪末

从一开始,王家卫的电影就渗透着感伤的气息。《旺角卡门》之所以成为 1989 年香港金像奖的热门影片,同他对香港传统黑帮动作题材电影的改造脱不了关系。他将江湖义气变为恩仇的无奈,将快意的报复化为难以逃脱的宿命。那个被阿娥藏起来的杯子,一再出现在王家卫电影中的点唱机,英雄像狗一样死在街头,颓废铺满大地……当华仔说"没有办法给你一个承诺"时,拒绝这一从头到尾贯穿王家卫作品的母题已经崭露头角。华仔在血泊中抽搐时,回忆起与阿娥的街头热吻则更是刻意煽情的意识流动,而抽格、慢镜的使用则进一步烘托了感伤的氛围。一种隐晦不明却又四处弥漫的凉薄和无力铺垫下了后来王家卫电影的基调。

装饰性画面、配乐、矫揉造作的台词形成了一种感伤主义式的洛可可风格。风格化、可触的质地、感性的表面、标志性场景、显而易见的隐喻、不费吹灰之力的象征,铺张炫耀却偏偏又做出漫不经心的表情……所有这一切烘托出了一种新的文化偶像电影的出场。现代性体制借排除来压抑,与法兰克福学派的先驱们所强调的用艺术进行反抗不同,王家卫无力也无意于反抗,而是在艺术中彰显被压抑的脆弱纯情。

这同主体本身的虚弱有关,在目迷五色、耳窒五声的现代生活场景中过度地摄取虚拟疼痛或虚拟性爱的个体,让身体的真切知觉越来越迟钝。将身体从维多利亚式的性压抑中解放出来是现代文化的创举,但是这个解放同时也造成了身体对性欲的感受力降低。纵然欲望流淌,情色满场,却没有实施的执行力,而退归到以拒绝来逃避行动。就像博德里亚尔(Jean Baudrillard)曾就麦当娜的身体发表过的骇俗言论:我们的时代充满色情,却是性冷淡的。[①] 在《堕落天使》的浓烈色彩、摇晃镜头和哀伤音乐中,杀手不敢表明自己的感情,只能躺在暗恋的人的床上进行自慰,高潮中也充满了绝望的眼泪。自慰暴露了我们时代爱情华丽而空洞的内涵,孤独、羞耻、渴望与无能为力,每个人都渴望进入

---

① 博德里亚尔:《完美的罪行》,王为民译,北京:商务印书馆,2000年,第23—24页。

他人的灵魂，却只能进入他人的身体，甚至，只能进入自己的身体。

情欲整个被物化了，恋物癖由此产生。《重庆森林》的厨师色拉可以看作是一个代表旧爱的符号，也可以和凤梨罐头、炸鱼薯条、比萨饼一起看作可供选择的感情。《堕落天使》中罐头音乐的使用频率超过王家卫以往的影片，恋物癖发展到了极致，杀手助理对杀手使用过的垃圾的迷恋，透露出的凄凉与猥亵形成了一种怪诞的美学。《春光乍泄》中灯是两个男人感情的见证，在黎耀辉离开后，何宝荣独自一个人调试着灯，关掉又点亮，然后独自哭泣，表现出他的追悔莫及。而瀑布则直接象征着两人所追寻的目标，暗喻着感情的归宿，然而最终还是失落了。片中反复出现瀑布的长镜头，一分半钟的上空俯拍，慢慢流转，用以提升观者的想象空间与情绪的酝酿，这就是城市的 sexual energy（性能量），却居然是非人性的。

物化情欲不由得让人想到种种关于变态心理学的描述，我们完全可以从王家卫的电影中找到 20 世纪初期日本和中国新感觉派小说家的许多主题，从这个意义上他实际上接续了 20 世纪中国都市叙事的后现代篇章，而较之先辈们多了些欲迎还拒、琵琶半掩的腼腆之感。《东邪西毒》中黄药师醉意蒙眬中感受到的抚摸的手,在多年以后的《爱神·手》中直接成为爱欲的主题:与陈白露那样带有阶级批判和社会批判色彩的形象不同,年老色衰的交际花华小姐丝毫没有任何意识形态的赘物,她直奔欲望的主旨,将自身物品化。华小姐不停地俘获各种猎物,而当她的身体像器物一样在使用中日渐磨损贬值之后,面对真正对她情有独钟的小张裁缝,已经无可交换。于是影片出现了恐怖的一幕:身患肺结核的华小姐用还有剩余价值的手替小张手淫。① 王家卫在这里重写了贝尔托鲁齐《巴黎最后的探戈》(*Ultimo tango a Parigi*,1972)的主题:在孤独、残酷而疯狂的世界里,连欲望都是不可能的。

内在的空洞需要华丽的外表进行补充,所以形式感和风格被提升到了高出内容的层面。王家卫翻来覆去并没有表达什么深刻的感情、邃远的思想,但是靠着对弥漫在现代城市的微薄情绪的舞台化处理,他成就了自己的事业。与呢喃式的个人独白、随意的镜头剪接、破碎的叙事风格、抽

---

① 不免令人想到博德里亚尔的话:"女人的手令人感动,炽热炙人,却又脆弱无比。"《冷记忆:1980—1985》,张新木、李万文译,南京:南京大学出版社,2012年,第18页。

离的时间空间、盒子音乐相伴随的王家卫影像,在色彩上用心良苦。《东邪西毒》的大漠黄,《花样年华》的暖红,《春光乍泄》的昏黄,不同的色调都强行地制造了一个属于影片的气场。《堕落天使》里的昏暗酒吧,酒红、墨绿、灰蓝纠缠在一起,所有的光线都暧昧不明,调和成与影片相适应的情绪。《2046》的色调随着场景的变化而变化,在新加坡赌场的戏,一席黑衣的苏丽珍穿梭在昏暗的赌场,而在2046的列车上变幻的红色色调随着王菲、刘嘉玲的出现而忽明忽暗。从房间、过廊到饭店,每个场景都有自己的颜色,组合在一起就是整部电影的主打色——黑、红,让人在压抑、虚幻中寻找真实与熟悉。《春光乍泄》则最为自觉,从色调上将影片分成三个部分。前二十四分钟,黎耀辉、何宝荣两人烦躁地分手,一个人去酒吧当侍者,另一人到处浪荡,画面黑白处理。此后,两人复合,画面有了颜色,一如黎耀辉的心情,主色调是黄、橙、绿,温暖而慵懒。二人再度分开,影片也进入了第三部分,人声嘈杂时,画面依然以橙为主,但当黎耀辉独自出现在镜头里时,蓝色便开始渲染落寞。这些色彩的过渡,十分符合人们审美经验中对颜色的前理解,直接地迎合自然感觉。较之于张艺谋一如既往地对大红、明黄的倾心,王家卫更加错彩镂金、雕缋满眼,赋予感伤以浮华的格调。

《阿飞正传》最引人注目的大约就是它展现了一个20世纪60年代的颓废男或时髦儿(dandy)形象,影片最后的三分钟,梁朝伟扮演的另一个无名的阿飞出场,漫不经心地修指甲、抽烟、穿衣、装钱、梳头。在其后的《春光乍泄》中,我们甚至能够在这个有着《午夜牛郎》(*Midnight Cowboy*, 1969)色彩的作品中,品味到一种"高贵的厌倦"的气息。20世纪60年代之于王家卫电影显然是个无法忽视的时间概念,事实上他早期树立地位的三部电影就被称为"六十年代三部曲",都是怀旧型的颓废,结合了香港回归的现实,而带有了世纪末的况味。

一般来说,任何时代、任何地方的人都可能将其自身对存在的焦虑投射于特定日期上,认为世衰道微。而在西方,每个世纪末均引发圣经启示录中的天启(apocalyptic)期待,认为世界末日(the end of the world)将至,千禧年(millennium)将来。19世纪末从法国兴起,迅即传遍欧洲及美国的世纪末(fin de siecle)文艺思潮,一般用来描绘一种社会普遍感知到的恐慌与颓废。

20世纪初期这种思潮也传入中国,徐志摩在纪念哈代(Thomas Hardy)时就曾对这一文艺思潮做过小结:"从《忏悔录》到法国革命,从法国革命到浪漫运动,从浪漫运动到尼采(与道施滔奄夫斯基),从尼采到哈代——在这一百七十年间我们看到人类冲动性的情感,脱离了理性的挟制,火焰似的进窜着,在这光炎里激射出种种的运动与主义,同时在灰烬的底里孕育着'现代意识',病态的、自剖的、怀疑的、厌倦的、上浮的炽焰愈消沉,底里的死灰愈扩大,直到一种幻灭的感觉软化了一切生动的努力,压死了情感,麻痹了理智。"[1]这也并非全然非理性,而可视作工具理性与价值理性之间冲突的结果。

世纪末文艺思潮主要有三种:象征主义、颓废主义、唯美主义。而主要的书写母题——追忆与忏悔、幻想与惊梦、漂泊感与怀乡病,我们几乎都可以在王家卫的电影中找到踪迹。他的电影中出现的颓废者,正像缪塞(Alfred de Musset)在19世纪30年代就描写过的时代夹缝中的人们:

在他们的身后,是一个永远被摧毁了的过去,但

---

[1] 徐志摩:《汤麦士哈代》,《新月》第1卷第1期,1928年3月。

是,几个世纪以来专制政体的所有陈腐僵化的东西仍在它的废墟上蠢蠢欲动;在他们的前面,是一个广阔地平线呈现的黎明,是未来的初婚的光明;而在这两个世界之间……我不知道是什么模糊不清、飘浮不定的东西,是一个波涛汹涌、海难不断的大海,不时地在远方有点点白帆或喷吐出浓浓蒸汽的船只穿过其间;总之,眼前的世纪,把往昔与今朝分离开来,既非往昔,也非今朝,但它同时既像是彼又像是此,而在这个世纪中,人们并不知晓自己每走的一步,是踏在一粒种子上,还是踩在一份残羹上。

那时候,就是这么混乱,必须从中做出抉择……

可是,对于过去,他们已不再留恋,因为信心已丧失殆尽;至于未来,他们是喜爱的!就像皮格马利翁·加利泰说的:对他们来说,未来就像是一尊大理石雕情妇,他们等待着它的复活,企盼着血液在它的血管中流淌。

因此,留给他们的只是今朝了,只是既非黑夜也非白日的世纪的精神、黄昏的天使;他们发现它坐在一只塞满骸骨的石灰袋上,紧缩在利己主义者的大衣中,在凛冽严寒中瑟瑟发抖。①

　　王家卫时代的香港内部有着强烈的文化焦虑,害怕发达的经济文明倒退没落,它所面临的是"九七"将近(这几乎是那个时代香港电影有意无意流露出的集体无意识)、金融危机、移民与融合、性别倒错等,包括政治、经济、社会、身体、心理的诸多层面。压力的聚焦,发展为末世的想象(apocalyptic imagination),外显为怀旧的惆怅。世纪之交的《花样年华》讲述了对过去年代的怀念、追忆和沧桑感,在片尾,周慕云来到历经沧桑的吴哥窟,对着墙上的洞轻声述说,或是追忆,或是悔过,剩下的却只有无力的轻叹。

　　《2046》整部都充满了回忆和影射,按王家卫自己的话说,这是一部对自己所拍电影的总结。定格完美构图和慢镜的使用多了起来,让整部电影的气质更趋于梦幻般的意识流动。而其对时间的敏感则体现在总体的暗喻上:1997年,香港回归,制度五十年不变,然而内在的恐慌是五十年之后会如何?《2046》的过去时是无足的鸟、手套、钞票、机

---

① 缪塞:《一个世纪儿的忏悔》,北京:燕山出版社,2000年,第7—8页。

器人,与一夜情、编造小说、赌场构成了二元式的对照;进行时还是周慕云和苏丽珍,尽管往事已随风吹雨打去,名字、旗袍与小说化作碎片的记忆,留在柬埔寨的树洞里。而未来,则像《春光乍泄》结尾的那个铁轨一样,一直来,一直来……谁也不知道未来是什么样子:"风后面是风,天空上面是天空,道路前面还是道路。"(海子《四姐妹》)佛经所谓"末法时代"与基督教的"末世论"怪异地扭合在一起,加上了东方式的怀旧,勾兑成王家卫影像叙述的感伤与浮艳。

在许多场合,王家卫都刻意强调了具体的微观时间。从旭仔挑逗苏丽珍的"1960年的4月16号,下午三点之前的一分钟"开始,他就开始了这种装腔作势的数字之旅。旭仔刻意强调了极少的时间量在质上的重,这是逃离之旅的起点。《重庆森林》里现代城市人对数字的敏感达到了极端的境地,片中两位男主角没有名字,只有数字,会过期的罐头(爱情),人与人之间的距离精确到毫米,二万五千尺的高空,这些数字是现代都市认知理性的机械化与个体百无聊赖的写照。这一状态在下面一段话里面表现得淋漓尽致。在雨天的凌晨,奔跑在操场上的警员223画外音说道:"我是早上六点钟出生的,还有两分钟我就25岁,换句话来讲,我已经在这个世界上经历了四分之一个世纪,在这个历史性的时刻,我选择去跑步。"这种煞有介事,对具体时间的强调恰恰是对总体真实时间的悖离。因为真实的时间体验是被抽离的。在某种层面上来讲,223 就像他的代号一样是个被编码的单向度人,像他这样的所有人都是相同的,都有着自己的小情感并且一厢情愿地将自己的小情感扩大为整个世界。

在那些弯弯曲曲的街道上有着那么多的痛苦,在车流拥挤、人群往还的闹市中,所有的人都在奔波劳碌,没有来由,没有终点。这源自都市里背靠背的现代契约关系,温情脉脉的共同体被非人的体制所取代,引发了普泛性的焦躁不安、深切的失望、恐怖的预感、痛苦的绝望。而在这种环境中,王家卫的电影并没有蘖生具有批判色彩的恶之花,倒映出沉溺放逐的幻之影,就像朱天文在《世纪末的华丽》中说的:"他们过分耽美,在漫长的赏叹过程中耗尽精力,或被异象震慑得心神俱裂。"[1]

---

[1] 朱天文:《世纪末的华丽》,成都:四川文艺出版社,1999 年,第 185 页。

三、坎普习气与新感受力的不满

王家卫的电影其实是反对诠释的,当然各种各样似是而非的解读都能找到自己的落脚点,并且对于一个评论者来说也无可厚非,然而如果执着于寻求意义,那就是走到了他的作品的背面。它们也无须评判,它们自己就是创造和批判合一的行为。

王家卫避开了英国文化精英诸如马修·阿诺德、T. S. 艾略特、利维斯对两种文化分裂的痛楚[①]——科学文化与文学艺术文化——而另辟蹊径。他既非高级文化,也不是过分世俗日常,而是泯灭了两者间原本就是出于文化权力机制造就的界限。于是,深度在这里不成为问题了,因为透过现象看到本质或者挖掘深层意蕴这样的现实主义与现代主义诉求,在现时代显得笨拙,而且有违小圈子文艺作者的唯美情趣——他们更喜欢直接以肤浅的表白来冲击大众青涩的感官,或者,认知范式发生了位移,从二元对立转向了所见即所得、表象即本质的融合模式。

[①] 具体两种文化的描述与分析参见 C. P. Snow. *The Two Cultures*, Leonardo, Vol. 23, No. 2/3, New Foundations: Classroom Lessons in Art/Science/Technology for the 1990s. (1990), pp. 169—173.

这不禁让人想到桑塔格(Susan Sontag)对"坎普"(Camp)所作的札记。坎普源自唯美主义,是对一种新的感受能力的描述,"坎普的实质在于其对非自然之物的热爱:对技巧和夸张的热爱。而且坎普是小圈子里的东西——是某种拥有自己的秘密代码甚至身份标识的东西,见于城市小团体中间"[①]。作为唯美主义的一种形式,"它是把世界看作审美现象的一种方式。这种方式,即坎普的方式,不是就美感而言,而是就运用技巧、风格化的程度而言"[②]。其特征之一就是将严肃之物转化成琐碎之物,这里涉猎的广度、认识的深度、批判的力度都无足重要,而着力于品位和格调的与众不同:显示趣味能力的优越,就是显示自己的优越。所以,这种美学不要求分析,而只是展示,在绚丽、怪异、新奇或者颓靡中显示高于平凡之徒的特别。

关于王家卫与唯美主义在意象表面上的相似几乎无须多说,王家卫电影另一个值得注意的地方则在于东方式唯美文化对他的濡染,尤其是日本文学和文化。从文学史来

[①] 桑塔格:《反对阐释》,上海:上海译文出版社,2003年,第320页。
[②] 桑塔格:《反对阐释》,上海:上海译文出版社,2003年,第322页。

看,日本文学在法国自然主义影响下,于大正时期(1912—1925)产生了以岛崎藤村(1872—1943)、田山花袋(1872—1930)为代表的"私小说",倡导自我忏悔与暴露,重视个人经验与内心。20世纪30年代的上海"新感觉派"作家刘呐鸥、穆时英、施蛰存在横光利一(1898—1947)、川端康成(1899—1972)等人的影响下,开创了中国最早的都市叙事。王家卫电影很大程度上接续了上述文学的表述形式,比如《爱神·手》的灵感就来自施蛰存的小说《薄暮的舞女》,以画外音配合静物画式的场景,通过电话对话交代舞女的浮沉。

没有资料表明王家卫是否接受过唯美主义者比如永井荷风(1879—1959)、谷崎润一郎(1886—1965)、佐藤春夫(1892—1964)的直接影响,但是有媒体报道王家卫的御用演员梁朝伟倒是特别崇拜三岛由纪夫(1925—1970)。做一个详细的实证影响研究似无必要,我们倒是可以从平行比较的视角观察到王家卫倾向于"私小说"性质的电影叙事。一个有趣的事实是,几乎与王家卫同时的日本导演岩井俊二被称为"日本的王家卫"——事实上《梦旅人》(*Picnic*,1996)的镜头和格调与王家卫堪称神似。

黄维梁就直称王家卫电影为"私电影"①。他观察到王家卫偏爱以柳条式线条为画面背景。而且人物的活动都局限于酒店、酒家、夜总会等室内,除了少数楼梯、骑楼、街角、招牌的狭小场景外,都是如此。电影氛围很大程度是来自美术指导(服装、化妆、场景和道具)、运镜调度和剪辑节奏三者的合力。无力左右现实而退归自我,所形成的是对外部宏大历史与现实的忽略,而在细节上的大惊小怪与着意浮夸,就造成了一个果核中的宇宙、蚌壳里的道场。王家卫生造出了一个"小世界",在这个小世界中活动游弋、自怨自艾的人物都是戏剧化的。通过光影、音乐、独白、恍惚的蒙太奇,他创造出一个抽离的戏梦氛围。

大众电影往往以高度像真的人性化角色来创作形象,从而使观众将自身投射到角色中并与之同情共感,或者营造架空的幻境,在白日梦中让人短暂忘却现实,迷失于其中。然而王家卫的独到之处在于他在失真的情景中塑造了深具个人魅力的偶像化人物,并且总是聪明地启用大腕明星来更便利地达到这样的效果(他所有作品的演员几乎都是明星偶像阵容,票房是一方面,另一方面则是明星所具有

---

① 黄维梁:《为什么是"2046"?》,《羊城晚报》2004年10月18日。

的对影片预期受众所起到的晕轮效应)。这种设置吸引观众的地方不是让观众代入角色,而是让电影中的人物吸引观众模仿戏中人物的思想及行为。电影文本在对现实"殖民",而观众的现实则被文本化。

这是我们时代艺术拓殖的一条路径,桑塔格所说的新感受力,"大众文化时代的纨绔作风"。回顾人类艺术史的历程,桑塔格认为对艺术的体验有一个近乎历时的过程:"第一种感受力,即高级文化的感受力,基本上是道德性的。第二种感受力,即体现于当代众多'先锋派'艺术中的那种情感极端状态的感受力,依靠道德激情与审美激情之间的一种张力来获得感染力。第三种感受力,即坎普,纯粹是审美的。"[1]精英文化可能与所谓的大众文化并没有太多的冲突,即使曾经被人为强调了,如今也被这种"新感受力"化解了:"我们所目睹的,与其说是不同文化之间的一种冲突,不如说是某种新的(具有潜在一致性的)感受力的创造。这种新感受力必然根植于我们的体验,在人类历史上新出现的那些体验——对极端的社会流动性和身体流动

---

[1] 【美】桑塔格:《反对阐释》,程巍译,上海:上海译文出版社,2003年,第334页。

性的体验,对人类所处环境的拥挤不堪(人口和物品都以令人目眩的速度激增)的体验,对所能获得的诸如速度(身体的速度,如乘飞机旅行的情形;画面的速度,如电影中的情形)一类的新感觉的体验,对那种因艺术品的大规模再生产而成为可能的艺术的泛文化观点的体验。……我们所看到的不是艺术的消亡,而是艺术功能的一种转换。"[1]艺术(或者比桑塔格更精确的说法是"一部分")如今已经从巫术——宗教活动、描绘与批判现实的世俗活动,变成了一种用来改造意识、形成新的感受力模式的工具。在这种意义上,它返回到起初作为一件与其他日常物品没有太多区别的普通"物品",而不再是某个个性化的表述或者集体式的代言——一句话,艺术变成了生活本身的拓展,或者说日常生活审美化,艺术回归到生活,成为其肌理的一部分。

纯审美的快感被抽离出来之后,风格化、平面化凸显出来,即使深层的情感也通过独白的形式浮表化。在那些关于爱情的言之凿凿、信誓旦旦的表述中,真诚或者情感本身都不重要,重要的是风格、装模作样和优雅的做派,王家卫

---

[1] 【美】桑塔格:《反对阐释》,程巍译,上海:上海译文出版社,2003年,第343页。

传递出来的正是这样的矫情。既然它是坚持在审美层面上体验世界,那么它就奇异地返回到了被亚里士多德所痛斥的"感伤"与"哀怜"。王家卫电影是反亚里士多德以来的古典主义传统的,也是反现代艺术的批判意识的,因此他不是巴尔扎克那样的城市内在的揭批者,也不是波德莱尔那样的"发达资本主义时代的抒情诗人",前者是社会学家式的,后者是文化英雄,王家卫仅仅是体现了风格对内容、美学对道德、反讽对悲剧的胜利。东方传统、英国式冷漠、日本文化的物哀与绮艳,被杂糅进王家卫的电影。城市小布尔乔亚的脆弱、孤独,还有正统文化里不能舒展的人性与暧昧,悉数被波西米亚化的幻觉影像收编。其造成的结果是,风格的比例大于实质的精神,喧嚣的能指不在深刻的内涵,人性的光辉稍纵即逝,情感的尝试蜻蜓点水,人物沉溺在艺术品、感官、想象的内在生活,自恋而恋物,魅惑却不爱人。

王家卫对自然是不感兴趣的,自然中没有什么东西能成为他的审美趣味的关怀对象。他的电影是技术的、非人性的、超然而外在的。而就对于人的趣味来说,如同"坎普"的祖师王尔德(Oscar Wilde,1854—1900),需要呈现纤弱的、纨绔而夸张的、带有贵族气息和怪异(queer)的色彩。

王家卫的得意男演员张国荣、梁朝伟、张震几乎都多少具有这样的特质。相对于当时维多利亚绅士对阳刚气质的追求,颓废男或时髦儿的唯美是女性化,拒绝生物层面的蛮性活力,而偏好精致、新奇、从容、优雅的风度。这种浪荡子美学集中体现了当代的城市感性,城市和当代文化被女性化、阴柔化了。

因为对夸张性特征和个性风格的爱好,当代性吸引力的最精致形式,或者说性快感的最精致的形式,正在貌似奇怪地变成与其本身性别相反的东西。同性恋的流行、酷儿文化的兴起,可能并非某种饱受压抑的亚文化的彰显,这背后必然隐藏了我们时代精神深处的奥秘。重商主义和技术至上从经济到政治的延伸,促成了左派在现实政治中的失败,如同迈克杰斯尼(Robert Waterman McChesney)为乔姆斯基(Noam Chomsky)的一本书作的序言所说,这种体制"生成了一个重要的必不可少的副产品——以愤世嫉俗、遇事漠然为特征的非政治化的民众"[1]。在 20 世纪 90 年代的香港和新世纪以来的大陆,数年经济高速发展累积起来

---

[1] 罗伯特·W.迈克杰斯尼:《导言》,见诺姆·乔姆斯基:《新自由主义和全球秩序》,徐海铭、季海宏译,南京:江苏人民出版社,2000 年,第 4 页。

的财富,已经使得社会产生足够多的"王家卫消费者"。这些面孔模糊的人只是欣赏、品味,甚至投射进自己,但是不做评判。他们从影院出门或者关上家庭影院、电脑播放软件之后,沉溺悬想,立刻恢复了他们冰冷的面孔。

王家卫电影具有稀微的"内容",而更加关注"形式"和风格的快感,它的快感同教益也毫无联系。到《蓝莓之夜》,王家卫还在重复自己,这次的故事发生在纽约,但是我们看到独白、高架地铁、抽帧慢镜、长焦特写、人物性格、故事结构甚至连道具、人物的性格和习惯动作都同香港的男男女女如出一辙。这显然不是在人性层面上的共同,而是王家卫尽管将物理空间拓展到世界各地,但精神空间依然局限在关于香港的荒凉岛屿的想象之中。心灵空间的模糊与时间和地点的精确,在在提醒着我们想起齐泽克(Slavoj Žižek)提到的"后现代主义的神学教益:卡夫卡的疯狂、淫荡的上帝,这个'恶之至高存在',与作为至善的上帝毫无二致。唯一的区别就是,我们离他太近了"。

强调风格,忽略内容,或引入一种相对于内容而言中立的态度,这种感受力是非政治、去伦理、不道德的。王家卫的电影却改变了后来香港片的风格与造型,或者说他敏感到时代道德转变的气息。原本,煽动道德恐慌是大众媒体与社会控制之间联系的纽带。"道德恐慌是要在人们心中灌注恐惧,并就此鼓励他们回避日常生活中遭遇的复杂社会问题,躲进一种'城堡式心态'——一种无望、无奈、在政治上无能为力的心态;或者,采取一种'应该做点什么'的态度。……这是一种十分有效的感情策略。道德恐慌还试图维护一种传统的家庭生活图景,然而在今天这个世界,随着男人和女人的关系发生了重大的变化,这种家庭生活图景越来越难以企及了。右派和保守派势力越不能控制这样的变化,他们就越是恐慌,最终道德恐慌变得和社会控制不再相关,反倒和对失去控制的恐惧息息相关了。"[1]如今道德恐慌被淡化,社会控制被迫松懈,而王家卫则完全抛弃了任何道德的企图——曾经,超越具体道德的价值评判被视为现代艺术标准之一,如今却需要反思是否有这样超道德的存在了——它引领我们直奔一座幻象的迷城。

无法改良生活的人们,开始改造内心,各人生活在各人的心里。拜物教营建了一个依托的堡垒,同时又成为禁锢

---

[1] 【英】默克罗比(McRobbie A.):《后现代主义与大众文化》,田晓菲译,北京:中央编译出版社,2000年,第253页。

想象力的桎梏。那些充实于影片中的琐碎之物,在故作庄重、煞有介事的影音修辞杂耍之中,呢喃自溺,时间似乎进化却又循环不已。颓废的自我在毁灭之后,世界依然故我。王家卫的影像叙事中,对过去的乡愁和未来的憧憬互相碰撞,喜新与恋旧凑合成奇诡的一体两面。王德威一段对台湾世纪末文学的分析或许也适用于此:"欢乐在正式开场之前其实就已经结束;任何期望都只是一种变调的怀旧甚或对怀旧的奢望。深不可测的绝望和无法满足的欲望竟是一体之两面。……但何其不堪的是,这种世纪末的自我放纵终也不过是一种陈腐的模仿,一种抄袭自西方上个世纪末的姿态。"[1]

在这个意义上,王家卫是一位伟大的后现代主义电影导演。不过,个人主义优先的一个隐晦的后果就是抑制了城市大众运动,王家卫的电影所展现的东西,与实际的生活经验有着极大的断裂,在这里既暗合了保守主义的意识形态,又为之推波助澜。商业原本可以是连接不同阶层分野的越界者,但是王家卫的电影遮蔽了这一点,而迷恋于心造

---

[1] 王德威:《想象中国的方法:历史·小说·叙事》,北京:三联书店,2003年,第273页。

的幻影。差异不可避免地造成疏远,高度发达的都市并没有产生共同的公民文化——香港人的那种重商主义与实利精神完全看不到,烟火气息也被无伤大雅地化解在闲适的、柔腻的体恤之中。而颓废正是滋生于这种对感性情绪、物质纯粹的关注之中,个人对他们共同的命运恍然未知乃至根本无心关切。他们的同情只会来自身体和欲望本身,而不是高层次的善或外在的政治。因而,它是双重的危险:把焦点放在人生的无理性和非理性的基础条件上,却忽略了理性的现实;游离在城市角落的无建设性讲述,没有产生价值,反倒损伤了历史和理智。

知识分子杨德昌的突围与回归

2007年夏天杨德昌在加州贝弗利山庄去世,引发了国内外媒体短暂的热情。不过在目不暇接的媒体话题与事件中,杨德昌以及他的电影似乎不过是一个无关紧要、不着痛痒的文化个案,在当时和后来的社会语境中可能都不足为道。伴随着他的离世,他的电影也渐行渐远,似乎仅仅成为依然抱有电影梦想和文化理想的一小部分人的爱好。

然而,自20世纪80年代以来,杨德昌的电影已经成为华语世界的一个时代符号,成为一种极度富有现代主义批判色彩的城市声音。就像一位论者所言,如果说侯孝贤为台湾本土电影找到了"自主美学与社会视野",那么杨德昌则在作品中融会贯通了西方的现代主义电影手法,呈现出一种精准、简约、疏离、清冷的风貌。① 就华语电影发展史而言,他无疑是一个绕不过去的人。从1980年开始参与创作,在漫长的27年里,这位台湾新电影运动的旗手之一仅仅留下了八部半作品②,但迄今为止,中国无疑仍然没有出现超越他的气魄宏大、技巧娴熟、关注现代都市日常、充满批判与救赎色彩的知识分子电影。

一、台北·病人

说杨德昌电影具有知识分子特征估计没有人会反对:理性冷峻,余味悠长;沉闷而富于悬念,冷静却充溢着思索。这一点与侯孝贤相比尤其明显,同样以电影为手段探讨台湾的历史变化与个人命运之间的错合关联,侯孝贤是文人化的诗意,为逝去的时光怅然若失,在远观中获得形而上的

---

① 卢晓云:《能者作智,愚者守焉》,《电影文学》2008年第1期。

② 1981年春天,杨德昌参与《一九〇五年的冬天》的拍摄,任编剧及演员,该年秋天拍摄电视单元剧《十一个女人》中的《浮萍》。此后的电影作品分别是《指望》(1982,《光阴的故事》[*Second Episode in Our Time*]第二段)、《海滩的一天》(1983, *That Day on the Beach*)、《青梅竹马》(1985, *Taipei Story*)、《恐怖分子》(1986, *The Terrorizer*)、《牯岭街少年杀人事件》(1991, *A Brighter Summer Day*)、《独立时代》(1994, *A Confucian Confusion*)、《麻将》(1996, *Mahjong*)、《一一》(2000, *A One and a Two*),最后的《追风》(2007, *The Wind*)仅仅完成一半,就因多年来使他备受折磨的结肠癌辞世。

意蕴;杨德昌则具有现代知识分子特征,始终关怀着当下的烦恼,不厌其烦地刻画人性在压力中的变形与坚守——他继承了费穆(1906—1951)和郑君里(1911—1969)的电影传统,又加以开拓。

赛义德(Edward W. Said)说:"所有知识分子都向他们的阅听大众展示着什么,而在这么做时也向他们展示了自己。"知识分子的主要责任就是要从形形色色的压力中寻求相对的独立,因此知识分子在他看来就是"流亡者和边缘人,业余者,对权势说真话的人"[1]。杨德昌正是这样一个流浪者和边缘人(无论是在美国硅谷从事计算机业,还是在中国台湾从事电影)、业余者(由科班出身的工科硕士到自学成才的电影导演)、对权势说真话的人(从不避讳一针见血地讽喻和抨击)。他在向大众展示其影像作品时,也展示了自己作为一个现代知识分子的形象,一个台北/病人的形象。

20世纪80年代初的台湾正在经历经济上的起飞和文

---

[1] 爱德华·W.萨义德:《知识分子论》,单德兴译,北京:三联书店,2002年,第6页。

化创造上的探索,现代民歌运动①和现代诗论争与乡土文学运动如火如荼,刚过而立之年的杨德昌对电影有着超出原本所学专业的热情和希望。1982年杨德昌与陶德辰、柯一正、张毅联合执导的《光阴的故事》,以四段故事包含个人的成长、人际关系的疏离与台湾社会三十年的变迁,寄托着新锐知识精英的文化诉求与文艺理想,揭开了影史上称为台湾"新电影运动"的序幕。

"新电影运动"存在了大约五年时间,杨德昌此际拍摄的《海滩的一天》《青梅竹马》和《恐怖分子》被统称为"台北三部曲"。以1991年集大成的《牯岭街少年杀人事件》为中轴,1994年到2000年,杨德昌的最后三部作品《独立时代》《麻将》《一一》构成了"新台北三部曲"。从来没有哪一个导演像杨德昌这样倾心于台北的故事,热烈又磅礴、冰凉而有力,如同醍醐灌顶的夏日暴雨,几乎构成了一部写意的编年史。"如果真有所谓'一生一台戏',杨德昌的那

---

① 该运动以杨弦、胡德夫、李双泽、蔡琴等为代表,以1975年"中国现代民歌之夜"为标志,持续了近十年的时间。大致情况参见李艺童:《民间立场与边缘话语——台湾现代民歌运动的兴起、盛衰及启示》,《福建艺术》2018年第3期;高悉淼:《席卷台湾乐坛的"文艺复兴"运动——浅析70年代"台湾现代民歌运动"》,《黄河之声》2018年第19期。

台戏就是关于台北的——他生于斯长于斯的地方。《牯岭街少年杀人事件》是谈60年代的台北,《海滩的一天》是70年代,《青梅竹马》和《恐怖分子》是80年代,《独立时代》《麻将》和《一一》是90年代。其实自《青梅竹马》(《牯岭街少年杀人事件》除外)之后,杨德昌的电影都是在谈当下的台北:他仿佛以'台北'为对象,进行一项为期一生的社会科学研究,他观察、批判和关怀,每隔数年便交出一份研究报告"。①

放在台湾电影整体之中,侯孝贤可以说是钟情于南部乡镇的"台南派",杨德昌的城市编年史则属于"东南派"②。杨德昌的目光一直执着于台北中产阶级出入的高级公寓和写字楼间。他的电影就如同安东尼奥尼《云上的日子》结尾的片段,在台北高楼遍布的每个窗户中都演绎着不同的故事,它们各自杂乱无章,却都统一在特定的生存空间中。这种包揽性全景,体察宰制着台北整个社会文化体系的群体,提供了台北的现实经验和都市化进程中台湾主导阶层

---

① 黄志辉语,转引自高达:《杨德昌:牺牲在城市里的兵》,《新周刊》2008年第14期。黄志辉原文见蒲锋、李照兴主编:《经典200:最佳华语电影二百部》(修订版),香港:香港电影评论学会,2006年。
② 黄志辉:《杨德昌的台北情义》,《电影欣赏》第十九卷,2001年1月,第81页。

的独特体验和创伤记忆,并在这份影像编织的现实图景中确认台北自己的身份。

出于杨德昌个人的中产阶级身份考虑,此种美学抉择无疑是一种对温文尔雅、莺歌燕舞的文化格局的突围——揭示出政治剧烈变革、社会紊乱非常时期的失序与脱轨,经济飞速发展、生活平静祥和表面下的伤痛。《海滩的一天》中,不断寻求自我价值的都市女人,得到的只是一次又一次的失落与冷漠,以及道德上的自责。《青梅竹马》里,人们前行的步伐已跟不上都市的现代化速度,人际关系的变化产生的斥力让"青梅竹马"的恋人渐行渐远,传统的价值观被弃如敝屣。

《恐怖分子》让埋伏在安宁美满底部的伦理危机鲜血淋漓地呈示出来,从而成为萨特(Jean Paul Sartre)"他人即地狱"这句名言得到触目惊心的例证。家庭危机和事业危机让一个一贯以软弱忍让为宗旨的医生李立中焦头烂额,而后我们忽然发现他也并非全然无辜——为了自己职位的提升,他陷害了自己的好友同事;他的作家妻子周郁芳明目张胆的背叛,更多的也要归咎于他平日里对她敏感心灵的忽视和冷漠。处心积虑、精打细算的市民生活脆弱性如此显豁地表现出来:仅仅因为一个不良少女的无聊电话,就轰然崩坍。因为出卖朋友并没有带来预想的上司的赏识,软弱无能的李立中只能以决绝的暴力方式展开报复,杀死上司和情敌。不过,这只是一个都市噩梦,李立中的真相是绝望自杀。这种敏锐的都市感性直到二十年后才被大陆作家所捕捉。导演设计开放式的结尾无疑是要打破大众的观赏惯性:以为可以快意恩仇、善恶有报,其实那都是自我安慰的幻象,真相是无可逃离的压抑。一切都在沦陷,在异化的都市环境中,人人都有可能在瞬间变成恐怖分子。透过这些角色的互动关系,恐怖就成为高度疏离的人际关系编织而成的大网,现代都市人的生活和欲望被这一张大网所严密笼罩,无路可逃。

《独立时代》的开头字幕上引用了《论语·子路》中的一段话:"既庶矣,又何加焉?曰:富之。曰:既富矣,又何加焉?"这就是杨德昌所要剖析的问题。台北这座极度膨胀的大都会并没有随着物质财富的增加而成为一片乐土,《独立时代》中呈现了一个分崩离析的景象,自由民主等现代西方观念和传统的儒家文化奇异地纠合在一起,莫衷一是,反而成为一个现代的精神荒原。玩弄女性的导演小波、靠未婚夫的资金开公司的富家女 Melly、温柔善良的职场乖乖女琪琪、本分正直的公务员小明、上下其手的卑鄙律师 Larry、头脑简单的富家公子 King、婚姻已经名存实亡却天天在电视上做美满状的主持人姐姐、写了无数畅销书却陷入精神困境的作家姐夫、水性杨花不停寻找靠山的小凤……几乎所有人都被欲望所折磨，他们之间的关系充满误解和欺骗，沟通成为奢望，精神无所附丽，"独立"只成为苍白的口号，而"时代"则是一个空洞的能指。

杨德昌似乎深谙存在主义的真谛，"人除了自己认为的那样以外，什么都不是。这就是存在主义的第一原则"。存在主义的三大命题——"存在先于本质""世界是荒谬的，人生是痛苦的""自由的选择"，①几乎完全体现在他的电影之中。在痛苦社会中，人的一切并非先验注定，而决定于后天环境与主体自身自由的选择和实践。然而，社会当中他人施予的压力，家庭中夫妻制造的阻迫，面对本我释放，自我约束而形成的抑制无所不在。自我生存的现实感

---

① "人除了自己认为的那样以外，什么都不是。这就是存在主义的第一原则。"萨特：《存在主义是一种人道主义》，周煦良译，《萨特哲学论文选》，合肥：安徽文艺出版社，1998年，第112页。另参见该书收录的《决定论与自由》，加缪：《西西弗的神话》，杜小真译，天津：天津人民出版社，2007年。

受在每一个角落、每一种现实面前,都面临着挑战与强迫,过重的压抑使每个人都成了病人,这就是资本主义和精神分裂的根本。

《牯岭街少年杀人事件》中的小四,本来在学校中完全可以成为一个品学兼优的好学生,但是,在 20 世纪 60 年代初期物质匮乏、精神压抑的台湾,从学校、家庭到社会,都未给他提供一个健康成长的环境,他最终成为杀害女友的凶手。受害者小明和杀人者小四以及纨绔子弟小马、人小鬼大的小猫王、个人英雄主义的 Honey……每个人都不得不在病态社会中成为一个个不健康的个体。这些病人在 20 世纪 90 年代成为父亲一代,把他们的病症遗传给了子一代,到《麻将》中,痼疾已经污染、内化到每个人的内在,让人习焉不察了。富豪少爷"红鱼"小小年纪就学会了他号称"台湾第一号大骗子"的父亲的处世秘诀:动脑筋,不动感情。他生存的意义就在于勾结狐朋狗友,通过不断翻新的花招去接连不断地诈骗别人(Jay、爱丽森、马特拉与安琪拉)。台北变革期从现代到后现代的线性发展过程中,无根流散、危机四伏的情状跃然画面之上。

这是一个异化的阴郁画面,杨德昌对中国社会里的人际关系、权力架构、拜金主义,以及虚伪的处世哲学有着敏锐的观察与犀利批判。他的台北是一个都市化、现代化进程中的台北,是充满活力又危机四伏的名利场,来自世界各地的淘金者竞相逐利,有着前所未有的经验和重新搭建的社会关系。作为一个说真话的知识分子,杨德昌显然无法沉溺在惆怅与超脱之中,而只能正视惨淡的人生。

在宏大叙事的欲望之下,台北的文化政治地图得以清晰地铺展开来:传统中国的公务员体制依然顽固地发挥着隐藏的力量,自由经济的浪潮却破坏着既有的伦理和道德,外乡人、本省人、原住民形成了鲜明的社会阶层结构,他们之间有着不可调和的冲突。因而台北形成了杂糅而迷乱的身份认同,隐约可以窥见台湾与大陆之间盘根错节、暧昧纠缠的关系,以及自 1971 年始台湾当局被排除在联合国之外、失去国际正当性的影响。《独立时代》中世家阔少阿 king 频频飞往大陆谈生意,《麻将》中英国人到台北来讨生活,《一一》里的 NJ 没有从日本找到投资,却从大陆找到了资金。台湾就是处于这样一个尴尬的身份,在大陆、跨国资本、中国文化、殖民历史中间穿梭往来。台北的病人们在语言、思维方式、人际模式、情感认同方式、对政权的体验、对历史的回忆上也因此显露斑驳陆离的症状。杨德昌的意义就在于如何在此病相环生中,解剖腠理,把脉问诊。

二、繁复与反讽

中国现当代文化史上有个有趣的现象,就是许多社科人文知识分子早先都有学理工尤其是医科的经验,最著名者莫过于孙中山、鲁迅、郭沫若,大约与中国"不为良相,便为良医"的传统有关。[①] 从某种意义上而言,杨德昌也是这一士/知识分子承传脉络的一员,因其明确具有鲁迅那样"揭出病苦,引起疗救的注意"[②]的"为人生"的创作态度,也就是一般论者所谓的知性风格和现代主义倾向。他的电影显示出来的精密细致、严谨理性,带有工科教育背景的印记,如果用通行的文艺术语大致可以表述为现实主义为表、现代主义为里的美学特色,突出的表现为繁复的人物、结构、线索、场景,以及对秩序、价值观、平衡感乃至自我认同

---

① 这样的名单从中国古代到现代,可以开出很长。国外当然也不乏切·格瓦拉、布尔加科夫、川端康成、渡边淳一等等弃医从政、弃医从文的范例,但是显然没有中国这么人数众多、影响广远,成为一种有意思的文化现象,乃至可以成为一个超越个人性的社会文化学话题。
② 鲁迅:《我怎么做起小说来》,《鲁迅全集》第4卷,北京:人民文学出版社,1981年,第512页。

的反讽。

杨德昌对戏剧结构的判断与编排极具逻辑性与创造性的特色有目共睹,但是他气势恢宏的叙事架构与大陆导演尤其是与他同时期的"第五代"导演热衷的象征式寓言不同,他善于从小人物的现实平凡命运当中抽取映射了深广历史感的惊心动魄的一刻,而一种难以言说的悲悯气质在保持有分寸的距离感的同时,从克制的画面散发出浓郁的无边寒冷与浩瀚温情。这种刻意经营的艺术形式与思想内涵上高度复调的叙事策略,阻抑延宕了观众的审美经验,迫使画面背后的思想跃入观众的接受视域之中。

《牯岭街少年杀人事件》和《麻将》对社会图景的描述,其绵密精细的观察尤令人称道,本省人、外省人、原住民之间达成一个暂时的平衡,社会冲突潜流暗涌,民主社会的结构体系波谲云诡,而人物所持的普通话、闽南语、客家语、英语的并行不悖,则体现出台湾文化强烈的融合并生。《恐怖分子》以一个生活切面的个案,通过三线叙事立体地展示了职业医生、家庭主妇、边缘少年等不同社会层面的交织。《独立时代》更是一部万花筒式的作品,影片罗织了十几位排名不分先后的角色,勾勒了一幅百科全书式庞杂的众生画卷,是一部反映当代台北白领生活的浮世绘:同学、亲戚、朋友、同事、幕僚,官场、情场、生意场,友情、爱情、畸情、奸情,文化产业、演艺圈、政府部门……一个现代社会所涉及的各个层面几乎无一遗漏。

再到集大成的《一一》,少女的情愫、中年的迷茫、老年的失落,婚姻的问题、爱情的虚幻、生活的本相,女性的感伤、男性的彷徨、儿童的求索,社会的批判、人文的观照、哲理的反思等等,以繁复的对话方式交织在一起,共同熔铸成异常丰厚的思想内涵,鸣奏起复调的交响乐章。影片以婚礼开始,以丧礼结束,隐喻了爱与死两个重要的人生哲学主题,通过婚姻、子女、爱情、学校、工作、邻里等日常生活的细枝末节进行串联,使其成为自成一体、结实精巧的影像世界。

如此不避艰难、镂金错彩的全方位社会分析,就如同茅盾描绘19世纪20—30年代摩登上海的《蚀》三部曲、《子夜》等小说。华人导演中有此杂而不乱、零而不散的统筹功力者,除杨德昌外几乎找不到第二位。因为现代都市生活脱离了乡土中国的既有经验,人与人之间的连接方式也产生了转变。这是个充满了熟悉的陌生人的社会,大家彬彬有礼、画地自守,在充满不确定、安全感匮乏的时代空间中,谋求原子化个人的虚幻安慰。因此,我们可以注意到,同学关系、算命、电梯、咖啡馆是杨德昌电影中反复被关注的意象。

杨德昌惯用同学关系作为构建不同人物之间关系的基础。同学之间的深厚关系从台湾经济起飞以前的前城市化时期(《牯岭街少年杀人事件》中由大陆退守台湾的故旧同窗),一直延续到人际关系日益隔膜的都市化时期(《独立时代》《一一》里商业网络中的同学合伙人),成为电影人物存在的基本属性之一。这既表明了杨德昌对穿越时光的情谊的珍重,也在相反的意义上揭示城市社会人际关系的贫乏与脆弱。《麻将》《一一》中生活看似安逸的人们却需要寺庙的和尚、招摇撞骗的小活佛来指点迷津,名利场上尔虞我诈、精明无比的都市人在如履薄冰的生存恐惧中变得盲目而幼稚,看不到贪财敛物的和尚、活佛与他们不过是隔了层纸的一丘之貉。电梯象征着城市文明扩展的同时,也暗示了公共交流空间的退缩,许多场合它俨然成为故事展开的第二空间,琪琪和小明(《独立时代》)、NJ 和前女友阿瑞(《一一》)激烈的情感冲突就是在电梯(口)的逼仄空间里呈现。而咖啡厅是与电梯相对应的意象,是在城市的水泥丛林包围中,为发展较为亲密的人际关系提供可能性的公共空间的象征,比如阿D和云云、NJ和大田的交流。

不过,在焦虑中寻求虚妄的归宿,后来被证明不过是自欺欺人的想象性逃避。杨德昌的影像分析从强烈的自我意识出发,作为一个冷眼旁观者和评议人,凭借理智的视点,于是对熙熙攘攘的世态百相进行揶揄反讽。《海滩的一天》里林佳莉为了避免重蹈哥哥佳森的婚姻覆辙,离家出走,嫁给大学时代认识的程德伟,放弃了自己的工作。然而,德伟日夜忙于工作,留下她独守空房。她在病榻上诉说苦闷,丈夫却无意倾听。富裕的物质享受难以弥补精神上的空虚,华丽的居室也像牢狱,生活不是她原来所想象的那么美好浪漫,她开始怀疑自己的选择,陷入痛苦迷茫中。情节的错谬构设,在体现出物质与精神之间的张力。这部与侯孝贤《风柜来的人》几乎同时诞生的影片,在叙事上也采用了三线交错(现在时空、林佳莉与哥哥前女友谭蔚青对话中的回忆时空、二人回忆时空中的回忆),情节上已经出现了杨德昌的特征:对中产阶级生活的关注。然而,杨德昌叙事所采取的视角和态度却凸显了与同样着力中产阶级家庭事务的李安不同,前者是冷峻的反讽,后者则是温馨的抒情。《恐怖分子》可容纳多种解释的开放式结尾,为这部电影提供了实验性的叙事架构:观众以为李立中在绝望中铤而走险地报复,实际上不过是一种幻觉的正义。双重叙事的转换,暗示了这种恐怖的危机重新被日常生活烦琐麻木的帷幕掩盖起来,既是对日常生活的反讽,也是对庸俗想象的反讽。

存在主义的创始人克尔凯郭尔(Soren Aabye Kierkegaard)认为:"反讽者逃离了同时代的队伍,并与之作对。将来的事物对他来说隐而不现,藏在他的身后,而对于他所严阵以待的现实,他却非摧毁不可,他以锋利的目光逼视着这个现实。……反讽者也是世界发展所要求的牺牲品,这并不是说反讽者在严格意义上总需要成为牺牲品,而是他为世界精神服务而心力交瘁。"[①]杨德昌的反讽正是这种反讽。

中国古代儒家"大传统"的文化思想资源提倡实用理性、天人合一,讲究哀而不伤、怨而不怒,思维方式和行为表

---

① 索伦·奥碧·克尔凯郭尔:《论反讽概念》,汤晨溪译,北京:中国社会科学出版社,2005年,第225页。

达追求和谐圆融,很难形成矛盾、悖论、含混和多元化的思维方式,因而也就缺乏一种产生现代反讽(区别于古典的"主文谲谏")的思想资源与文化背景。作为诗学层面的反讽,是从西方文化移植过来的,对于杨德昌而言,正是如此。杨德昌带有鲁迅式的批判气质,尤其对儒家传统与现代社会的纠葛,抱有一种深沉的思考:既对以"伪装"为代表的"圆通"文化予以嘲讽,又将徘徊于现代与传统之间的彷徨,返归于儒式知识分子的救赎之中。

三、犬儒与君子儒

知识分子可以有不同类别,从时间来说,有终身从事的专职性知识分子,也有偶或不规则地从事的兼职性知识分子。从观念的性格来说,有重规范、指导大众、讲事之"应然"的神圣性知识分子,也有重科技知识、了解自然与物元性质、讲事之"突然"的世俗性知识分子。古代的知识分子多属前者,现代多属后者[①],如同萨义德站在一个独立知识分子的立场斩钉截铁地说:"知识分子没有定则可以知道

---

① 金耀基:《知识分子在社会上的角色》,《知识分子应该干什么》,北京:时事出版社,1999年,第164页。

该说什么或做什么;对于真正世俗的知识分子而言,也没有任何神祇可以崇拜并获得坚定不变的指引。"[1]

杨德昌的独立制片、批判视角、反思意识足以使其成为一个当代真正的世俗知识分子。在他的电影世界中,无根的惶惑、失重的自由、虚无的价值,弥漫于台北这个从20世纪60年代充满白色恐怖混乱,到20世纪90年代"将成为世界上最有钱的城市"(毫无疑问这一点已经被现实证明是一种诞妄的虚幻)的各个空间。道德沦丧、原则消解、是非颠倒、物质至上、物欲横流、欺骗横行,这种世纪末图像映照出杨德昌愤世嫉俗的脸孔。如果仅仅如此,那我们可以说他是个犬儒主义(Cynicism)式的知识分子。

犬儒主义在中文语境中如今已经被扭曲,通常将它理解为讥诮嘲讽、愤世嫉俗、玩世不恭。事实上,和玩世不恭恰恰相反,犬儒的鼻祖第欧根尼(Diogenēs)是一个严肃的社会批评家,立志要揭穿世间的一切伪善,热烈地追求真正的德行,追求从物欲中解放出来的心灵自由。不过犬儒主义终究缺乏一种温暖的爱,杨德昌的中国文化气质弥补了

---

[1] 爱德华·W.萨义德:《知识分子论》,单德兴译,北京:三联书店,2002年,第5页。

这一点——他更多是一种"君子儒"意义上的践行者。《论语·雍也》中孔子告诫子夏说:"女为君子儒,无为小人儒!""小人儒"或者溺情典籍,心忘世道,或者专务章句训诂,而忽于义理考究,均有悖宏大挚真、关注人生的儒学要义;而"君子儒"大约就类同于从中国文化传统中走出来,又吸收了西学营养的现代知识分子。

许纪霖曾经从现代独立人格的层面检视中国古代知识分子的群落,发现主要有三类,即儒生、隐士和狂人,而现代社会结构势必要求知识分子一方面要参与社会角色的分工,专门从事文化价值符号的构造以及技术应用,富于知识的专业精神,另一方面则在立足专业本位的基础上,怀有严肃的社会使命感,关怀全民族和全人类的共同命运——他们必须身兼二任:"文化精英"与"公共良心"。[①] 作为中国现代知识分子的杨德昌,考察其思想与美学谱系,可以发现在他留学期间,德国新电影运动尤其是赫尔佐格(Werner Herzog)的影响,以及工作期间对法国"新浪潮"(巴赞 André Bazin、特吕弗 Francois Truffaut、夏布洛尔 Claude

---

① 许纪霖:《知识分子与独立人格》,《许纪霖自选集》,桂林:广西师范大学出版社,1999年,第320—332页。

Chabrol)和"左岸派"(阿仑·雷乃 Alain Resnais、瓦尔达 Agnès Varda、罗伯·格里耶 Alain Robbe-Grillet)的继承[①],并且信奉布莱希特(Bertolt Brecht)"间离效应"的戏剧美学原理。杨氏电影中,坚持客观、冷静的影像呈现方式,偏重理性剖析,充满犀利的批判意识,展现出思辨与哲理的锋芒。

曾有人将杨德昌电影的美学特征归结为宏大的构架、知性的镜语、独立制片的品格、批判现实主义的精神、精湛的艺术技巧[②],去除普遍套用的后两者之外,概括得是颇为精准的。为了克服固定机位拍摄所导致的局限性,他较多地借用了戏剧式的运用空间和调度演员的方式。在景别的选择上,极少运用特写,而偏爱远景、全景和中景,不仅使摄影机与被拍摄的人和物之间显示出一定的距离感,而且使观众在欣赏电影时能与银幕上的虚拟时空保持一定的距离,以免诱导理智被情感所淹没。常常在电影中出现的字幕插卡,也起到了提示性的间离效果。在镜头角度的选择

[①] 有关法国"新浪潮"、"左岸派"电影以及德国新电影运动可以参见刘立滨编:《外国电影史》第五章《电影中的"新浪潮"》中的介绍。刘立滨:《外国电影史》,北京:中国电影出版社,2004年。

[②] 孙慰川:《论杨德昌的诚意电影及其美学特征》,《南京师大学报》2004年第3期,第142—144页。

上,多采用平视镜头,以体现公正和客观。在故事情节的设计上,偏爱"生活流"的形态,所以常淡化高潮,甚至根本就没有戏剧化的高潮。在人物安排上,多为群像式,或者不设置中心人物,或者虽有中心人物,但并不人为地去突出。在演员的表演上,也摈弃戏剧化的模式,去除泛滥的煽情,而走日常的路线。这些特征,当代中国"第六代"导演中以贾樟柯最为形似,然而后者却缺乏杨德昌的大气结构与组织能力。

不过,如果杨德昌停留在这样的层面,那他不过是西方话语的呼应者。他在另一方面所显示的中国传统文化精神,则使之从犬儒主义式的孤立和存在主义式的冷酷,进入一种中国君子儒式知识分子的关怀。

杨德昌进入影像事业的时代背景,正是在台湾作为亚洲四小龙之一经济飞速突进、东亚价值观和新儒学复兴的时候。萌发于20世纪初的当代新儒学,在20世纪30年代发展奠基为一个思想派别。20世纪80年代正是新儒学赓续流变的第三代活跃于台湾、香港、新加坡、欧美及中国台湾、香港等地之时。杜维明描述彼时"从大趋向来看,正因为儒家传统在东亚的表现比较现实,和现代企业、现实政治都有很实际的联系,它的理想性,即在塑造理想人格方面的动源就很可能得不到充分的展示"①。杨德昌面临的台湾思想现实正是如此,而他的电影作为时代文化思潮的一种反响和组成部分,投射了新儒学探索的痕迹。

从犬儒式的冷诮到君子儒式的热议,杨德昌对社会民众生活的姿态实际上经历了一个从俯身鸟瞰,到远观瞭望,再到投入细察的过程。早期的影片尚有一种透彻的绝望,比如反复出现的死亡主题和暴力情节,冷静而压抑。这种猝然死亡与杀戮,与挟带视觉冲击的自恋和喋血的"暴力美学"式的商业暴力奇观截然不同。暴力并没有被制造为宣泄的快感,而是被一种浓厚的压抑氛围所笼罩。最典型的是《牯岭街少年杀人事件》,几乎所有的暴力场景都置身于半透明的夜间镜头,这既隐喻了青春暴力的阴郁、晦暗、沉重的生命底色,也由此积聚了智者的反思力量。如果对比于《阳光灿烂的日子》(姜文导演)等类似的"青春残酷物语"叙事中以酣畅淋漓的宣泄、放纵的方式得以呈现的暴力,杨德昌的反思视角更加明显。这种反思并非切己的,而

---

① 杜维明:《一阳来复》,陈引驰编,上海:上海文艺出版社,1998年,第21页。

是带有遥远、追忆和置身事外的性质。

然而,儒式知识分子不唯有批判的义务,也是要入世和实践的。《独立时代》英文名直接就叫"A Confucian Confusion"——儒者的困惑。在既庶且富之后的问题就是"教之",要教育和涵化。因为庶民的富裕从来就不是一切训令的终极目标,传统儒学从道德出发,用同流、服从、纪律、个人对群体的牺牲以保障社会的和谐秩序及团体的安全诉求,包装中央权力核心的合法性。这一切却被现代极端个人主义所摧毁,国家权威消退,个人精神抬头,人情日渐冷漠,唯利是图充斥于市。尽管市场化社会为民主政治打开了窗口,但是冷漠对人们心灵的伤害无法避免。杨德昌的目光在经过重重迷惘与失望之后,重新转向传统文化中寻求支撑的基点,通过写《儒者的困惑》的作家最后感悟得出的安慰是,独善其身,真诚勇敢。

作为杨德昌"生命的诗篇"的作品,《一一》是灿烂归于平淡的回归之作。电影集中在一个中产阶级家庭的故事上,这是中国文化传统结构中家国一体的外显。家庭作为社会的单元,本身也是立体的,按照费孝通的考察,中国社会是"差序格局",人们以家庭为基点向外辐射,社会关系如同丢在水面上发生的一圈圈外推出去的波纹[①]，而作为社会基元的家庭就涵括了社会的各个方面。《一一》中的人物包括刚刚开始面对人世的还没有名字的孩子，早慧到可以充当导演代言人的八岁的简洋洋，经历着爱情与背叛的青春期的简婷婷，人到中年婚姻面临危机的NJ，以昏迷来避世最终离开人世的婆婆；场所包含家庭、小区、办公室、酒吧、歌厅、灵堂、异国；事件涵括少女心事、童年困惑、事业危机、家庭纠纷，对宗教的慨叹、时事的讽刺。情感、事业、家庭、空间、时间、生老病死，但凡一个普通市民所可能的生存困境、生活阅历、哲理思考、人生沧桑无不囊括其中。以中西思维模式结合的美学为底，杨德昌的电影大多呈现出完整的格局，与表现人性异化的西方电影大师相比，后者往往更多消解故事的戏剧性，采用开放式；杨德昌则又带有中国影戏观的潜在滋养，强调艺术的终极目标是教化功能，而不仅仅是认识、娱乐或批判，这种"载道""明道"的良苦用心与中国传统知识分子经世致用观一脉相承。不过经历了一个突围与回归的否定之否定之后，愈加显示了一个世俗

[①] 费孝通：《乡土中国　生育制度》，北京：北京大学出版社，1998年，第24—30页。

知识分子的当代道义担当。

几乎所有的观察家都发现,知识分子总是让平庸大众迷惑不解、心神不安,甚至触动他们的不快。但是没有知识分子的社会是无法想象的,在他们的远亲——脑力技术人员和专家——抢占知识分子现有位置的情形下,现代文化很可能会因僵化而消亡。刘易斯·科塞(Lewis Coser)因此断言:"没有知识分子对永恒的往昔形成的陈规陋习和传统发起挑战——甚至当他们维护标准和表达新的要求时——我们的文化不久就会成为一种死文化。"[①]始作俑者,其无后乎?从这个意义上来说,杨德昌也许可以算是现代中国公共知识分子谱系在世纪之交的重要一环,是一尾沙丁鱼群中的鲇鱼,一条笞打庸堕社会的鞭子,一只刺激颓靡文化的牛虻。

[①] 刘易斯·科塞:《理念人:一项社会学的考察》,北京:中央编译出版社,2001年,第5页。

蔡明亮的身体测绘:爱欲及其限度

有一类艺术品作者,他们似乎无视大多数公众的欣赏取向,而更倾向于表达私密的内心,或者着力于探索作品所可能达到的对既有存在形式的突破,这样就产生如下的可能:他无意中冒犯了公众的趣味,可能并非有意挑战或激怒公众,却让大多数受众搅扰不堪,甚至心存疑惑。但他并没有因此刻意走上迎合的道路,反倒显示出一种执拗的气质。

蔡明亮无疑就是这样一个人物。他电影中顽固不化的长镜头、歇斯底里的欲望与身体、缓慢静默的场景调度,足以让大多数观众心生乏味,望而却步。然而,他却用自己的坚持宣称电影作为一种艺术并不必然要走向商品化的道路。这种我行我素的坚持,给他带来了毁誉参半的评价,同时也赢得了独特的生存空间。

在20世纪90年代台湾电影举步维艰的生存困境中，蔡明亮以其独特的影像进入欧洲艺术电影的心脏，并以此获得近乎奇迹的自我再生机会，撇开台湾新闻局的"辅导金"政策这种表面因素之外，不能不说与其电影文本自身的素质有关。我这里所说的"素质"显然不是就场景、画面、音像效果而言——在他的大多数电影中，这方面的"素质"甚至称得上粗劣——而是就其在电影艺术的技术革新、表达方式和若隐若现的文化观念上的突破。好的艺术品总是这样，它们从现状中生产出来，同时本身就有生产性，或多或少会促使这门艺术本身乃至整体意义上的文化观念的更新，尽管我们在起初很难意识到这一点，就像很多人会认为蔡明亮的电影晦涩、含混，无法置词，难以论断。

除去早年舞台剧以及电视台的工作经验——后来这些工作经历当然或多或少地对他的影音作品产生了影响——蔡明亮目前已经有十几部电影问世（本文不涉及2009年之后的一系列以短片为主的作品），分别是《青少年哪吒》(*Rebels of the Neon God*, 1993)、《爱情万岁》(*Vive L'Amour*, 1995)、《河流》(*The River*, 1997)、《洞》(*The Hole*, 1998)、*Fish, Underground*(2001)、《你那边几点》(*7 to 400 Blows*,

2001)、《天桥不见了》(*The Skywalk is Gone*, 2002)、《不散》(*Good Bye, Dragon Inn*, 2003)、《天边一朵云》(*Wayward Wind*, 2005)、《黑眼圈》(*I don't want to sleep alone*, 2006)、《脸》(*le visage*, 2009)。这些电影的高度风格化和前卫性表述,使之成为华语电影无法回避的一个现象,诸如水的意象、关于孤独的叙事、对氛围和画面的精雕细琢、长镜头以及夸张刻意的自然主义,几乎成为一种标志性的文化符号,而它们令大众生感头痛、让学院派或者 cult 爱好者津津乐道的地方也正在于此,微电影《行者》(2012)更是引起几乎两极分化的争议。

不过,影音风格的鲜明印记在另一方面却有可能成为某种伤害自身的标签,我不打算从固定下来的蔡明亮形象入手——它被塑造成是非理性的、欲望叙事的、同性倾向的、繁复隐喻的——而准备从身体的角度切入,以蔡明亮本人善用的象征和隐喻来探究这样似乎缺少公共兴味的电影究竟前卫在何处、探索于何方,于我们的文化生态中又有何等意义,这些问题恰恰是我本人在最初的观影经验中常常萦绕于心头难以遽去的。

尼采曾言:"肉体是一个大的理性,是具有一个意义的多元,一个战争和一个和平,一群家畜和一个牧人""感觉和精神乃工具和玩具:在它们背后仍有其自己。这个自己也用感觉之眼探视,也以精神之耳倾听。"[①]钱春绮解释此处的"自己"(das Selbst),乃肉体和精神、本能和理智合为一体、进行各种活动、无意识地综合的活生生的自我。尼采认为这是一切生存意志的根源,而强调其现实性和世间性。那么,我们就从眼和耳开始这番身体之旅。

一、目光

关于蔡明亮的电影,常见的评价是它表达了后现代的状态:现代都市中异化的情感,难以沟通的人际关系,被挤压的肉身和精神官能症的主体,空虚、无聊、寂寞、滑稽、残酷、荒谬……的确如此,他的长镜头和慢节奏营构出被称为"观察现实主义"(Observing Realism)的风格,它那带有自然主义的色彩,却是一种超真实。在巴赞(André Bazin)那里,长镜头的连续性保持了时间的完整性,深焦的层深则保留了空间的完整性,因而它们可以形成一种"完整电影"的

[①] 尼采:《查拉图斯特拉如是说》,北京:北京三联书店,2007年,第31、32页。

"总体现实主义"和"革命人道主义"。① 不过蔡明亮的电影走得更远,他的长镜头过长,构图层次又太分明,时空感都被强制性地铭写,这种压倒性的真实,反倒形成了一种陌生化的效果。巴赞的现实主义声称把握了真实(truth),而蔡明亮的写实主义则是在表演一种实在(real)。把写实主义的模式转为有意识的自我表演,蔡明亮使电影的古老技巧有了创造性的运用。

这种转化带来了观影者与影像之间关系和感知模式的变化。从福柯富于洞察力的观测到近代以来视觉所具有的统治、控制、权力表达之后,边沁(Jeremy Bentham)式的圆形监狱上的眼睛成了一个带有普遍意义的社会隐喻。作为启蒙之后带有普遍色彩的权力运作形态,女性主义者借此也发现"看"与"被看"的视觉关系中存在着性别不平等。观看者处于主动的优越地位,而被观者则是沉默的对象。两者不是互为主体,一方借助"看"的优势,可以在视觉上进而在意识形态层面操纵和控制对方。在以好莱坞为代表

---

① 安德烈·巴赞:《电影是什么?》,北京:中国电影出版社,1987年;罗慧生:《"总体现实主义"剖析——关于巴赞的电影美学思想》,《文艺研究》1984年第1期。

的主流电影叙事中,尤其是在色情宣泄和暴力张扬中,女性身体习以为常地作为被看的对象,是被展示、窥视、侮辱、狎玩、伤害的消费客体。当然,这可能是女性主义的片面之词,因为事实上目光的凝视(gaze)暴力无处不在,并不限于女体。蔡明亮的镜头正是指示了这一点:他的摄像机并不仅面对女体,而面对的是人体。从属的位置才是目光施加权力的根本性决定因素,而这种观看者的目光又是相互转化、可替代、流动的。

蔡明亮最为显豁的影画风格和场景调度犹在单景长镜头上,其中时间被有意悬置延宕,形成一种无时间的空间。这个空间就如同一幅由透视法做成的静物画——先固定眼睛的位置,然后由这个位置去视看物体,忠实地描绘其影像。透视法的专断来自眼睛/摄像机位置的固定,而观影者面对着电影荧幕,其目光也是专注而固定的。当双重专断交汇时,通常会产生"现实主义"的深度认知,而蔡明亮的电影恰恰是通过延缓和放大这种深度认知,使之夸张失真,带来观影者的目光变化,而强行使目光发生位移,由此让观者位置与观者身份产生扭转。在观看框架与观看位置的移形换位之间,指向象征和换喻。

第一层面,简而言之,不光摄影机在观察,片中人物本身也在:1.自我观察,比如常常出现的男女角色的照镜子;2.互相观察,《爱情万岁》里湘荣和美美在路边摊的彼此勾搭、《河流》里苗天和湘荣在百货大楼的伺机对视、《不散》中影院放映间后面走道之间日本游客与湘荣的互相窥视;3.偷窥,《天边一朵云》中湘琪无意中看到的小康为主角的色情录像、《洞》里小康和杨贵媚之间通过地板上的洞彼此之间的窥探。第二层面,观者被强行进行目光的定位,当银幕上小康在洗手间手淫(《爱情万岁》)、小康和父亲在"三温暖"(即Sauna,桑拿室)里猥玩(《河流》)、湘琪在洗手间里呕吐腹泻(《你那边几点》)等这些私密乃至禁忌的场景出现时,观影者不自觉地就扮演了与窥阴癖同样的角色。第三层面,片中人的自我观察、互相扫视、偷窥他人,在拖延、放慢和夸大之中,又激发起观众的自我反观,观者与被看的主体发生逆转。

在这种操控之中,屏幕的景框转换成镜头所在的门、窗、楼梯间、交叉路口,成了偷窥与暴露的隐喻。看的行为中隐含着复杂的意识形态内涵,它决定着主体看什么和怎样看,从而形成主体普遍性的理解方式。蔡明亮的前卫之处正在于逆转了单向的观看/凝视方式,使之成为交互性质的相互活动,冗长、缓慢、沉闷的镜头构成了对惯性观影经验的革命,进一步而言,对日常经验也产生了足够的间离效果。如同荒木经惟(Araki Nobuyoshi,1940—)摄影式的残酷、悲凉、色情、怪异的画面,只是进一步加强了这种效果。

"观看电影"这一行为,不仅强调了媒体形象在形成我们关于世界的经验与认知上扮演重要的角色,同样也在建构/解构个人与社会的关系与身份。蔡明亮的视觉政治革新了陈词滥调的程式化奇观与愉悦眼球技术[1],表演性写实主义也连接观影者与影片客体,将原本把二者分开的界线扭曲破解。我们观看电影,同时也被电影观看,这是第一步的刷新,瓦解了刻板程式,而开启电影形式可能性的空间。这种可能性也许不具有普适性,却可以为商业制作提供汲取灵感和改造形式的源泉。

二、听觉

与眼睛所具有的权力意志相比,耳朵则是协调与平等

---

[1] 比如黄嘉谟著名的"电影是给眼睛吃的冰激凌,是给心灵坐的沙发椅"论,见《硬性电影与软性电影》,《现代电影》1933年第6期。

的隐喻,美杜莎的目光是致命的凝视,俄耳甫斯(Orpheus)的琴声则让守护金羊毛的巨龙驯服,让阴沉的地府为之光芒乍现,而在拯救欧律狄克(euridice)这个故事的结尾,终究因为俄耳甫斯回头的一望,一切烟消云散。这些神话原型一再暗示的似乎是:视觉是理性、独断专行、驭控权力的,而听觉则是情感的、磋商的,带有迷狂色彩的。

蔡明亮的电影由于缺乏叙述,而将观影者的目光集中到对演员日常行为的表演之上,身体就凸显为影片的叙事核心。语言断裂与叙事低限,使得画面和镜头突出地呈现在观影者的最初感受中,但是声音无疑有着同样重要的功能。在长久的静默与偶然的声响中,无声之处即便不是惊雷,也有着潜在的、不动声色的力量。沉默成为大多数蔡明亮电影中人物的性格特征,这种对语言交流的不信任,促使角色和观众都不得不着眼于行动、身体和观念的沟通。

《黑眼圈》的开头是大段的广播歌曲以及自然声,与一般画外音不同的是,这里的声音充当了叙事,耳朵对无意义音响的接纳,甚至比指涉性台词的接受更多。台词被弱化到极致,这恰合日常的状态。蔡明亮敏锐的地方正在于此:一、现实中确是如此,没有谁整天像常见的电影角色那样说那么多话,更多的是心照不宣和懒于表达;二、体势语和布景、环境同样也在言说,比如《爱情万岁》结尾时杨贵媚的哭声、《河流》里滴滴答答的雨和漏水声,它们的言说较之于人物的话语并不是从属的,而是平等的、交流的。

从《洞》开始,蔡明亮就开始不停地运用20世纪50—70年代的流行歌曲作为电影插曲,《洞》至少用了葛兰的五首歌:《我爱卡利苏》《胭脂虎》《我要你的爱》《打喷嚏》《不管你是谁》,结尾时候的字幕说道:"两千年来了,还有葛兰的歌声陪伴我们。"20世纪60年代的流行音乐放到现在,丝毫没有产生王家卫电影中那种"怀旧感",反倒产生了一种荒诞、凄凉、滑稽又恐惧的混合性体验效果。这是反怀旧的怀旧,开启了之后蔡明亮将歌舞音乐剧融入电影的类型融合的尝试。类型糅合带来的互文性,动摇了原来文本惯性的、自然的、给定的意义,同时也变换了美学位置,给原本各自的类型都带来新的阐释空间。

最典型的是《天边一朵云》中的试验:音乐剧、歌舞剧、色情片被整合在一起,打破了类型惯例,在文本自我指涉中又指向他方。影片开头部分,小康用手指亵渎作为女性象征的西瓜及AV女优虚张声势的呻吟,戏拟了常规色情片惯有的欲望表达方式。而歌舞剧这种形式规范和限制很强的类型,与所表达的色情内容的放荡之间恰恰构成了张力。当洪钟的《半个月亮》伴随着小康幻想式的蜥蜴(龙? 鳄鱼?)造型响起时,经典的抒情音乐,以及它所传递的形式和语境之间构成了微妙的关系,暗示了小康压抑的、可能是迷惑的性别身份。陆奕静的蜘蛛女伴随着的是葛兰的《同情心》,表面上乏味平庸的抒情歌曲,通过歌曲本身与影片场景的肮脏、杂乱、陈旧的对比,被转变成夸张、怪异和扰乱源文本规范化表意模式的表述。联系文化语境来看,蜥蜴(龙? 鳄鱼?)和蜘蛛女所具有的同性恋意味,蔡明亮对性、性别、性取向问题念兹在兹的思考不经意间放射出来。[1]

对湘琪和小康的感情点题的歌曲,则是姚莉中规中矩的情歌《爱的开始》。洪钟《奇妙的约会》、张露《静心等》在

---

[1] 李微安曾引述弗兰·马丁对邱妙津的研究指出鳄鱼所具有的同性恋象征意味。See Lee, V. (2007), 'Pornography, musical, drag, and the art film: performing ´queer´ in Tsai Ming-liang's The Wayward Cloud', *Journal of Chinese Cinemas* 1: 2, pp. 117—137, and Martin, Fran (2003), *Situating Sexualities: Queer Representations in Taiwanese Fiction, Film and Public Culture*, Hong Kong: University of Hong Kong Press. 曼纽尔·普格(Manuel Puig, 1932—1990)的《蜘蛛女之吻》(*El beso de la mujer araña/Kiss of the Spider Woman*, 1976)实际上也树立了蜘蛛女的同性恋所指。

中间与影片主导叙事穿插互补,到白光《天边一朵云》收尾,隐约透露出怀旧的意味。齐泽克(Slavoj Zizek)说怀旧是色情的相反一极①,确实,就如同歌舞剧的限制与色情片的淫逸相互对抗一样,在《不散》的结尾姚莉唱的1942年的老歌《留恋》,《天桥不见了》结尾崔萍唱的1958年的老歌《南屏晚钟》,似乎唤起的就是这样的悖反情绪。但是,因为怀旧的渴望与拖延的时间之间互为牵扯,就呈现出一副后结构主义延宕的面孔。

总体而言,台湾文化怀旧代表性地集中关注地方历史的殖民创伤,以及反抗所谓"中原文化中心主义"和体制化的历史记忆,就电影而言侯孝贤的《悲情城市》《好男好女》《戏梦人生》可以说是代表。这种怀旧自然有质疑当下的中国文化在好莱坞模式下商品化的意味,以诉说当下的地方现实,挑战"去历史化"的发展和"去地域化"的空间拜物教为特征的全球化和跨国想象的霸权。

蔡明亮作为台湾文化语境中的一分子,其怀旧无疑也

---

① Zizek, S. "Pornography, Nostalgia, Montage: A Triad of the Gaze, The Perverse Short Circuit, Sadist as Object", *Looking Awry: An Introduction to Jacques Lacan through Popular Culture*, Cambridge, MA: The MIT Press. 1991。

有去地方化的解毒剂功能,但同时他也是非自然的,既极端个人化又非常国际化。怀旧在以怀旧为主题的《不散》中被错置和拖延了,通过过气演员苗天和石隽从福和影院看完自己年轻时代主演的电影,出来说的一句话,怀旧就被跨越过去,指向的还是个体的切实肉身。联系到蔡明亮作为马来西亚华裔漂泊在台湾的经历,我们似乎有理由认为宏大叙事从来都被他悬置了,私密性的经验和体会才是肉身真切的关注。

较之于在《黑眼圈》里植入的李香兰的《恨不相逢未嫁时》、陈素瑄翻唱的《心曲》,影片里那两个不知名的孟加拉流浪歌手在路边的卖唱,以及跨国劳工坐在地上听他们母语歌谣的场景,才是让人惊喜的地方。日常与通常在这里体现了它们的分途:歌手吟唱的是锅里美味的炒米,姑娘们在阳光下晒面粉,小鸟啄着她的鼻子,茉莉花以及从心中发出的音乐,在黑夜中等待爱人的女孩;而作为政治丑闻隐喻的床垫最终承载着流浪汉、工人和女孩三个人,在后工业的污水池中如同莲花一样得到升华——这是一个波德莱尔式的飘飞远举,沉重的肉身借相互偎依的温情一念,没有沉沦于黑暗的深渊之中。

三、体液与疾病

镜头、焦点、节奏、台词乃至结构,所有的一切,都把观影者的注意力集中到演员肢体表演的细节上,肉身被凸显。18世纪以来的许多社会理论都是以精神与物质、灵魂与身体、理性与激情之间的二分法为前提,这已经成为一种主导性话语,但是蔡明亮并没有采纳这种二元对立式的结构框架,当然他也没有反对这种既有的逻辑模式,而是将其搁置。他的身体叙事以体液和疾病作为核心意象,并不是要表明某种肉身与心灵的辩证法,而是考量一种卑贱者的权力,爱作为卑贱者的宗教这一理念贯穿在他的电影之中。

蔡明亮在他的电影中着意用水与体液的隐喻和象征挑战性别禁忌:《爱情万岁》中的淋浴场景,《河流》里的同性恋浴室,《天边一朵云》里的西瓜汁和射精,《不散》里的雨和漏水的屋顶,以及《黑眼圈》中烂尾楼里无底黑洞一般的水坑。雨水、下水道、河流、抽水马桶……从《青少年哪吒》时起,就充斥在蔡明亮的电影中。他不厌其烦地征用各种可能的水的意象和隐喻,甚至从主题上来说他的影片也基本延续着同样的主题,显示出一种德勒兹(Gilles Deleuze)

式的重复与差异的联系:用重复替代统一/同一/一致,保留了多样性共存的可能。差异是一切事物的自身特征,差异与重复实际上是非同一的异质合构。重复的差异没有使差异本身变为同一性,恰恰使差异生成并生成无穷[1]。我这里是从本体的意义上来说差异,即某种酷儿性质的、边缘的、曾经隐藏不现的文化分子。

在当代的大众文化表述中,人的身体降低为一个基本的生物有机体,身体成为快感和欲望的载体。"在广告和消费文化中,某些可进行反复无穷地修改、组合的主题不断重现,比如:青春、美貌、活力、健康、运动、自由、浪漫、异域风情、奢华、快乐、趣味。然而,不论种种意象允诺什么,消费文化要求身在其中的接收者能够清醒、活力四射、精明冷静、以最佳状态去生活——生活不给那些根深蒂固的、习以为常的或单调乏味的一切留有一席之地"[2]。蔡明亮对之的反动,就是用演员苗天、陆奕静那衰老的、丑陋的、从消费角度看不达标的躯体,小康那慵懒的、疲乏的身体,杨贵媚、

---

[1] See Gilles Deleuze, *Difference and Repetition*, Translated by Paul Patton, New York: Columbia University Press, 1994, pp19—27.

[2] 迈克·费瑟斯通:《消费文化中的身体》,汪民安编:《后身体:文化、权力和生命政治学》,长春:吉林人民出版社,2003年,第328页。

陈湘琪的渴望又无法得到满足的饥渴的身体,来完成欲望的被困和挣扎的痕迹。

德勒兹强调欲望是一种生产,现实是欲望生产的最终产品,因为欲望是奔放不羁的,它诉诸身体,身体则为欲望寻找解脱、突破禁闭。这个身体是一个无器官的、反结构的、非有机化和解域化的身体。在这个意义上说,所有蔡明亮电影中的水意象,都可以说是体液本身的放大,而整个舞台、处所、空间都是身体的异形同构。在这样的身体中,"渗漏"的动作一以贯之。关不紧的水龙头、漏水的马桶、楼板上的洞……而排泄和射精则可以看作身体的渗漏。当私人生活的幻想和私密性都完全被工业生产所介入和割裂时,身体就被物质化了。就像《天边一朵云》中小康的身体成为色情工业的工具,潮湿滂沱转为干旱枯竭,人们即便完全麻木不仁,也会在无精打采中被消耗。这样的身体丧失了活力,产生病变,唯有使得欲望得以声张、身体得到释放,才可能获得解救。

《河流》中小康莫名其妙地得了歪脖子病,直到在水汽氤氲的桑拿房中与父亲通过触目惊心的乱伦才得以纾解。《洞》里的"台湾热"病毒,患者会像蟑螂一样爬行在下水道中,借着人的昆虫化行径,身体在莫名的灾难、焦虑、恐惧中,发生了卡夫卡式的蜕变。《黑眼圈》里李康生一人扮演的两个角色——病汉和流浪者就是互为对照的一体:前者因为没有母亲、护工的真正关切,只能困在床上;而后者因为集合了所有人的恋慕,最终与爱慕者一起得到了救赎。《天边一朵云》中,湘琪的钥匙被压路机挤压在柏油路的中间,小康将它撬出来,平滑严整的马路上留下了一个不规则的、丑陋的小孔,而汩汩的清泉从那里冒了出来。这就是遭规训的欲望对格式化、合理性的抗争。

生理过程一般被看作非理性激情的源泉,在弗洛伊德或者涂尔干(Emile Durkheim)那里,社会的发展是以压抑性欲为代价的,如果不经过理性与信仰(科学与宗教)的洗礼的话,身体可能是粗糙、不纯粹甚至是肮脏的。这里显示出一种净化与污秽之间的现代性辩证法,现代性是排斥污秽、杂乱和肮脏,追求的是清洁、整齐和净化,前者是低级、劣等和卑贱的。然而,身体的救赎只能通过身体本身来进行,而不是从身体里分解出来的心灵或者精神——它们本来就是一体的。如同梅洛-庞蒂(Merleau-Ponty)所说:"我们试图拥有的不仅仅是一个身体,而是有着意识的带来生命感的身体……身体既是他者的客体也是我本人的主体。"[1]人既是身体,同时又拥有身体,这是一个被体验的身体。

所以"排泄"在蔡明亮的电影中具有非常重要的象征意味,尿、屎、汗水、精液都是液态化了的排泄物,它们是卑贱的。卑贱是肮脏、禁忌、无秩序,是不能适应社会肌体的结构,也无法化简为主客或者内外的位置。"卑贱物赖以生存的那个人是个被抛弃者,他(自我)置放,(自我)分离,(自我)定位,因此说他在流浪。他不去自我认识,不去希望、不去寻找归属或拒绝。""自我的卑贱将是主体这一经验的最高形式,主体并且看到,它的所有客体就建立在初始的毁灭上,而这个毁灭开创了自我本身的存在。没有任何东西比自我的卑贱更清楚地表明,任何卑贱实际上是对缺乏的承认,而缺乏是一切生灵、意义、言语活动和欲望的缔造者"[2]。正因为匮乏,身体对自己进行了改造:通过浴室、厕所、做爱的活动,我们看到了一个净化的认识论:那些地

---

[1] Maurice Merleau-Ponty, *Phenomenology of Perception*, Translated by C. Smith, New York: The Humanities Press, 1962, p167。

[2] Julia Kristeva, *Powers of Horror: An Essay on Abjection*, trans. L. Roudiez, New York: Columbia University Press, 1982, p5。

方是限制性地带,在那里身体内部的糟粕被抛弃和否认。匮乏的否定之否定,于是获得了新的充盈。

概而言之,并不存在心灵的迷失或禁锢之类,而是心灵、感情、理性、精神原本就属于身体的有机不可分割的一部分。身体的突破本身就带来了心灵、感情、理性、精神的升华。

四、性别与剧场化

蔡明亮的影像呈现了各种违反常规惯俗甚至构成禁忌的非主流性别故事,自渎、性冷淡、中老年人的性生活、乱伦、窥阴癖、异装癖、男/女同性恋,后面几种尤其具有强烈的性别淆乱意味。按照朱迪斯·巴特勒的理论,性别是操演出来的,与性吻合的性别是循规蹈矩的操演,错位于性的性别(以及和欲望相关的性相)是离经叛道或者说是更有创意的操演,之所以后者被认为是伤风败俗或者不正确,不过是某种权力机制在背后的运作。男女同性恋、异装癖或者"坎普",可能都是通过表演性的实践与策略,来达到一种身份的建立。性别只是操演和表象,没有什么原点和实质,不过是一种重复的实践,通过这种反复的实践,某种表象被沉淀和凝固,构成了某个性别的认同,只不过强弱有别,从而造成压抑与被压抑的性别格局。在性别反复表演的间隙,身体有着冲破文化建构的可能性,而性别的建构永远是处于动态的开放过程中,有改变的可能性,这就摧毁了"阳具-逻各斯中心主义"对身体性别的一切设定,身体、身体体验及性别也随之成为不确定的、多义的,身体及性别多元化的空间随之打开。巴特勒讨论异装癖就是用高度夸张的表演形式,吸引性别预期的注意力,同时开创了产生新角色可能性的暧昧空间。[1]

如上所述,身体是混沌的,理智与情感的分离被蔡明亮悬搁起来。这提醒我们意识到,性属问题可能没有那么重要,重要的是肉体本身的实在和快感的强度,也即身体实践比身体认同更为切己。蔡明亮集中于性的行为而不是性的身份,前者是现实的实践,后者则是固定的教条,已经被证明不过是被特定社会文化语境所界定和固化的。性别是生成的(Becoming),而不是原先就存在的(being),这种操演

---

[1] Butler, Judith, *Body That Matters: On the Discursive Limits of "Sex"*, New York and London: Routledge. 1993. Butler, Judith, *Gender Trouble: Feminism and the Subversion of Identity*, New York and London: Routledge, 1999, pp. 174—180.

性与蔡氏电影在形式上的刻意求新相辅相成,尤其是在剧场式的场景中。

有论者注意到蔡明亮的戏剧背景,比如他对布莱希特的间离美学很感兴趣,而他对剧中人物的处理,则透露着荒谬剧场(absurd theater)的喜感,在琐碎无聊的重复中呈现恶趣味。还有他受到葛罗托斯基(Grotowsky)环境剧场的影响,这种剧场可视为对身体机制的验证(test)机制,因而是身体本位的,并非理智本位的,以及梅耶荷德(Meyerhold)的生物机械学训练(biomechanical training)的影子——身体要有机械般的效率,要接受芭蕾、体操、马戏等技术训练。[1]

1982年,蔡明亮与几位同学创立小坞剧场,开始编导第一部舞台剧《快餐酢酱面》,在台北云门实验剧场首演,并成为自己的毕业制作。当年8月,在获得实验剧场的主办人姚一苇力邀后,参与了第三届实验剧场演出。1983年7月,蔡明亮编导了《黑暗里一扇打不开的门》,次年7月,

---

[1] 参见张霭珠:《漂泊的载体:蔡明亮电影的身体剧场与欲望场域》,《中外文学》第30卷第10期,2002年,第75—96页。以及Weihong Bao, *Biomechanics of Love*:*Reinventing the Avant-Garde in Tsai Mingliang's Wayward 'Pornographic Musical*, Journal of Chinese Cinemas, 1:2 (2007)。

还自编自导自演了《房间里的衣柜》。在执导《爱情万岁》之前,他还在民心剧场导了一出舞台剧《公寓春光外泄》。这些舞台实践,往往利用假想的个别空间来诠释个体的孤独与各式各样的情调,一个孤单的人独自与他/她周围的环境互动交流。同时,演员不是独自表演而是以肢体上相互模仿以及模仿周围的环境来共同表演,到其极致,演员的身体也成为具体而微的戏剧舞台。

所有这些经验积淀,后来都或多或少地体现在蔡明亮的电影试验中,最明显地就是体现在突破了意大利新现实主义电影柴伐蒂尼(Cesare Zavattini,1902—1989)所提倡的演员主导的现实主义——演员在蔡明亮的电影中,与布景、环境、道具不分轩轾。加上他数年不变的固有班底——被称为"蔡明亮家族"的李康生、苗天、陆奕静在电影中组成的一家三口,以及总是出现的充当各种身份的配角的陈湘琪和陈昭荣。他们出现在电影中,甚至连角色的名字都袭用了演员现实中的名字。这一系列电影,熟悉的面孔表演有着松散联系的系列故事,彼此通过相关人物和情节形成互文,形成了互相连接的文本或者说构成了一个圆圈,从而逐渐形成了一个独立自足的"小世界"。

运用固定班底,有意挫败观众熟悉的写实观念,蔡明亮很少模拟一个写实性的真实,而毋宁说通过夸张性的表演设置来戏拟现实,但是这种夸张通常并不带来人们认为理所当然的喜剧效果。在这里,他显示出"酷儿"的特色,音乐剧、恐怖电影和情节剧的古怪联合是酷儿爱好,而剧场化、美学主义、反讽和幽默的特征也一直以一种反小资情调的方式呈现在蔡明亮的电影中。他不是将情节剧的节奏缓慢化或者隐晦的意象概念化,而是根本就在此之外,另行建立一个圆融自足的异质空间。

异质空间及其人物使得"操演性"成为蔡明亮的创意所在,这里我们可以发现他对尊崇的前辈特吕弗(Francois Truffaut,1932—1984)的超越。特吕弗的很多影片都把人的感情推向一个极端的处境,来安排和讲述人物的命运,蔡明亮显然继承了这一点,但是超越了对演员本身表演的现实性局限。

除了20世纪80年代在台湾盛行的环境剧场、生物机械学表演影响之外,我要补充的是安托南·阿尔托(Antonin Artaud,1896—1948)残酷戏剧、内心历险思想在蔡明亮电影中的印记。阿尔托强调观众最初通过感官来思考,而反对戏剧首先着眼于理解力,"戏剧要恢复本来面目,也就是说,成为真正的幻觉手段,就必须向观众提供梦幻的真正沉淀物,使观众的犯罪倾向、色情顽念、野蛮习性、虚幻妄想、对生活及事物的空想,甚至同类相食的残忍性都倾泻而出,不是在假想的、虚构的范畴,而是在内心范畴"[1]。蔡明亮恰恰是循着这样的路子改造了现实主义的路径,他的封闭空间及其人物的表演性与性别表演之间相得益彰,制造了一个酷儿主体与不可见的共同体。从这个意义上来说,蔡明亮与后现代主义、后殖民主义、解构主义、后结构主义是貌合神离,而可以称之为后存在主义——存在决定本质,但这个本质是斯皮瓦克(Gayatri Chakravorty Spivak)意义上的策略的本质主义(strategic essentialism)。

五、欲望的能量

尽管蔡明亮的电影偶尔也会被称为台湾新电影运动的当下分支,但是他关注当代人的城市生活而不是铭写台湾乡村与小镇的(后)殖民历史,这使之与"新电影运动"鲜明

---

[1] 安托南·阿尔托:《残酷戏剧——戏剧及其重影》,中国戏剧出版社,1993年,第88页。

地区分开来。到后来,他的电影逐渐走向架空,时代社会的因素尽管也扮演了重要的角色,但主要是探讨贴近身体本身的变革。我们大致可以说它们是后现代失范状态的社会反映,是对传统家庭结构崩解的哀悼,转而探求向酷儿性别敞开的变革社会结构的可能性。就其实质而言,蔡明亮刻意追求一种电影艺术的新美学,用李陀的话来说就是"现代主义的最后贵族"。李陀本人并不喜欢蔡明亮,认为从整个艺术史发展的脉络看现代主义已经趋于式微,而蔡明亮是这种潮流中剩下的果实。

毫无疑问,无论从电影史还是从戏剧潮流来说,蔡明亮在根底里是西方 20 世纪 60 年代文化哺育出来的孩子,在其清晰可见的影像痕迹中,几乎很难看到中国传统美学元素,而前卫、先锋、注重形式始终是他不动声色的坚持。

当然,20 世纪 60 年代文化的反叛意识在 21 世纪之交的蔡明亮那里已经变形,因为时代的关切点已经转移。蔡明亮的电影是温和的,不再愤怒,没有暴力,并不要刻意反抗什么。从他的第一部电影《青少年哪吒》开始就是如此,"哪吒"本来作为愤怒、反抗、弑父冲动的原型,是中国神话系统中极少有的形象,但是蔡明亮的哪吒更多地不自觉地提取了哪吒的性别因素,事实上,在神话叙事中哪吒始终是没有成熟的、性别模糊的儿童,而他的身体遭到了毁弃,代之以纯净、精神化了的莲藕。这个早期作品或多或少已经显示了蔡明亮此后的创作倾向。

至少在20世纪初以来,文明对本能的压抑逐渐成为理所当然的认知前提了,反抗作为母题似乎成为激进的思想家和艺术家的使命和责任。而问题的另一方面则在于,他们因此似乎就否定了文明所可能具有的正面效应,我们不禁要怀疑,如果文明不曾把社会变得更为适宜和进步(当然,"进步"这个词需要宽泛地理解),那么它显然也不会使社会更糟糕,所以任何对某一方面价值观念的片面强调都是可疑的。蔡明亮试图探寻的可能是另外一种欲望的传输途径:欲望建构的诗学不是通过性欲的文学表述,而是性隐喻的无法表达,一种不可能也无法被满足的欲望和人类连接的匮乏。

从表面上看,很容易将蔡明亮的电影归纳为主体之死、认同匮乏、家庭的解构、传统价值的颠覆,这没有错,却没有切中我们时代这些问题的真正内容和出路。在继20世纪60年代的性解放之后,当下正在经历另一个静悄悄的性革命,不再仅仅是男女自由性爱,还包括了更为错综复杂的性别和阶级问题。社会革命与性革命本身就是互相联系的,社会的非理性行为不仅是资本主义经济结构的异化结果,同时也是性压抑在人们的心理生物学结构留下的病态结果,这两者的治疗应该是携手并行、齐头并进的。

20世纪60年代从美国蔓延到欧洲的性革命显然是希望通过解放个人来解放社会,在父权制的压抑性社会体制中,激进主义是其根基。而激进主义是由理性、正义和爱三个支架构成的,它们的代表分别是康德、马克思和弗洛伊德。康德在我们心灵的内在规律中找到了理解和道德的根源,人本身成为判别善恶的至高无上的仲裁者。马克思通过对社会存在的经济基础的分析,发现了资本主义非人性的异化作用,他试图提倡工人阶级的新人性,将自由地劳动作为推翻压迫社会、寻求人类解放的出路。但是,马克思往往轻视了人的因素尤其是心理因素对社会变革的决定作用。弗洛伊德恰恰通过人的自律反对基于他律的旧世界,给马克思以补充。

目前看来,20世纪60年代的性革命仅仅是消除了次要的压抑而没有触动最根本的症结,它的失败在于没有将革命进行到底。获得充分的性满足,消除高潮的焦虑,释放侵犯性和反常的欲望,这些都只是开始而不是结束。性革命只是自由的手段和途径,而不是目标,最终的目的地是个人的自治、社会的和谐和人性的自由。康德与马克思需要弗洛伊德,技术与性需要情感,理性与正义需要爱。"如果我们能够爱,我们就不会去恨了。"[1]被围困在隔离区的两个人把洞挖开,走到了一起(《洞》);成为性产业工人的男人终于第一次和所爱的女人达成了交合(《天边一朵云》);三颗孤独的漂泊之心,终于一起同舟共济(《黑眼圈》)。蔡明亮最终想要得到的答案可能就是爱欲的升华:爱是卑贱者的权利和最后的能量。

以此为背景,蔡明亮的电影没有反映痛苦、孤独可能出现的苦大仇深的表情。他很清楚地知道如何将人类躯体的痛苦完美地再现出来,也没有放弃用它来开玩笑,以此让其作品变得轻盈放松,时而带有嬉戏的黑色幽默。许多时候,蔡明亮强调一种非此非彼、即此即彼的中间灰色状态,提示一种变化流动的性别身份,因为异性恋或者同性恋这样的

---

[1] 乔治·弗拉克尔:《性革命的失败》,北京:国际文化出版公司,2006年。

词语和话术,无法规约界定现实中的人类性经验,而最重要的还是实践。

归结到实践或者说表演,再次让人想起马克思。在全球资本主义、新殖民主义的语境中,劳动绝不是价值的源泉,而仅仅是一种负担。在日益科层化、制度化、数字化的社会组织中,为了防止任何偏离生产劳动中心性的非理性行为,游戏、快感、欲望和爱被严格限制——因为它们有可能搅扰了秩序,给利润生产带来损失——并被以理性的名义定义为罪过。因而在马克思的后学马尔库塞看来,游戏和性欲具有一种革命潜力,这种潜力曾经被批判理论严重忽略,于是他在《爱欲与文明》中重申:工作转变为消遣,性欲转变为爱欲,性欲反常者取代无产阶级,将成为资本主义内部变化的主要能动力量。[1]

但是以身体作为契机的革命,其悲剧命运已经在历史中显影,因为后工业消费与技术为王时代的到来,作为其支持后盾的激进主义的地盘逐渐被蚕食。对于现实的批判、富于勇气的新价值观、为了改变现实而理解现实的强烈愿

---

[1] 赫伯特·马尔库塞:《爱欲与文明——对弗洛伊德思想的哲学探讨》,上海:上海译文出版社,1987年,第126—176页。

望,这些都被卑鄙的背叛和伪装革命的装模作样所替代了。革命的理性探索被非理性的形式取代,性革命成了被简单的"性解放"化约了。理性主义原本是革命的力量,现在却因为专业化和技术专家的出现而成了它的敌人。

性革命在还没有成为彻底的社会变革的催化剂之前,就被商业逻辑利用了,反而开辟了一个资本剥削的新大陆。其中的逆转极为吊诡:性越解放,人们就越能自由地追求性需要,于是也就越有可能成为富含巨大利润空间的市场资源。当性不再被公然压抑时,它就能够变成商品公开叫卖,在性商业中,再也没有比性自由鼓吹者更好的推销员了。性革命于是成了资本主义的谎言的叫卖者。

于是,形形色色的色情产业的黄金岁月到来了,色情杂志、性辅助器械、音乐、影视、游戏,乃至在新闻、广告和各色大众传媒文化,都不约而同地以性作为招徕眼球和赚取金钱的卖点。这中间其实还有一个未经道明的暧昧之处:统治阶层正是非常乐意将公众的政治热情和旺盛活力转移到无实际威胁的性上面去,性革命因此就被转化成了一个空洞的奇观。看似解放的个体性自由在更广阔的社会框架中,只不过被商业政治所引诱,为资本主义的压抑机制添砖加瓦。最典型的例子在于过于强调技术性的性高潮,而通过药物和辅助设施达到的机械性的性高潮,无论其次数和程度达到何种程度,都并不能带来人性的进一步解放。因为性高潮不光是生理上的,更多是包含整个身心在一起的宣泄与解放。

性革命的另一个重要组成部分是妇女解放运动和女权主义,它们一直被看作是反对父权制的前卫先锋。但是其误区在于,片面夸大了女性的受压抑性而忽略了男女在生理、心理上的差异。事实的情况是,在社会等级制中处于弱势地位的男性较之于强势地位的女性受到的压迫甚至更多。根本没有自由的男人或者自由的女人,只有自由的人。人类的自由是不分性别的。当代女性主义的代表人物克里斯蒂娃、巴特勒以及林林总总的酷儿理论,都早已经超越了二元对立的阶段。蔡明亮的电影恰好与这些理论如影随形,不知道是后者影响了前者,还是彼此互相倚重。他也拒绝商品化,但是问题在于,这种主体实践、爱欲的能量究竟有多大?能走多远?是不是会像马克思所说的,最终不过是一杯水中的风暴?

2009 年 11 月初,我受到亚洲协会(Asia Society)组织的蔡明亮系列电影展的邀请,才知道他带着新片《脸》到纽约放映。《脸》是部被法国卢浮宫预先收藏的作品,是第一部作为艺术品进入这个博物馆的电影——蔡明亮选择的是让它在类似林肯中心那样的文化精英圈流动,而不是面向公众传播。他似乎正在登向大师的座席,却与大众渐行渐远。另一方面,这种从身体出发寻求社会突破的文化探索,到目前为止依然是试验,尽管我们社会越来越宽容,但是权力的下放和流散依然在权力范围之内。当激进理论最终走向教学大纲,成为一种知识,它们的反体制化就被证明为一个自嘲。蔡明亮的电影也面临同样的命运,当他由华语电影的偏锋(cult)开始走入欧洲乃至北美文化正典(canon)的殿堂之时,他实现了自己对自己的背叛。

后　记

　　文集我之前出过几种，多数是围绕某一个主题或领域，比如当代文学、纪录片与影视、书评、田野考察随笔。这套文丛既然冠名"学而"，那我就从自己涉足的几个领域各选几篇研学期间的论文。《文史互动》三篇是关于文学与文化的历史观念与现实走向，《万取一收》两篇关乎人类学话语与学术史反思与少数民族文学的现象与问题探讨，《声光影隙》四篇则是电影导演综论。它们涉及不同具体领域和主题，基本上显示了我从读书到工作期间不同阶段关注的重心，看上去似乎彼此分属不同学科，但就理念与方法而言，它们共同构成了一以贯之的社会议题、时代情绪与一个人文学者的参与性命题。有心者会发现它们讨论的都是我们时代的真问题，而非某个狭隘圈层里"自转"的为文而文,我将它们合在一起命名为《蔷薇星火》。

"蔷薇"来自我少年时代在类似于《读者文摘》那样的杂志上偶然读到的一个故事:贫穷而衰老的巴黎清洁工想送给珍爱的小女孩苏珊娜一个祝福的礼物。他没有钱,于是在清扫垃圾的时候,通过日积月累收集金器作坊的尘土积攒起了足够的金屑,并用它们锻造了一枚象征着幸运的蔷薇。那是一个悲伤的故事,清洁工到死其实也没有把礼物送出去,因为女孩已经移民走了——她甚至都不知道他默默地做了这件事。许多年以后,我才知道这个故事出自苏联作家帕乌斯托夫斯基的《珍贵的尘土》。那个杂志没有节选的还有后来金蔷薇的归宿:它被首饰匠偷走,卖给了一位文学家,后者正是在听到这个蔷薇的来历故事之后才买下了它。文学家在杂记中感慨金蔷薇就像创作活动:"我们文学工作者,用几十年的时间来寻觅它们——这些无数的细沙,不知不觉地给自己收集着,熔成合金,然后再用这种合金来锻成自己的金蔷薇","恰如这个老清洁工的金蔷薇是为了预祝苏珊娜幸福而做的一样,我们的作品是为了预祝大地的美丽,为幸福、欢乐、自由而战斗的号召,人类心胸的开阔以及理智的力量战胜黑暗,如同永世不没的太阳一般光辉灿烂"。

  收在这本书里的文章也就是我的"蔷薇"吧，它们或许有瑕疵与灰尘，但也是劳动的结果，并且蕴含着我的祝福。只是我的心中多少怀有一些微茫的期望，所以在"蔷薇"后面加上"星火"，希望它们尽管不能如太阳般光辉灿烂，至少也要像星火一样点燃偶遇者心中的灯盏。

  人文学科同自然科学不同，渊综广博是基本素质，清通简要是返璞归真，我们不过是在某种认知范型和视角之中生产出了某些知识或理念，不必将那些速朽之作过于当回事，活出生命的完整与饱满才是重要的。就让我把这些所学所思的菲薄果实，奉献于偶尔路过的行客，或可做朋友间交流的凭借。不一定奢望心心相印、叶叶联芳，总归让这些文章按照自己心意放置在一起，就如同农夫年终收拾稻米、番薯、玉米、土豆，不加分别，统统圈在库房，不亦说乎。

2023 年 5 月